Isabella Straub

WER HIER SCHLIEF

Blumenbar

ISABELLA STRAUB

WER HIER SCHLIEF

Blumenbar

There's so much to be learned about pain.

Norman Rupert Barrett, Chirurg

There's so much to be learned about pain.

Norman Rupert Barrett, Chirurg

1

BITTE WEITERATMEN

1

Philipp Kuhn setzte einen Fuß vor den anderen. Es war so einfach zu gehen, wovor hatte er sich gefürchtet? Die Gropiusgasse entlang bis zur Kübler-Ross-Straße, dann durch das Machiavelli-Tor in den Naumannpark.

Die Luft war zu warm für Ende September. Ein Pärchen lag auf der Wiese, das Mädchen hatte seinen Kopf auf den Bauch des Jungen gelegt. Ihre Körper bildeten ein perfektes T.

Um einen Teich waren Bänke in U-Form arrangiert. Eine Frau zerbröselte Kuchen, um ihn an die Vögel zu verfüttern. Sie warf die Brösel in die Luft und gurrte wie eine Taube. Als Kuhn an ihr vorbeiging, hob sie den Blick, sah aber nicht ihn an, sondern das Bild, das er mit sich trug. Es war ein gerahmter Kunstdruck und zeigte einen Männerkopf mit blendend weißem Turban, makellos, als sei er aus Porzellan.

Am Teich gab es einen Kiosk. Kuhn kaufte Limonade. Trank im Stehen, das Bild stellte er auf einen Stuhl. Der Verkäufer stapelte Magazine auf dem Tresen. Das Radio lief. *Und wenn ich sterb, ich sterb für dich. Und wenn ich wein, ich wein um dich.* Der Verkäufer pfiff die Melodie mit.

Kuhn war der einzige Gast. Die Limonade war eiskalt, sein Magen krampfte. Er kramte in seinen Hosentaschen, bis er den Blister fand, drückte das letzte Digestopax heraus und schluckte es mit Limonade hinunter. Die vergangenen Tage war er nachlässig gewesen. Hatte unregelmäßig gegessen, die Tabletten nur genommen, wenn er daran gedacht hatte, und er hatte selten daran gedacht.

»Der schaut aber streng«, sagte der Verkäufer und deutete auf das Bild. »Sind Sie das?«

Kuhn schüttelte den Kopf. Der Mann auf dem Bild war viel älter als er. Zehn, fünfzehn Jahre, mindestens.

»Das ist Adam«, sagte er.

Der Maler hatte sich über Jahrzehnte selbst gemalt, und sein *Adam* war mit ihm gealtert. Auf diesem Bild war das Gesicht zerfurcht, die Haut gelblich-grau, die Wangen eingefallen, wulstige Lippen über dem vorspringenden Kinn. Er wirkte ausgezehrt, sein Blick aber war selbstbewusst, beinahe arrogant.

»Der mit Eva und dem Apfel?«, fragte der Verkäufer.

»Ein anderer«, sagte Kuhn.

»Dann kenn ich ihn nicht.«

»Ich auch nicht«, sagte er. Wer konnte schon behaupten, einen anderen zu kennen, selbst wenn er ihn täglich sah. Die Taubenfrau gurrte, als Kuhn nach dem Bild griff und ging.

Vera hatte Adam nie leiden können. Sie verbannte ihn ins Kinderzimmer, in dem niemals ein Kind schlafen würde. Ein Zimmer, das sie kaum je betraten. Als er sie fragte, ob ihr das Bild nicht gefiel, sagte sie, dass sie sich vor Adams Blick fürchte. Sie war eine miserable Lügnerin.

Das Bild war der erste Gegenstand, den Kuhn in Veras Villa mitgebracht hatte, und nun war es das letzte, was er von dort mitnahm. Viel war es ohnehin nicht gewesen. Sein Ehrgeiz als Mann und Liebhaber bestand darin, keine Lasten anzuhäufen. Keine Kinder, kein gemeinsames Eigentum, keine Verpflichtungen.

Abgesehen davon war das Bild das Einzige, was er noch besaß, wenn man die beiden Kisten abzog, die er bereits in der Vorwoche aus der Villa geschmuggelt und bei Myriam untergebracht hatte: zwei Kartons mit Kleidern und Papieren, ganz zuunterst die Tabletten gegen den Reflux und die Sparbücher mit dem Überbrückungsgeld.

Allmählich ging die Villengegend in eine Mietshauslandschaft über. Das Grün vor den Häusern wurde struppiger, die Autos schäbiger, das Klingeln der Straßenbahnen klang aggressiver. Auf den Dächern drängten sich Satellitenschüsseln aneinander. In den Thujahecken nisteten Gespinstmotten.

Vor der Dominikanerinnenkirche saß ein Bettler auf einer Decke. Auf einem Karton stand: FÜR LOTTO. Die Leute lachten, wenn sie vorbeigingen, einige warfen Münzen in den Pappbecher. Eine junge Touristin ließ sich mit dem Bettler fotografieren. Er legte seinen Arm um sie und strahlte, als hätte er schon gewonnen.

Auch Kuhn fühlte sich wie ein Gewinner. Hätte man ihn in diesem Moment gefragt, ob er glücklich sei, hätte er geantwortet: *Noch nie war ich so erleichtert.* Es war nicht zum Eklat gekommen. Er hatte damit gerechnet, dass Vera weinen würde. Ein verhaltenes Schluchzen wenigstens, die zitternde Hand auf den Mund gepresst, zerronnene Schminke, sowas in der Art. Er hatte befürchtet, dass sie versuchen würde, ihn zu schlagen, er wäre auf alles vorbereitet gewesen, hätte ihr Handgelenk gepackt, ihren flatternden Puls unter seinen Fingern. *Vera. Bitte.*

Aber sie hatte nur die Lippen aufeinandergepresst, und an ihrem Hals war eine bläuliche Ader hervorgetreten, die ihm zuvor nicht aufgefallen war. Er hatte sie nicht angelogen, aber er hatte die Wahrheit vorsichtig dosiert. Und Myriam nicht erwähnt, kein Wort von Myriam. Nicht eine Silbe.

Als Kuhn die Apotheke ZUM HEILIGEN NEPOMUK betrat, klingelte ein Glöckchen. Es war eine auf alt getrimmte Apotheke mit Schränken aus dunklem Holz, die unzählige winzige Schubladen enthielten. Mit einer Großpackung Digestopax würde er eine Weile auskommen.

»Ihre Verschreibung, bitte«, sagte die Apothekerin.

»Einen Moment.« Er griff in die Hosentaschen und legte alles auf den Tresen, Taschentuch, Fahrschein, FLOW-Mitgliedskarte.

Die Apothekerin wartete geduldig. Er holte die Geldbörse hervor und faltete einen Zettel nach dem anderen auf. Alles Kassenbons und Restaurantbelege.

»Ich könnte schwören –«

»Wir benötigen eine aktuelle Verschreibung. Wir machen keine Ausnahme.«

»Hören Sie, ich muss – also, es geht mir schlecht, wenn ich … Das müssen Sie mir einfach glauben.«

Er wusste nicht, wie er ihr begreiflich machen sollte, dass er ohne Tabletten den Tag nicht überstehen würde.

»Gehen Sie zum Arzt und kommen Sie dann mit der Verschreibung wieder«, schlug sie vor.

Als ob das so einfach wäre. Er wusste nicht einmal, ob er noch versichert war.

Die Apothekerin griff in die Vitrine und legte eine Auswahl an Tees vor ihm auf den Tisch. Die Tees hießen *Magenwohl*, *InnerPeace* und *Bauchgefühl*. Sie strich über die Verpackung. »Wertvolle Kräuter, schonend getrocknet, sorgfältig verarbeitet, Apothekenqualität«, sagte sie. Es klang wie auswendig gelernt. »Diesen hier«, sagte sie und hielt *Bauchgefühl* hoch, »trinke ich selbst, und sehen Sie mich an!«

Er sah sie an, konnte aber nichts Auffälliges entdecken. Als er die Tür öffnete, um auf die Straße zu treten, blieb das Glöckchen stumm.

Am Perec-Platz fand ein Hausflohmarkt statt. Auf dem Gehsteig standen eine zerschlissene Couch, eine Stehlampe, ein Bettgestell, dessen Ecke gefährlich weit in die Fahrbahn hineinragte, und ein grüner Fauteuil. Auf dem Boden lagen Kisten mit staubigen Büchern. Wenn sie keine Wände mehr um sich hatten, sahen Möbel fremd aus, dachte Kuhn.

Er setzte sich in den Fauteuil, lehnte Adam gegen das Bettgestell, holte das Handy heraus. Um die Tabletten würde er sich später kümmern. Er rief Myriam an.

Besetzt.

Wahrscheinlich versuchte sie ebenfalls, ihn zu erreichen, es wäre nicht die erste Gleichzeitigkeit.

Er schrieb eine Nachricht: *Geschafft. Alles gut gegangen. Freu mich unendich auf dich.*

Dass das »l« fehlte, fiel ihm erst auf, als es zu spät war. Als sie nach einer Minute nicht antwortete, fürchtete er, der Fehler hätte sie irritiert, doch er schickte keine zweite Nachricht, aus Angst, sie noch mehr zu verwirren.

Eine Frau trat an ihn heran. Er unterdrückte den Impuls aufzuspringen.

»Eine Okkasion«, sagte sie und blickte auf ihn herab. Sie trug ein Sommerkleid, das um ihren Körper flatterte. Sie war sehr dünn, über dem knochigen Schlüsselbein spannte die Haut.

»Für zehn Euro gehört er Ihnen.«

Kuhn strich mit der Hand über die Armlehne.

»Cord«, sagte sie. »Wieder sehr aktuell.«

»Sie ziehen um«, sagte er, mehr Feststellung als Frage.

Sie schüttelte den Kopf. Ihre Tante sei gestorben, sie müsse die Wohnung ausräumen. Der Sanierungstrupp sei schon im Anmarsch, noch bevor die Tante im Sarg lag. Die Hausverwaltung sei berüchtigt für ihre Taktlosigkeit.

Die Augen der Frau waren verschattet, und Kuhn erhob sich rasch, der Sessel fühlte sich mit einem Mal bedrohlich an. Alles hier schien mit dem Tod infiziert.

»Ich überlege es mir«, sagte er.

»Aber nicht zu lange, er ist sehr begehrt«, sagte die Frau, so als versteckten sich zwischen den ausgesetzten Möbeln noch weitere Interessenten.

Unendlich, dachte Kuhn, bedeutete ohne Ende, und wenn etwas kein Ende hatte, dann hatte es auch keinen Anfang, dann war es immer schon gewesen, und während er durch die Nussbaumstraße ging, fragte er sich, ob er sich nicht schon sein ganzes Leben nach Myriam gesehnt hatte. Ob das, was er ohne nachzudenken ins Handy getippt hatte, das Einzige war, das in seinem Leben je etwas bedeuten würde. Ob er möglicherweise auf diesen Moment hingelebt hatte, taub und blind. Ob sie verstanden hatte, was er meinte, und es keiner Worte mehr bedurfte. Ob sie deshalb nicht antwortete.

In der Ferne sah er den Unterstand der Straßenbahnhaltestelle. Am Pirandellosteg würde er Myriam treffen. Fünf Stationen, dann wäre er bei ihr. Gedankenverloren würde sie aus der U-Bahn-Station ans Tageslicht treten, die rechte Hand am Trageriemen ihrer Tasche, wie es ihre Art war. Er wäre im Vorteil, er würde sie zuerst sehen. Ihr entgegenlaufen. Sie stumm umarmen. Und ihr dann das Bild übergeben. Wenn es stimmte, dass er Adam ähnlich sah, schenkte er nicht weniger als sich selbst.

An der Straßenbahnhaltestelle kämpften zwei Tauben um die Hälfte eines Croissants. Erst jetzt, als er die Auseinandersetzung der Tauben beobachtete, bemerkte er, dass seine Hände leer waren. Das Bild. Er hatte es in der Freiluftwohnung vergessen.

Kuhn war kein guter Läufer, aber jetzt rannte er. Die Straße führte bergauf. Endlich erreichte er den Perec-Platz. Stiche in der Brust, er war außer Atem. Kuhn sah sich um. Hier musste es doch gewesen sein! Die blaugraue Fassade, die grünen Fensterläden. Das Schild TANZSCHULE RIFFL. Nicht ein Möbelstück mehr auf der Straße.

Die Haustür stand offen. Er betrat den Flur, der kühl war und nach feuchten Mauern roch.

»Hallo?«

Die Wohnungstür im Erdgeschoss war angelehnt. Er stieß sie auf.

»Hallo«, rief er noch einmal.

Die dünne Frau trat aus einem Zimmer und trocknete ihre Hände am Kleid ab, als sie ihn sah. Irgendwo lief Wasser in ein Becken. Die Wände waren mit Rosenmuster tapeziert.

»Ach, Sie sind es«, sagte sie. »Möchten Sie den Fauteuil mitnehmen?«

»Ich habe Adam vergessen«, sagte er und erwartete, dass sie ratlos den Kopf schütteln würde. Aber sie bedeutete ihm, ihr zu folgen. Sie betraten einen Raum, der als Möbellager diente.

»Er war in guter Gesellschaft«, sagte die Frau.

Adam lehnte an der Wand. Daneben eine gerahmte Schwarz-Weiß-Fotografie, die eine junge Frau mit wachsfarbener Haut in Hut und Kostüm zeigte, die zwischen den Fingern eine Zigarettenspitze hielt.

»Tante Agnes«, sagte die Frau. »Sie hat sich um Ihren Adam gekümmert. Sein Turban hätte ihr gefallen.« Sie lachte, dabei hellte sich ihr Gesicht auf. »Sie hatte etwas übrig für exotische Männer.«

»Ihre Tante hätte Adam auch gefallen, eine elegante Frau«, sagte Kuhn und kam sich ein wenig lächerlich vor, als versuchte er, die Nichte zu loben, indem er der toten Tante Komplimente machte.

Und dann erzählte die Frau, dass ihre Tante nach Madagaskar ausgewandert war und dort als Übersetzerin gearbeitet hatte, ein echtes Sprachentalent. Viel später erst habe sie erfahren, dass die Tante Affären mit einigen Ministern gehabt hatte, einer nahm sich sogar ihretwegen das Leben.

Als Kind, sagte die Frau, habe sie immer Angst gehabt um ihre Tante. Madagaskar war doch sicher ein gefährlicher Ort. »Als sie endlich wieder zu uns zog, war ich erleichtert. Und dann starb sie erst recht.«

Einen Moment lang standen sie beide still vor den Bildern. Ein merkwürdiger Moment, Kuhn wusste nicht, ob er die Bilder betrachtete oder sie ihn.

Als Kuhn wenig später mit Adam unter dem Arm wieder die Straßenbahnhaltestelle erreichte, waren Krümel und Tauben verschwunden und der Asphalt so makellos sauber, als hätte nie jemand ein Croissant fallen lassen.

2

Vor dem Unterstand der Straßenbahnhaltestelle wartete ein Kind, das an der Hand seiner Mutter befestigt war. Es sagte: »Der Massa mit der Kassa« und immer wieder »der Massa mit der Kassa, der Massa mit der Kassa«, dabei stach es mit den Fingern der freien Hand Löcher in die Luft. Die Mutter schaute zur Seite, so, wie Hundebesitzer wegsehen, wenn ihr Hund einen Haufen in den Kurpark setzt.

»Afrika, Afrika«, sagte das Kind und sah Kuhn direkt in die Augen. Er lächelte und registrierte mit Erstaunen seine milde Stimmung. Das Kind hatte einen enormen Kopf und einen kleinen, viel zu schmalen Mund, einen Greisenmund.

Die Mutter stieg mit dem Buben in die Linie 36. Als das Kind bereits auf den Stufen der Straßenbahn stand, zeigte es auf Adam und sagte etwas zu seiner Mutter, die ebenfalls hersah. Er hatte das Gefühl, als litte Adam unter den fremden Blicken. Er drehte das Bild um.

Kuhn beobachtete einen jungen Mann, der einen kalbsgroßen Hund an der Leine führte, der nur aus Muskeln und Sehnen zu bestehen schien. Der Hund interessierte sich für ein wollenes Ding, das im Rinnstein lag. Er drängte vorwärts, schnupperte an dem haarigen Büschel, dann grub er seine Zähne hinein und schleuderte es empor. Das Haarbüschel hatte Augen und einen Mund. Der junge Mann riss an der Leine. Kuhn wollte nicht hinsehen, aber er konnte den Blick nicht abwenden.

Entgegen der Ankündigung auf der Anzeigetafel kam die 38 nicht. Kuhn hatte es satt zu warten. Er ging vor zur Kreuzung und hielt ein Taxi an. Er stieg in einen cremefarbenen Mercedes. Die Lederbank war weich und federte unter seinem Gewicht. Er stellte Adam auf die Rückbank. Es roch nach Nadelwald. Im Getränkehalter stand ein Kaffeebecher. Im Fach, das hinter dem Beifahrersitz angebracht war, steckte die Zeitschrift *Taxi aktuell*. Ein Schild wies darauf hin, dass man sich auch auf dem Rücksitz angurten müsse. Alles war auf beunruhigende Weise an seinem Platz.

»Pirandellosteg«, sagte Kuhn.

Der Fahrer trug einen Vollbart. Auf seiner Schirmkappe stand FORMULA UNO. »Möchten Sie das Bild in den Kofferraum legen?«, fragte er.

Kuhn schüttelte den Kopf. Auf dem Armaturenbrett klebte ein Ausweis. *Ahmet Sulameh*. Das Passfoto zeigte einen weißhaarigen Mann, der dem Fahrer nicht im Geringsten ähnelte.

»Ist das Ihr Wagen?«

»Familientaxi«, sagte der Fahrer.

»Schön«, sagte Kuhn. In seiner Familie gab es nichts, was allen gehörte.

Der Fahrer drehte sich um, zielte mit dem Handy auf ihn. »Sie glauben mir nicht, was?« Er sprach leise, flüsterte beinahe. »Reden Sie mit meinem Onkel, er erklärt Ihnen alles.«

»Natürlich glaube ich Ihnen«, sagte Kuhn. Er bereute bereits, etwas gesagt zu haben.

»Soll ich ihn anrufen? Ich rufe ihn an, wenn Sie wollen.«

Dieser Typ hatte sie doch nicht alle.

»Schon gut. Fahren Sie jetzt. Bitte.« Er hatte Angst, Myriam zu verpassen.

Der Fahrer schlug auf das Lenkrad, bevor er den Motor anließ und sich in den Verkehr einfädelte.

Kuhn lehnte sich zurück. Ein Moment des Friedens. Die Stadt zog an ihm vorüber, sie scherte sich nicht um ihn. Hinter einer dieser Fassaden würde er schon bald mit Myriam leben, er wusste nur noch nicht, hinter welcher. Eine Vorahnung des Glücks. Er schloss die Augen. Nie hätte er vermutet, dass es so einfach werden würde. Eine Lebensphase war beendet, die nächste war angebrochen, und es hatte dafür nicht mehr gebraucht als eine Handvoll Worte.

Am Abend vor dem Gespräch mit Vera wollte Myriam nicht, dass er ging. Er sollte sie halten, so fest, dass sie keine Luft bekam. Sie war so schmal in seinen Armen, aber sie sagte nur: Fester, fester, ich spüre nichts. Eine Liebe ist nichts, wenn sie keine Spuren hinterlässt, flüsterte sie ihm ins Ohr, und als er sich von ihr löste, sah er die Angst in ihren Augen.

Sie hatten sich im PARADIES getroffen, einem abstoßenden Einkaufszentrum am Rande der Stadt. Demnächst würde es geschlossen und durch eine moderne Shopping Mall ersetzt. Bis dahin diente ihnen das Café im Erdgeschoss als Treffpunkt, hier waren sie vor neugierigen Blicken sicher. Stets verspürte Kuhn ein Unbehagen, wenn er Myriam in der Öffentlichkeit traf, denn Vera verfügte über einen unüberschaubaren Freundeskreis, den sie *mein Netzwerk* nannte und der sie über alles unterrichtete, was in der Stadt vor sich ging. Doch keiner von Veras Bekannten würde auch nur einen Fuß ins PARADIES setzen.

Als er sich an diesem Abend von Myriam verabschiedete, sah sie ihn mit großen Augen an: »Hast du denn nichts für mich?«

Sie bestand darauf, dass er ihr zu jedem Abschied etwas hinterließ, das ihm gehörte, und wenn es nur der Schnipsel einer Rechnung war oder ein Knopf. Myriam war zwölf Jahre jünger als er, sie wollte ihr Leben möblieren mit namenlosen Abenteuern, Nervenkitzel und einer Lebensliebe, die größer war als alles andere. Jedes noch so wertlose Ding aus seiner Hand war eine Anleihe auf die Zukunft.

An diesem Abend hatte er nichts, das er ihr hätte geben können. Er griff in die Hosentasche und fand nur seine Tabletten, also reichte er ihr eines der letzten Digestopax, und sie lachte, hielt die Tablette in der Faust verborgen und sagte: »Jetzt habe ich dich in der Hand.«

Der Taxifahrer drehte das Radio lauter. Es lief eine Wissenschaftssendung. Der Hummer, hörte Kuhn den Moderator sagen, könne den Schlüssel zum ewigen Leben liefern, denn der Hummer altere nicht. Er würde nicht schwächer mit den Jahren, sondern ganz im Gegenteil schwerer und stärker. »Durch Telomerase kann die DNS des Hummers stets wiederhergestellt werden«, sagte der Moderator.

»Verfluchte Scheiße«, murmelte der Taxifahrer. »Ewiges Leben. Für immer in diesem Taxi sitzen. Wer will das schon. Was? Was haben Sie gesagt?« Er suchte Kuhns Blick im Rückspiegel.

»Ich?« Kuhn erschrak. Er hatte nichts gesagt. Er hatte sich an ein Rendezvous mit Myriam in einem Fischrestaurant erinnert. Überstieg die Bestellung eine gewisse Summe, durfte man einen Hummer aussuchen, den der Wirt daraufhin freiließ. Myriam stand minutenlang vor dem Aquarium, ohne sich entscheiden zu können. Hatte sie endlich ein Tier ausgesucht, erschien ihr ein anderes noch erbarmungswürdiger. Schließlich entschied sie sich für einen und bestellte einen zweiten unter der Voraussetzung, dass er ebenfalls freigelassen werde.

Das Taxi passierte einen Park. Jugendliche spielten in Käfigen Basketball. Es war ein Bezirk, den er so gut wie nie betrat, doch die beruhigend gesichtslosen Gemeindebaufassaden erinnerten ihn an die Abendspaziergänge, die er mit Myriam unternahm, geschützt durch das abnehmende Licht. Es waren verstohlene Treffen, die er sich aus seinem Tagesablauf herausschnitt. Kuhn bat Myriam, kein Parfum aufzutragen, am besten auch keinen Lippenstift. Er hatte eine Liste der häufigsten Fehlerquellen angefertigt, durch die Affären entlarvt wurden, von der in der Anzugtasche vergessenen Restaurantrechnung bis zu eventuellen Kratzspuren am Rücken. Er war überrascht gewesen, wie gleichmütig Myriam all diese Einschränkungen akzeptiert hatte. Nie setzte sie ihn unter Druck oder forderte ihn auf, Vera zu verlassen, wie er es von Bekannten gehört hatte, die neben der Ehefrau eine Geliebte hatten.

Lange dachte auch er, er könnte sie beide behalten, Vera und Myriam. Es war ihm doch auch möglich, einen guten Rotwein und einen exzellenten Weißwein zugleich im Schrank zu haben. Das eine schloss das andere nicht aus. Im Gegenteil, sie ergänzten einander. Wenn er erhitzt war von Myriams mystischer Verklärung des Alltags – sie war etwa davon überzeugt, dass Pflanzen eine Seele hätten und behauptete, sie könnten auf ihre Art singen – dann kühlte ihn Veras Pragmatismus wieder herunter. Wenn Vera, Geschäftsführerin von SECURELLA, einem Unternehmen, das sich auf die Herstellung von Sicherheitstüren spezialisiert hatte, ihm die neue Marketingstrategie erläuterte, nährte ihn die Aussicht auf ein Gespräch mit Myriam, das frei war von technischen Daten. Mit Vera rechnete er, mit Myriam träumte er, und er benötigte das eine, um das andere zu genießen.

Zu den Dingen, die Myriam tat und die Vera niemals tun würde, gehörte die Sache mit den Steinen. Bei ihren Abendspaziergängen nahm Myriam Flusskiesel mit, auf die sie mit rotem Nagellack ihre Initialen M&P gemalt hatte und legte diese in Mauervorsprünge, zwischen die Sprossen von Zäunen oder Brückengeländer, manche warf sie auf Garagendächer oder in verwilderte Grundstücke. Kuhn sah ihr dabei mit einer ihn überraschenden Rührung zu: Sie verankerte ihre Beziehung im Gedächtnis der Stadt, so, als könnte diese plötzlich vergessen, dass Myriam und Philipp zusammengehörten.

Myriam wohnte in der Watzlawickstraße, in einem Stadterweiterungsgebiet, das eingeklemmt war zwischen dem heiseren Bremsen der Stadtbahn und dem beständigen Rauschen der Südosttangente. Ein Appartement am lärmenden Ozean. Sie standen oft auf dem Balkon und sahen hinüber zu den Stadtbahnbögen, auf denen veraltete S-Bahn-Garnituren entlangrumpelten. Wenn Kuhn früher mit dem Auto von Veras Villa in der Gropiusgasse in die Watzlawickstraße gefahren war, so kam es ihm vor, als bereiste er einen fremden Kontinent.

Es war ein Ort, an dem Myriam sich wohlfühlte, sie ertrug die Stille nicht. Manchmal tanzte sie selbstvergessen zu diesem Hupen und Quietschen, zu dieser Symphonie des zähflüssigen Verkehrs, die Arme erhoben, mit pendelndem Kopf und geöffneten Lippen. Die Geräusche der Stadt beschützen mich, sagte sie, und er fragte nicht weiter, weil er spürte, dass er an ein Geheimnis rührte.

Manchmal fuhren sie über die Stadtautobahn hinaus aufs Land und in die Dörfer. Bruckneudorf, Sieghartsböll, Liebhartsberg. Myriam hatte ein Faible für das Landleben, weil es hier niemals still war, immer zeterte ein Rasenmäher, ein Hund schlug an, ein Traktor mühte sich um die Kurve. Wenn sie Hand in Hand durch die Einfamilienhaussiedlungen an Sonnenhängen und in Flussnähe flanierten, dann malten sie sich aus, wo sie wohnen würden und untersuchten die Häuser und Gärten, um ihre Wahl zu bestätigen oder zu revidieren.

Als sie einmal an einer protzigen Villa vorübergingen, sagte

Myriam, dass man in Mitteleuropa als Lottogewinner automatisch Besuch vom Psychologen bekam. »Wusstest du das?«

Er blieb stehen.

»Europäer sind davon überzeugt, dass sie für unverdientes Glück bezahlen müssen. Mit Tod oder Krankheit. Mit irgendeiner Form von Unglück. Um das Schicksal nicht herauszufordern, werden viele Gewinne einfach verschenkt.«

»Und du?«, fragte er.

Sie holte einen M&P-Kiesel hervor und warf ihn ins Flussbett.

»Ich fordere das Schicksal nicht heraus«, sagte sie.

»Weil du verlieren könntest?«

»Weil ich gewinnen könnte.«

Sie sah ihn an. Er wollte sie an den Schultern packen und fragen, ob sie Angst hatte vor dem Glück, aber er sagte nichts. Sie kehrten zum Auto zurück, und auf dem Weg nahm sie seine Hand.

Kuhn spürte den Blick des Taxifahrers im Rückspiegel.

»Am Donaukanal kommen wir nicht weiter. Die Demonstration«, sagte der Fahrer. Er deutete auf die Kreuzung vor ihnen. »Alles voll mit Idioten. Die ganze Stadt. Nur Idioten.«

Sie standen. Der Motor knisterte. Der Fahrer tippte etwas in sein Handy, dann sprach er mit jemandem. Er drehte sich um und hielt Kuhn das Handy vor die Nase.

»Nehmen Sie! Ist für Sie.«

»Für mich?«

»Na los, nehmen Sie schon.« Der Fahrer fuchtelte mit dem Handy vor Kuhns Gesicht, bis er es widerstrebend entgegennahm.

»Hier ist Ahmet Sulameh. Der Onkel von Harun«, sagte eine dünne Stimme. Ahmet Sulameh. Der Mann, dem das Taxi gehörte.

»Was ist?« Kuhn konnte seinen Unmut nicht verbergen.

»Mein Neffe. Er ist ein guter Junge, wissen Sie. Aber er braucht einen Job. Eine richtige Arbeit. Zuerst die Arbeit, dann die Frau, sage ich immer. Nicht umgekehrt. Niemals umgekehrt! Er macht alles außer Bau. Ayse sagt, dass Sie der Richtige sind. Sie können ihm helfen.«

»Wie bitte?«

»Ayse. Die Hellseherin. Sie hat in die Karten gesehen. Sie liest die Karten wie ein Buch. Ayse hat immer recht.«

Kuhn sah sich um, erwartete, dass der Fahrer in eine Seitengasse abbog, zwei Maskierte die Tür aufreißen, ihn aus dem Wagen zerren würden. Eine Falle, das war eine Falle.

»Ich habe nichts«, sagte er rasch.

»Was heißt das?«, fragte der Alte. »Ayse hat gesagt –«

»Ich habe eine Baufirma«, sagte Kuhn. »Bei mir gibt's nur Jobs am Bau, sonst nichts, nur Bau, Bau, Bau. Gerüste.«

»Nur Bau«, wiederholte der Alte, als wollte er es nicht glauben. »Ayse hat gesagt, man muss das ganze Bild sehen. Nicht nur den Teil. Das Ganze. Du musst das ganze Bild betrachten.«

Jetzt duzte er ihn auch noch. Der Alte war verrückt, kein Zweifel. Die ganze Familie tickte nicht richtig. Kuhn reichte dem Fahrer das Handy und legte einen Zehn-Euro-Schein auf die Mittelkonsole.

»Der Rest ist für Sie«, sagte er, griff nach Adam und öffnete die Tür. Der Taxifahrer drehte sich nicht einmal um.

Kuhn rannte. Er lief über die Kafkagasse und bog auf den Mahlerplatz ein. Der Zug der Demonstranten wälzte sich an ihm vorbei wie ein tausendbeiniges Tier, das aus unzähligen Mündern fauchte. Die Teilnehmer hielten Plakate und bemalte Tücher in die Höhe, es herrschte ein unerträgliches Getöse, und in diesem Durcheinander an Leibern sah er sie.

Da vorne ging sie.

Myriam. Seine Myriam.

Sie ließ sich in der Menge treiben, das schwarze Haar, glatt und schwer wie ein Vorhang, der schaukelnde Gang, der ihre Hüften betonte, die Attitüde jener Frauen, die wussten, dass sie schön waren. Er rannte über die Straße. Sein Herz raste.

Myriam, Myriam, Myriam.

Mit einem Mal ergab alles einen Sinn: Sie hatte seine Nachrichten nicht beantwortet, weil sie das Handy nicht gehört hatte. Von der Demonstration hatte sie ihm nichts erzählt, doch er wusste, dass sie sich für Tierrechte einsetzte, für die wehrlose Kreatur. Sie war ein besserer Mensch als er.

»JEDES TIER IST WIE WIR, JEDES TIER IST WIE WIR! TIER WIE WIR, WIR SIND TIER!«, skandierten die Demonstranten und schwenkten Wimpel mit dem Verbandslogo, irgendwas mit Tierfabriken. Kuhn drängte sich vorbei an einem Paar, überholte eine Gruppe junger Männer, die auf Trommeln einschlugen, die ihnen vor der Brust hingen. Ein Geruch nach scharfer Minze, Räucherstäbchen und Marihuana hing in der Luft. Ohrenbetäubende Pfiffe.

Endlich, endlich hatte er sie erreicht, streckte die Hand nach ihr aus. Für einen Augenblick bekam er ihren Oberarm zu fassen, ihr Handgelenk. Streifte kühle Haut, doch schon wurde sie weggerissen, jemand stieß ihn in die Seite, ein Trommler brüllte »Aus dem Weg!«

Er rief ihren Namen, aber niemand hörte ihn. Er drängte, stolperte, boxte sich voran, bis er irgendwann ans Ufer gespült wurde und wie betäubt auf dem Gehsteig stand, gestrandet, das Bild gegen die Knie gepresst.

Bumm-bumm-bumm. TIER WIE WIR, WIR SIND TIER! Bumm-bumm-bumm, WIR SIND TIER, TIER WIE WIR!

Als die Rufe der Demonstranten nur noch als leises Echo zu hören waren, die Gaffer verschwunden, die Fensterläden und Balkonturen geschlossen worden waren, hob Kuhn einen Stein von der Straße auf. Er hatte etwas Rotes aufblitzen sehen und für einen lächerlichen Augenblick gehofft, es wäre einer von Myriams bemalten Steinen.

3

»Wie lange geht das schon?«

»Mit dir hat das nichts zu tun, Vera. Weniger als nichts.«

»Du mieses – «

»Vera. Bitte.«

»Lüg mich nicht an. Und lass mich gefälligst – lass mich sofort los!«

»Beruhige dich.«

»Du bist ein Meister darin, das Beste herauszuholen. Für dich.«

»Vera. Ich habe – «

»Du hast mir ins Gesicht gelogen.«

»Aber nein, ich – «

»Das Auto bleibt hier, ist das klar? Ich will dich nie wieder sehen. Gnade dir Gott, wenn du in der Firma auftauchst.«

Da war Kuhn der Atem gestockt.

»Was ist los, Phil?« Myriam sah von ihrem Zettel auf. Sie legte ihre Hand auf sein Knie. »War ich nicht überzeugend? Sei ehrlich, du kannst ehrlich sein. Sollen wir noch einmal?«

»Aber nein«, sagte Kuhn. »Du warst perfekt, Myra. Perfekt.«

Es war der 25. September, sie saßen auf der Couch in Myriams Wohnung und probten das Trennungsgespräch. Myriam wollte alles wissen: Wie Vera saß, wenn sie wütend war. Ob sie die Beine übereinanderschlug, ob sie mit dem Fuß wippte, ob sie die Augenbrauen hochzog. Ob sie schrie, ob sie flüsterte.

Zunächst las Myriam ihre Sätze von einem Zettel ab, während er zu kontern versuchte. Bald schon improvisierten sie. Kuhn sagte Dinge wie: »Lass uns doch Freunde bleiben«, »Ich kann natürlich weiter für dich arbeiten« oder »Nimm es nicht persönlich«. Daraufhin sagte Myriam: »Wie soll ich das nicht persönlich nehmen? Was ist persönlicher als das, was du mir soeben gesagt hast?« Er verschärfte den Ton: »Ich liebe dich nicht mehr. Ich bin unglücklich mit dir. Schau dich nur an.« Ein Satz verletzender als der andere, und keinen dieser Sätze hatte Kuhn in seinem Leben je auszusprechen gewagt.

Den Ernstfall zu proben war Myriams Vorschlag gewesen, aber nun stand sie plötzlich auf und drosch ein Kissen an die Wand. Sie zitterte, schluchzte. Sie ging ganz und gar in der Figur auf, die sie spielte, verschmolz geradezu mit ihr. Erst jetzt konnte Kuhn die Schauspielerin in ihr erkennen, die sie immer werden wollte.

»Wow«, sagte er. »Du bist phantastisch.«

Myriam hörte nicht auf zu weinen.

»Es ist gut«, sagte er, »wir stoppen hier.«

Es half nichts. Myriam hatte die Rolle längst abgelegt. Sie selbst war es, die weinte. Er nahm sie in den Arm, sie war schlapp und lehnte sich mit ihrem ganzen Gewicht an ihn. »Das war alles so – so echt«, flüsterte sie.

Danach. Als der Sommer müde wurde, tauchte das Wort immer häufiger in ihren Gesprächen auf. *Danach.* Das Ende der Möglichkeitsform. *Danach* hätten sie alles selbst in der Hand, Myriam und Philipp. Die Dreiecksbeziehung hatte ihn ermüdet, er hatte die Entscheidung herbeigesehnt. *Danach*, sagte Myriam immer wieder, *danach werden wir darüber lachen.* Sie hatte ihn gebeten, sämtliche Nachrichten und Fotos, die er *vorher* empfangen oder geschickt hatte, sämtliche Mails und Chatprotokolle zu löschen, damit sie ganz von vorn beginnen konnten. Unbefleckt.

Vor diesem letzten Gespräch mit Vera war Myriam ebenso nervös gewesen wie er. »Ich zittere«, sagte sie. »Alles in mir zittert.«

Er hatte ihre Hände betrachtet, sie waren ganz ruhig gewesen, die eine lag in der anderen wie in einer Schale.

Danach – das ist jetzt, dachte Kuhn, während er, eingehüllt in das Rauschen der Stadt, das Trottoir entlangging. Sie hatten diesen Tag so lange herbeigesehnt, konnte sie tatsächlich darauf vergessen haben? Dass sie gerade heute, am Tag des Gesprächs, demonstrieren musste, irritierte ihn.

Er versuchte, sich zu erinnern. Noch in der Früh hatte sie geschrieben, sie würde früher fertig sein im Hotel. Sie würden sich am Pirandellosteg treffen und Arm in Arm zu CHEZ ROBERT schlendern, an ihrem Lieblingstisch in der Nische im Fond Platz nehmen – Kuhn hatte sich zwei Mal vergewissert, auch den richtigen Tisch reserviert zu haben. Sie würden still dasitzen, und während sie auf das Essen warteten, würde Myriam langsam das Baguette zerpflücken. Das weiche Innere, das sie liebte, von der Kruste lösen, die sie ihm überlassen würde. Und es wäre egal, ob sie jemand dabei beobachtete. Im Hintergrund würde Jacques Brel *Ne me quitte pas* singen, mit diesem unverwechselbaren Tremolo in der Stimme, und Kuhn würden, das wusste er, die Tränen in die Augen steigen. Er griff in die Tasche seiner Hose und fühlte das Taschentuch zwischen den Fingern. Er war gerüstet für das Glück. Das war er noch nie gewesen.

Der Verkehr stockte. Die Ampeln waren ausgefallen, auf den Kreuzungen standen Polizisten in Warnwesten. Einige Autofahrer stiegen aus, um herauszufinden, was passiert war, doch die Demonstranten, die das Viertel in Geiselhaft genommen hatten, waren längst weitergezogen. Es wurde gehupt und geflucht. Ein Krankenwagen versuchte, sich einen Weg durch den Stau zu bahnen und fuhr mit den Reifen auf den Gehsteig, wobei er nur knapp einen Kinderwagen verfehlte. Er hörte einen Mann sagen: »Es wird immer schlimmer mit den linken Randalierern«.

Auf dem Boden lag ein zerrissener Wimpel.

JEDES TIER IST W

Kuhn ging an einem Bürokomplex vorüber. Er sah eine eigenartige Gestalt, die etwas Unhandliches mit sich trug, die Konturen waren verzerrt, und erst nach einem Moment erkannte er sich selbst in der spiegelnden Fassade.

Er bog in die Blausterngasse ein. Neben dem BLUMENFREUND hockte ein Junge im Hauseingang und setzte sich einen Schuss. Er hielt Kuhn den gestreckten Arm entgegen wie eine Opfergabe. Kuhn starrte auf die Sneakers des Jungen. Sie waren makellos, blendend weiß.

Eine Frau trat aus dem BLUMENFREUND, einen Strauß Tulpen im Arm. Die Köpfe der Tulpen nickten, so, als seien sie mit allem einverstanden. Kuhn wartete an der Ampel. Der Kopf des Jungen kippte gegen die Mauer und dann zur Seite. Die Frau trug Stilettos und er hörte noch das wütende Stakkato ihrer Schritte, als sie bereits aus seinem Blickfeld verschwunden war. Er überquerte die Straße und wich einem Kinderwagen aus. Das Baby, das darin lag, die Arme neben dem Kopf, prall wie ein Kürbis, saugte rhythmisch an seinem Schnuller. Er hatte nichts bei sich, das ihn beruhigen konnte. Er griff nach seinem Handy und erweckte es zum Leben. Kein Anruf in Abwesenheit. Er hing an der Hoffnung wie an einem Hund, der ihm unentwegt ans Bein pisste.

Er ging an einem Kinderspielplatz vorüber, an einem Laden für pädagogisch wertvolles Spielzeug mit Hampelmännern in der Auslage, an einem Altersheim. Aus einem der Fenster drang Musik. *Junge, komm bald wie-der, bald wie-der nach Haus.* Dazu Klatschen, ganz und gar aus dem Takt. »Gut so, Frau Hirsch, sehr gut machen Sie das, ganz ausgezeichnet, weiter so!« Eine durchdringende Frauenstimme rief: »Und jetzt alle zusammen: *Junge, komm bald* –«

Am Kormoranplatz setzte sich Kuhn in den Gastgarten eines Restaurants. Von hier aus überblickte er die Allee in ihrer gesamten Länge, außerdem konnte er den Eingang der U-Bahnstation beobachten. Wenn die Demonstration sich aufgelöst hätte, würde Myriam zu dieser Station zurücklaufen, um zum Pirandellosteg zu fahren, eine andere Möglichkeit gab es nicht.

Er schickte ihr eine weitere Nachricht: *Hab dich gesehen. Warte im Rudi's auf dich. Komm schnell.*

Es war beinahe zwei, und er hatte noch nichts gegessen. Der Tag war zerschossen. Er klappte die Speisekarte auf und blätterte durch die laminierten Seiten. Es gab ein Menü der Woche und wechselnde Tagesteller, täglich Fleisch, nur die Beilagen variierten. Auf der gegenüberliegenden Straßenseite nahm eine Combo Aufstellung. Ein Musiker schälte die Schutzhaut von einem Kontrabass, ein anderer stimmte eine Violine. Sie hatten ein Schild aufgestellt: DIE ZUKUNFT TRIUMPHIERT, ABER WIR HABEN KEINE. Obwohl sie noch nicht zu spielen begonnen hatten, warf ein humpelnder Mann bereits eine Münze in den Hut.

Eine Frau presste ihr Handy ans Ohr und zog mit der anderen Hand ein heulendes Kind nach, das sich loszureißen versuchte. Die Frau schimpfte: »Willst du auf die Straße laufen? Willst du, dass dich ein Auto überfährt? Willst du tot sein?«

Wir sind Tier, Tier wie wir, dachte Kuhn und bestellte Kalbsleber.

Der Gastgarten füllte sich. Die Musiker putzten ihre Instrumente. Ein Flugzeug ritzte ein zittriges Muster in den Himmel.

Vielleicht funktionierte sein Handy nicht. Daran hatte er noch nicht gedacht. Der Kellner brachte ein Bier. Er nahm einen Schluck, dann wählte er probehalber Andreas Nummer.

Sie ging sofort ran.

»Ist was passiert?« Er hörte sie laut atmen.

Im Hintergrund waren Stimmen zu hören. Gläsergeklirre. Ein Mann rief *Blueberry*. Gelächter.

»Ist wer gestorben? Los, sag schon.«

»Oh«, sagte Kuhn. »Niemand, alle am Leben.«

»Schön«, sagte sie. Sie schnaufte. »Rufst du mich deshalb an? Hier ist es – warte mal. Vier vorbei. In der Nacht.«

Er hörte, wie es *flapp* machte. Sie hatte sich eine Zigarette angezündet. Er sah sie vor sich, seine kleine Schwester. Wie sie gemeinsam auf dem kleinen Balkon der Mutterwohnung standen, weil drinnen Rauchverbot herrschte. Wie sie ihre drahtigen Locken aus dem Gesicht strich. Wie sich ihre Lippen nach dem Zug an der Zigarette zusammenzogen. Wie sie den Rauch kurz in der Lunge behielt. Wie sie ihn schließlich ausstieß und dabei in den Himmel sah. Wie sich die Haut über ihre Wangenknochen spannte. Wie sie ihr Ohrläppchen knetete.

»Ich ziehe um«, sagte er.

Als sie nichts sagte, sprach er weiter.

»Vera – also. Wir haben uns getrennt.«

»Das habe ich schon verstanden.« Andrea klang nicht überrascht. »Weiß Mama schon davon? Hör mal, du musst es ihr sagen. Du weißt, wie sie reagiert, wenn sie die Letzte ist, die es erfährt.«

Andrea lebte seit einem Jahr in Las Vegas. Einfach so. Ein unsteter Geist, immer in Bewegung. Das letzte Mal, als sie miteinander gesprochen hatten, hatte sie Kinder von Spielsüchtigen gehütet. Ein Service, den die großen Hotels in Las Vegas anboten. Ein lukrativer Job. Wenn eines dieser Paare gewann, gab es gutes Trinkgeld.

»Keine Casinobabys mehr?«, fragte er.

»Du meine Güte, nein. Die Spieler sind weg. Hat mit dem Mond zu tun oder so, keine Ahnung.«

Jetzt arbeite sie in einer Country Bar, sagte sie. Mit Willie Nelson vom Band und mechanischem Bullen.

Sie musste das Lokal verlassen haben, denn die Hintergrundgeräusche waren verstummt. Ihre Stimme war so nah. Als säße sie neben ihm. Er vermisste sie.

»Ich vermisse dich«, sagte er.

»Ach, Phil«, sagte sie. »Love you.«

Er sah sie nur zu Weihnachten. Oder wenn jemand starb. Sie war klein, mit dunklen Locken, obwohl sonst niemand in der Familie Locken hatte. Alle anderen mussten mit leblosem, an den Schädel gedrücktem Haar zurechtkommen.

Er sah hinüber zu den Straßenmusikern, die zu einer Pantomime übergegangen waren. Sie taten so, als spielten sie auf ihren Instrumenten, aber es war kein Ton zu hören.

»Hast du Mama besucht?«, fragte Andrea. »Bei unserem letzten Telefonat war sie komisch. Sie hat drei Mal dieselbe Geschichte erzählt, hörst du?«

Er hörte. Andrea erzählte ihm, eine von Mutters Nachbarinnen habe angeblich eines Morgens ein Huhn unter ihrer Bettdecke gefunden. Es schlief wie ein Kind. Die Nachbarin zog ihm die Kleider ihres verschollenen Sohnes an. Abends schauten sie gemeinsam Nachrichten. Das Zusammenleben mit dem Huhn sei außergewöhnlich *harmonisch* gewesen, berichtete die Mutter. Eines Tages kam die Nachbarin nach Hause und fand in der ganzen Wohnung Federn. *Alles war verseucht*, genauso habe sie es ausgedrückt. Das Huhn schmorte im Backrohr. Ein Mann zwang die Nachbarin mit vorgehaltener Pistole, es zu essen.

»Was für ein Mann?«

»Das wusste sie nicht. Er trug eine Sturmhaube.«

»Andrea, ich muss –«

»Warte, nicht auflegen! Hör genau zu, jetzt kommt unsere Mutter ins Spiel«, sagte sie. »Sie sollte die Federn aufsammeln und damit ein Kopfkissen befüllen.«

»Sie hat schlecht geträumt«, sagte er.

»Du musst dich um sie kümmern«, sagte Andrea, »sie ist auch deine Mutter, wenn ich dich daran erinnern darf.«

»Im Moment – «

»Bei dir ist immer irgendwas«, fauchte sie. »Ich bin in Amerika, aber ich telefoniere jeden zweiten Tag mit ihr.«

Zweifaches dumpfes Klicken. Das Signal, dass eine Nachricht eingetroffen war. Er drückte Andrea weg, er würde sich später auf ein Funkloch rausreden.

Eine Nachricht. Von Myriam.

Ich bin zu Hause.

Kuhn stand in dem Moment auf, als der Kellner die Leber servierte.

4

Nie zuvor war Kuhn mit der U-Bahn zu Myriam gefahren und er bemerkte schnell, dass das nicht möglich war. Auf halbem Weg musste er in eine Straßenbahn umsteigen. Wo auch immer er sich bewegte, sahen die Leute zunächst Adam an, dann ihn, dann wieder Adam. Als verglichen sie. Als suchten sie die Fehler, durch die sie sich unterschieden. Dass das Bild solch ein Aufsehen erregen würde, damit hatte er nicht gerechnet. Er durfte Adam nicht preisgeben, dachte er und achtete stets darauf, den Kopf vor den neugierigen Blicken zu verbergen. Mehr konnte er nicht tun.

Als Myriam einmal auf seinem Schoß gesessen hatte, fuhr sie mit dem Zeigefinger seine Falten zwischen Nase und Mund entlang. Sie roch nach Sonnencreme. Milchiges Nachmittagslicht.

Vorhänge, die sich bauschten. Lackierte Zehennägel in roten Flip-Flops.

Er sehe Leonard Cohen ähnlich, sagte sie und kicherte.

»Phil Cohen«, flüsterte sie ihm ins Ohr. »Ich liebe diese Falten.«

Sie seien wie die Jahresringe eines Baumes.

»Bitte nicht«, hatte Kuhn gesagt. Die Jahresringe kämen schließlich erst zum Vorschein, wenn der Baum gefällt würde.

In der Straßenbahn betrachtete Kuhn die dunklen Flecken auf seinen Handrücken, die sich unablässig zu vermehren schienen. Irgendwann wäre seine Körperoberfläche ein einziger Rorschachtest, dachte er, ein Muster, das in all seinen Variationen nur eines zeigte: Dass er alt wurde.

Kuhn läutete bei Kobalt. Hinter ihm zischten die Autos vorbei, endlos. Neben der Haustür hing ein Schild mit Paul Watzlawicks erstem Axiom der Kommunikation: *Man kann nicht nicht kommunizieren*. Als er das erste Mal hier war, hatte er sich gefragt, nach welcher Logik man die Straßen in Wien benannte. Watzlawick hätte einen ruhigeren Stadtteil verdient, hatte er damals gedacht, doch vielleicht, so überlegte er jetzt, gab es keinen besseren Ort, um über Kommunikation nachzudenken als jenen, an dem sie kaum möglich war.

Er trat drei Schritte zurück und sah die Fassade hinauf. Sobald Myriam am Fenster erschien, wie sie es immer tat, die Vorhänge zur Seite schob, das Fenster öffnete, würde er ihr das Bild entgegenhalten. Ein Geschenk für die erste gemeinsame Wohnung. Er war sicher, dass sie mit Adam gut auskommen würde.

Er läutete noch einmal.

Es begann zu nieseln, ein feiner Sprühregen. Seine dünne Jacke nahm die Feuchtigkeit auf wie Löschpapier. Er stellte sich unter das Vordach und wählte Myriams Nummer. Sie ging nicht ran. Das

Läuten klang hoch und fremd. Er hatte noch keinen Schlüssel zu ihrer Wohnung. Er las die Namen auf dem Klingelbrett: Graham, Lessiak, Wiesenhofer, Preiml, Kickinger, Lipic, Kobalt, Frög. Er läutete bei Preiml. Nichts. Er versuchte es bei Lessiak.

Klacken, Rauschen.

»Wer ist da?«

»Sie haben gewonnen«, sagte Kuhn.

Der Summer ertönte. Er stieß die Haustür mit dem Fuß auf, betrat den engen Flur, stieg in den Lift. Es roch nach nassem Hund. Er betrachtete die Stockwerktasten, die nacheinander aufleuchteten.

Er fuhr hinaus aus seinem alten Leben und hinein in eines, für das er noch keinen Namen hatte. Seine Handflächen waren feucht. Der Aufzug kam zum Stehen. Ein Moment des Innehaltens, so, als überlegte der Lift, wie es jetzt weiterging. Dann öffneten sich die Türen mit einem metallischen Ächzen.

Das erste Mal waren sie gemeinsam hochgefahren.

»Erwarte nicht zu viel«, hatte Myriam gesagt. »Es ist klein. Eine Zwischenlösung.«

Sie hatte keine Vorstellung davon gehabt, wie egal ihm das war. Es war der Abend des vierten März gewesen, der Abend, an dem der Winter überraschend zurückgekehrt war. Myriam trug nur einen dünnen Mantel, und er hatte den Arm um ihre Schulter gelegt, während sie von EDOS TAPAS-BAR in die Watzlawickstraße schlenderten. Je näher sie der Wohnung kamen, desto nervöser wurde er. Sie sprachen über die Intelligenz von Schweinen, Myriam sagte, dass sie über ein Bewusstsein verfügten, und er antwortete: »Deshalb esse ich kein Schweinefleisch«. Eine glatte Lüge. Er erzählte, wie sehr er es genossen hatte, auf dem Bauernhof eines Onkels mitzuhelfen, wie sehr er Menschen bewunderte, die die Sprache der Tiere verstanden, und dass er als Kind nie in den Zirkus gehen wollte. Lüge, Lüge, Lüge.

Daran musste er denken, als er aus dem Lift stieg, und dass jetzt die Zeit der Lügen vorbei war. Dann stand er vor ihrer Tür, Modell VIVAN 2 in Mokka, eine Sicherheitstür der Widerstandsklasse 4, Türblatt und Türstock komplett aus Stahl. Das war es, was von seiner Karriere bei SECURELLA übrig war, dachte er: die Fähigkeit, fünfhundert Türblätter auseinanderzuhalten.

Er läutete. Möglicherweise war Myriam eingeschlafen, erschöpft vom Demonstrieren, was wusste er schon. Vielleicht bereitete sie eine Überraschung für ihn vor und musste die letzten Details arrangieren. Vielleicht war er zu früh dran. Er läutete ein weiteres Mal. Legte das Ohr an die Tür. Sie war wangenwarm, so, als hätte vor ihm schon ein anderer gehorcht.

Als er Myriams Wohnung das erste Mal betreten hatte, war er überrascht gewesen von den Tierpostern an den Wänden, von ihrer unbeholfenen und kindlichen Seite, die sie nicht vor ihm versteckte. Alles war so anders als in seiner Vorstellung, aber er sagte kein Wort. Es war wie eine stille Übereinkunft: Er fragte sie nicht nach dem Leben, das sie vor ihm geführt hatte, und sie fragte nicht nach seinem. Vergangenheit brauchten sie keine, schließlich hatten sie eine gemeinsame Zukunft, und das war mehr, als man erwarten durfte. Sie würden in eine kleine Wohnung nahe der Innenstadt ziehen, gerne mit Klopfbalkon und Ausblick auf grün berankte Mauern. Sie würden in einen gemeinsamen Alltag hineingleiten, in ein gemeinsames Leben.

Er rief sich ins Gedächtnis, was er mit Myriam zum ersten Mal in seinem Leben getan hatte: Er hatte zum ersten Mal eine Frau geküsst, während ein Dutzend Affen dabei zusahen (im Schönbrunner Tiergarten). Er hatte gegen alle Vernunft ein weißes Puder geschnupft, von dem er nicht wusste, woher es kam (vermutlich Milchpulver, denn er fühlte keine Veränderung, wobei die Euphorie, in die ihn Myriam versetzte, durch Chemie ohnehin nicht herzustellen war). Er hatte Liebesbotschaften auf kleine Zettel geschrieben und sie in ihrer Wohnung versteckt. Die Botschaften würden ihr in die Hände fallen, wenn sie eine Schublade öffnete, ein Glas aus dem Schrank nahm, die Blumen goss, nach einem Pullover griff. Myriam war süchtig nach Überraschungen.

Nur im Schlaf entglitt sie ihm. Ihr Schlaf war ein plötzliches Verschwinden. Sie schloss die Augen und war im nächsten Moment abgetaucht, unerreichbar, ließ ihn zurück. Nie hatte er von einem Menschen gehört, der so rasch einschlief. Und sie schlief lange, zehn Stunden, ohne ein einziges Mal aufzuwachen, vollkommen reglos lag sie da. Einmal hielt er seine Handfläche vor ihre Lippen, um zu prüfen, ob sie noch atmete. Wenn sie erwachte, erzählte sie ihm ihre Träume in einer Detailgenauigkeit, die ihn verblüffte. Sie konnte sich nicht nur einen Traum merken, sondern zwei oder drei, und ihre Träume begleiteten sie auch während des Tages. Immer wieder unterbrach sie ihn und rief: *Ich wusste, dass du das jetzt sagen würdest, ich habe es geträumt!*

Wie schwer hingegen war seine Überfahrt in die Bewusstlosigkeit. Er wälzte sich stundenlang, wie ihm schien, von einer Seite auf die andere, und alles an seinem Körper war mit einem Mal verkehrt, ein Bein zu lang, der Magen in Aufruhr, die Wirbel verschoben, ein beunruhigendes Ziehen in der Nierengegend, und wenn er endlich wegdämmerte, schreckte er im nächsten Moment hoch und fand sich in einem taghellen Raum wieder.

Sie hatten bisher nur wenige Nächte miteinander verbracht. Kuhn schützte Recherchereisen vor, und seine Ausreden Vera gegenüber wurden von Mal zu Mal riskanter. Von diesen »Reisen« brachte er wenig brauchbare Informationen mit, meist nur das, was er kurz vor der Rückkehr in die Firma gegoogelt hatte. Vera sagte kein Wort, und etwas in ihm drängte ihn dazu, ihr zu sagen, dass er sie mochte, dass er sie wirklich mochte, aber er brachte kein Wort über die Lippen und arbeitete stattdessen die darauffolgenden Tage ohne Pause durch. Es waren Tage, die sich anfühlten, als säße er nahe dem Meer, die Luft roch nach Salz und nach Verheißung, doch der Weg zum Strand war verbarrikadiert.

Und dann war Kuhn, wie jeden Freitag, mit Bruno etwas trinken gegangen. Bruno war sein ältester und, wenn er darüber nachdachte, auch sein einziger Freund. Bruno war es, dem er verdankte, dass ihn seit der Schulzeit alle Kuhn nannten, als sei das sein Spitzname. Und Bruno war es auch, der ihn vor Jahren in die SECURELLA-Weihnachtsfeier eingeschleust und dafür gesorgt hatte, dass er Vera Bernauer vorgestellt wurde, *der* Vera Bernauer, Geschäftsführerin der SECURELLA GmbH. Kuhn stand also in seiner Schuld und lud ihn regelmäßig nach der Arbeit auf ein Bier ein, das sie meist an der Bar des Café HILDE neben dem Hauptbahnhof tranken, während auf den Bildschirmen über der Theke Baseballspiele ohne Ton liefen. Die Spielregeln hatte er nie durchschaut, aber was machte das schon, für Regeln hatte er sich ohnehin nie interessiert. Und dann hatte Bruno eine Zigarette aus der Packung geklopft und genuschelt: »Iabdigese.«

»Was?«

»Ich hab dich gesehen, Kuhn.«

»Und weiter?« Kuhn nahm einen Schluck.

»Im PARADIES. Schöne Frau, alle Achtung.«

Was zum Teufel hatte Bruno dort verloren?

»Stellst du sie mir vor?«

Kuhn lachte laut auf, und hoffte, dass die Sache damit erledigt sei.

»Hör mal, ich hab da keinen moralischen – du weißt schon«, sagte Bruno, »aber findest du, dass Vera das verdient hat? Ich meine, du machst, was du willst, schon klar, aber Vera ist eine gute Frau.«

Bruno zog an einer Lucky Strike ohne Filter und blähte die

Wangen auf. Er war nicht das, was man unter einem attraktiven Mann verstand, aber er hatte Esprit und konnte charmant sein.

Bei dem Baseballmatch war irgendwas passiert, die Kamera zoomte auf die Zuschauertribüne, auf der sich die Fans prügelten. Schwenk zu einem aufgeregten Moderator. Bruno blies eine schlanke Rauchsäule gegen die Decke. Er spielte mit seinem Feuerzeug.

»Klar«, sagte Kuhn und fuhr sich mit der Hand über die Augen. »Vera ist eine außergewöhnliche Frau.«

»Kuhn, ich kann dir nicht vorschreiben, was du zu tun hast. Aber wir alle verdanken Vera viel. Auch du.« Er machte eine Pause. »Und ich.«

Bruno leitete das Osteuropa-Verkaufsteam. Wenn der Freund, den er in die Firma eingeschleust hatte, für Schwierigkeiten sorgte, wären alle davon betroffen.

»Da geht's nicht um Liebe. Das wissen wir beide. Es geht um Fairness. Das ist alles.« Bruno schnippte die Asche in einen Aschenbecher in Form eines Mundes. Dann sah er auf den Bildschirm. »Scheißspiel«, sagte er. »Ich hasse Baseball.«

Am selben Abend schrieb Kuhn eine Nachricht an Myriam. *Es wird Zeit für das Gespräch.* Sie antwortete: *Ich werde mit dir üben.*

Er klingelte an der Tür. Hielt den Atem an. Wartete. Atmete aus. Horchte.

»Myriam«, sagte er. Er räusperte sich. Dann, etwas lauter: »Ich bin es!« Dann klingelte er erneut, so lange, bis seine Fingerkuppe schmerzte.

Die Nachbarstür ging auf. Eine alte Frau stellte den Müll vor die Tür. Ihr Blick streifte ihn, dann sah sie missbilligend auf das Bild. Vermutlich hielt sie ihn für einen Hausierer. Ihre Haare waren unter einem Netz gefangen.

Sie sagte: »Da ist keiner zu Hause, sie ist vor Kurzem weggegangen. Es nützt nichts, wenn Sie Krach machen.«

Kuhn wiederholte die Worte wie ein Idiot: »Keiner zu Hause.«

Sie beugte sich vor, sah an ihm vorbei zum Treppenabsatz. »Haben Sie den Mann gesehen?«

»Welchen Mann?«

»Von der Lotteriegesellschaft. Wir haben gewonnen.«

Kuhn schüttelte den Kopf.

»Wenn Sie ihn sehen, sagen Sie ihm, wo er uns findet«, sagte die Alte.

»Gratulation«, sagte Kuhn, aber die Alte war schon wieder im Bauch der Wohnung verschwunden. Der Müllsack roch nach Verwesung.

Er rief Myriam an. *Teilnehmer nicht verfügbar.* Er sagte: »Wo bist du? Wo bist du denn?«, obwohl da kein Pfeifton war, nach dem er sprechen konnte.

Der Druckschmerz hinter dem Brustbein kam ohne Vorwarnung. Seifiger Geschmack im Mund. Er hustete, drückte mit der Hand gegen den Oberkörper. Lief zum Ende des Ganges, öffnete das Fenster wie einer, der Angst hat zu ersticken. Atmete ein und aus, bis er sich besser fühlte. Sah hinunter auf die Watzlawickstraße, auf dem sich die Autokolonne stadtauswärts schob. Es schien, als ob die Autos rechts aus seinem Gesichtsfeld hinaus- und von links wieder hereinfuhren. Immer dieselben. Das konnte nicht sein. Er wischte sich mit der Hand über die Augen.

Danach werden wir darüber lachen.

Er stellte das Bild neben Myriams Tür ab. Alles würde sich aufklären. Adam würde hier wachen, bis er zurückkäme.

Er spürte einen Blick im Rücken, als er zum Lift ging.

5

Kuhn hielt die Mitgliedskarte an den Scanner. Das Lämpchen leuchtete grün auf, und er ging durch das Drehkreuz. Loredana begrüßte ihn mit einem Nicken.

»Long time no see, Philipp«, sagte sie. Ihr Haar sah aus, als wäre es mit Lack überzogen, ein schwarzer, steifer Helm, alles an ihr wirkte laminiert. Sie hielt ihm einen Flyer entgegen. »Wir haben jetzt ein Getränke-Abo. Neun neunzig die Woche. Zwei Wochen kannst du kostenlos testen.«

Kuhn nahm den Flyer entgegen, ohne einen Blick darauf zu werfen. Er würde kein Abo abschließen. Er würde sich nirgendwo verpflichten. Vorerst brauchte er nur einen Ort, an dem er warten konnte.

Das FLOW war rund um die Uhr geöffnet und das einzige Fitnessstudio in der Stadt, das über einen RAUM DER STILLE verfügte. Kuhn war gerade erst bei Vera eingezogen, als er auf seinem Schreibtisch eine FLOW-Jahreskarte vorfand. Ein Willkommensgeschenk der Geschäftsleitung für alle Mitarbeiter, doch in Wahrheit mehr Verpflichtung als Präsent, denn es wurde erwartet, dass man die Karte auch nutzte. Leistung konnte schließlich nur erbringen, wer auf seinen Körper achtete, *Mens sana* und so weiter.

So hatte diese Lebensphase begonnen, und so schloss er sie ab, dachte Kuhn, als er zur Umkleide ging – auf einem Fahrrad, das nirgendwohin fuhr, auf einem Laufband, das ihn nicht weiterbrachte, an einer Rudermaschine, auf deren Display Wellen aus Bits und Bytes wogten.

In der Umkleide stieß er auf Ben und erschrak. Ben war einer von Veras Vertrauten. Ein Augenblick des Zögerns. Kuhn wusste nicht, ob Ben bereits von seinem Rauswurf erfahren hatte. Offenbar schon, denn Ben glotzte ihn unverwandt an.

Kuhn öffnete seinen Spind. Alles darin roch nach saurer Hühnersuppe, dennoch nahm er Shorts und T-Shirt heraus und zog sich um.

Er ging in die Trainingshallc, sctztc sich auf ein Fahrrad. Auf den Bildschirmen an der Wand lief der Sportkanal. Während er in die Pedale trat, sah er Skispringer, die auf einer Mattenschanze ihr Sommertraining absolvierten und Männer, die Pfeile auf eine Dartscheibe warfen. Der Unterschied war beträchtlich, vor allem, was das Körpergewicht der Athleten betraf. Er konnte sich einen Bauch wachsen lassen, dachte Kuhn, und dennoch im Sportkanal gezeigt werden. Der Gedanke hatte etwas Tröstliches.

Er atmete verbrauchte Luft ein und aus, aber eine andere Luft gab es nicht. Er wünschte sich, Loredana würde ein Fenster öffnen. Den Trainierenden war nicht gestattet, es selbst zu tun, um Zugluft zu vermeiden, wie es hieß.

Nach wenigen Minuten brannten seine Oberschenkel. Er wartete darauf, dass es anfing, Spaß zu machen, er sehnte die Überflutung mit Endorphinen herbei, doch wenn er ehrlich war, wartete er darauf seit drei Jahren.

Plötzlich stand Ben neben ihm.

»Hilfst du mir?«, fragte Ben und zeigte in die Ecke mit den Gewichten.

Kuhn nickte, obwohl er keine Lust hatte, den Assistenten zu spielen. In einem Fitnessstudio musste man allein sein mit sich, nur du und dein Wille, sonst nichts. Es war der einsamste Ort der Welt, und das war gut so.

Ben war bullig und einen Kopf kleiner als Kuhn. Er trainierte jeden Tag.

Ben legte sich flach unter das Langhantelgestänge, auf seiner

Glatze glänzte ein Schweißfilm. Kuhn nahm hinter ihm Aufstellung. Ben griff nach der Stange, hob sie aus der Verankerung und stieß sie mit einem verzweifelten Seufzen in die Höhe. Seine Arme zitterten. An den Enden der Stange waren enorme Gewichte befestigt. Kuhn legte seine Hände darunter, um sie zu sichern. Ben ließ die Stange langsam auf Brusthöhe sinken und stieß sie dann hoch. Jetzt zitterten auch seine Oberschenkel. Er schwitzte stark. Sein T-Shirt rutschte hoch. Rund um seinen Nabel war das Fleisch mürbe. Würde er nicht trainieren, wäre er fett.

Nach fünf Wiederholungen presste er ein »Aus« durch die Zähne. Kuhn half ihm dabei, die Stange auf die Halterung zurückzulegen.

Ben setzte sich auf und wischte sich mit dem Handtuch über sein Gesicht. Sein Bizeps wölbte sich und es wirkte unnatürlich, so, als versteckte er unter der Haut ein buckelndes Tier. Dann drehte er sich zu Kuhn um.

»Nächste Woche«, sagte er. »Das Treffen mit den Rumänen. Donnerstag. Wir müssen uns noch abstimmen.«

Seine Sätze waren wie er, kurz und bullig.

»Ich melde mich«, sagte Kuhn.

Ben sah ihn an. Als wollte er noch etwas sagen.

»Ich muss los«, sagte Kuhn. Er legte sich das Handtuch um den Hals wie ein Boxer, der aus dem Ring steigt.

Während er zurückging in Richtung der Umkleide, kontrollierte er sein Handy. Er schaltete es aus und wieder ein. Er tippte: *War bei dir zu Hause, bin jetzt im Flow.*

Kuhn öffnete die Tür zum RAUM DER STILLE, trat in eine vollkommene Dunkelheit und schloss leise die Tür hinter sich. Er blieb so lange auf der Schwelle stehen, bis sich Umrisse aus der Dunkelheit schälten. In einer Ecke stand eine Statue, an der er sich orientierte. Er bewegte sich in kleinen Schritten durch den Raum. Der Boden unter seinen Füßen gab nach, er ging über Matten. Seine

Zehenspitzen stießen an etwas Weiches, das sich zurückzog. Kuhn flüsterte eine Entschuldigung, dann setzte er sich, arrangierte die Beine zu einem ungelenken Schneidersitz, schloss die Augen. Hier würde er warten. Die Welt war ausgesperrt, die Stille vollkommen. Er befand sich in einer Raumkapsel.

Und so saß er da, aufrecht wie Buddha unter dem Bodhibaum, und versuchte sich in einer Myriam-Meditation. Er postierte zwei Wächter vor den Toren seines Bewusstseins, die jeden störenden Gedanken verscheuchen sollten.

Doch die Wächter arbeiteten nicht, wie sie sollten. Sie ließen alles bei der Tür herein, jeden kruden Gedanken, jede krumme Idee. Auswandern, dachte er plötzlich. Ein Lokal eröffnen. Warum nicht auswandern. Er hatte die Bernauer-Villa verlassen, die Nabelschnur durchschnitten, nun konnte er mit Myriam ebenso gut in Mailand leben, in Paris, warum nicht. In Bologna, in Lyon oder Norwegen. In Goa. Weiße Strände, Fjorde, Wälder, heiße Quellen. Mitternachtssonne. Neu beginnen. Niemand hielt ihn hier fest. Sie würden ihn verstehen. Sogar seine Mutter würde ihn verstehen.

Nach kurzer Zeit spürte er einen heftigen Schmerz in seinem rechten Schienbein. Er streckte die Beine aus, legte sich auf den Rücken, starrte mit offenen Augen in den schwarzen, sternenlosen Himmel. In seinem Kopf dröhnte es. Eine Kakophonie unterschiedlicher Stimmen, von denen jede um Aufmerksamkeit rang, ein Papageiengarten. Da war Andrea auf einem mechanischen Bullen, die ihn auslachte: *Bist du unter die Esoteriker gegangen?* Die Mutter, die den Kopf schüttelte: *Für so etwas hast du Zeit. Für so etwas.* Bruno, der an seiner Zigarette nuckelte. Er hatte sie im PARADIES entdeckt. Wie war das möglich? War er ihm *absichtlich* gefolgt? Hatte möglicherweise sogar Vera ihn dazu angestiftet? Egal. Es war vorbei, vorbei, vorbei.

Seine Ferse juckte, und als er sich gekratzt hatte, juckte es hinter dem Ohr, dann an der Hüfte. Je mehr er versuchte, sich zu beruhigen, desto unruhiger wurde er.

Um sich zu konzentrieren, benötigte er einen optischen Anker, das war schon immer so gewesen. Das schwarze Nichts war keine Option. Frauen zündeten doch bei jeder Gelegenheit eine Kerze an, weshalb brannte gerade hier keine?

Als er sich wieder aufsetzte, sah er, wie Leben in die Statue kam. Sie dehnte ihre Beine, dann die Arme. Sie kniete sich hin, beugte den Oberkörper vor, bis ihr Kopf auf der Matte lag. So blieb sie einige Zeit. Dann hob sie den Oberkörper und atmete aus, eine Ewigkeit, wie ihm schien.

»Mach dir nichts draus«, flüsterte die Statue. Eine Frau. Sprach sie mit ihm?

»Was?«

»Es ist schwierig. Am Anfang.«

Sie befolgte das ungeschriebene Gesetz, dass man dort, wo es dunkel war, auch die Stimme senkte.

»Du willst zur Ruhe kommen, und dein Körper lässt dich nicht. Alles Übungssache.«

»Und wie lange muss man üben, bis man es so kann wie du?«

Er hörte ein Glucksen. Lachte sie etwa?

»Ich bin jeden Tag hier, weißt du.«

Jeden Tag im FLOW. Was war das für ein Leben? Sie bog ihren Oberkörper auf unnatürliche Weise zurück.

»Du machst das toll«, sagte er.

Seit er Myriam begegnet war, hatte er Lust, andere zu loben, das kannte er nicht von sich. Schon in seiner Familie wurde selten gelobt. Lob war wie Truthahn, einmal im Jahr war genug. Das änderte sich erst, als Andrea auf die Welt kam, das Wunderkind, das alles konnte und nichts beweisen musste. Ein Geschenk des Himmels, das der immermüden Mutter ein Lächeln entlockte.

»Kann ich dir helfen?«, flüsterte die Frau, als Kuhn orientierungslos durch den Raum tappte.

»Eine Kerze«, sagte er. »Gibt es hier eine Kerze?«

»Ich hab eine App«, sagte sie.

Sie kramte in einer Tasche. Dann legte sie ihre schmale Hand auf seinen Oberarm.

»Ich heiße Tamara.«

»Philipp«, sagte er. Sein Name klang fremd, wenn er ihn aussprach.

Tamara legte das Handy in der Mitte des Raumes auf ein Handtuch. Der Lichtschein fiel kurz auf ihr Gesicht. Sie war jung, vielleicht Ende Zwanzig. Kurzes Haar. Trug einen weiten Jogginganzug. Auf dem Display erschien tatsächlich eine Kerze. Sie berührte den Docht mit dem Finger, und eine Flamme loderte auf.

»Wenn du das Handy schwenkst, bewegt sich die Flamme mit«, sagte Tamara. »Du kannst sie sogar auspusten.«

»Wahnsinn«, sagte Kuhn.

Sie drückte ihm das Handy in die Hand.

»Versuch es, na los!«, sagte sie.

»Was?«

»Schwenken!«

Er hob den Arm und schwenkte das Handy von einer Seite zur anderen. Die Flamme erhellte den fensterlosen Raum. Zwei weitere Frauen saßen im perfekten Yoga-Sitz auf einer Matte, die Hände wie Schalen auf den Knien. Die Wände waren mit Eierkartons verkleidet. Der Raum war kleiner, als er vermutet hatte: eine Klosterzelle.

»Gut machst du das«, sagte Tamara.

Schon war es vorbei. Entweder schwenkte er das Handy zu heftig oder sein Daumen hatte versehentlich das Display berührt – die Flamme verlosch und sie saßen wieder im Dunkeln.

6

Myriam war nach der Demonstration möglicherweise an ihren Arbeitsplatz zurückgekehrt, dachte Kuhn, als er zum HOTEL KRONE fuhr, ein Notfall, der plötzliche Ausfall einer Kollegin, eine Brandübung, was wusste er schon von den Arbeitsanforderungen einer Rezeptionistin, nichts, weniger als nichts. Noch nie hatte er sie im Hotel besucht. Nicht, weil es ihn nicht interessierte, sondern weil er ihr im Gegenzug keinen Besuch an seinem Arbeitsplatz anbieten konnte.

Das HOTEL KRONE lag in Riedmatten hinter der Busremise im anarchischen Teil der Stadt, dort, wo sich keiner die Mühe machte, die Zeichen des Verfalls zu maskieren. Hierher kam man nicht zum Flanieren, sondern nur, um seine Dinge zu erledigen. Tatsächlich war der Autobahnanschluss der einzige Vorzug von Riedmatten. Er ermöglichte es einem, rasch wieder abzuhauen.

Als Kuhn auf die U-Bahn wartete, drängte ihm ein Bursche diesen Flyer auf. Zuerst wollte er ihn nicht entgegennehmen und steckte demonstrativ die Hände in die Hosentaschen, aber der Typ setzte dieses Lächeln auf – *Bruder, Friede sei mit dir* und so weiter — also nahm Kuhn den Zettel entgegen und überflog ihn. Darauf war zu lesen, dass ein Komet die Erde ansteuerte. Die einzige Möglichkeit, der Katastrophe zu entkommen, war ein frühzeitiger, kollektiver Selbstmord. Das hat's doch schon mal gegeben, dachte Kuhn, als er den Flyer zusammenknüllte. Diese Sekte in Kalifornien, deren Mitglieder sich aus Angst vor einem Kometeneinschlag gemeinsam umbrachten. Wie hießen die nochmal?

Damals hatte er die Berichterstattung fasziniert verfolgt. Diese Leute waren davon überzeugt, dass sie ein Raumschiff abholen und aufs nächste Level bringen würde. Sie trugen wallende Gewänder und Kurzhaarfrisuren, hatten sich seltsame Namen gegeben wie Jwnody, Ollody oder Dvvody. Sie hatten einen bürgerlichen Beruf gehabt, waren Webdesigner oder Programmierer gewesen, die unter dem ideologischen Dach der Sekte ein Unternehmen aufbauten, das Internet-Dienstleistungen anbot. Eine ganz normale Firma mit Steuernummer, Arbeitsplätzen, Kunden-Briefings und einer Website.

Kuhn sah dem Typen nach, der die Flyer verteilte. Er trug Turnschuhe und einen Kurzmantel, sehr hip, sehr blonde Locken. Von hinten sah er aus wie ein Student der Psychologie oder der Vergleichenden Literaturwissenschaft, irgendwas Harmloses, das niemanden verletzte und niemanden rettete.

Falls er ernst nahm, was er da unters Volk brachte, war es schade um ihn. Aber vielleicht dachte dieser junge Mann dasselbe über das Christentum – eine lächerliche Sekte mit einem Gründer, der angeblich auf dem Wasser gehen konnte, Blinde sehend machte und mit zwei Fischen und fünf Broten tausende Menschen satt machte. Vielleicht war Kuhn genauso lächerlich mit seinen Stoßgebeten, die er, der Quartalsbeter, in seinen Verzweiflungsanfällen zum Himmel sandte.

An der dottergelben Gründerzeitfassade des HOTEL KRONE prangten drei Sterne mit verbogenen Zacken. Ein Dutzend Touristen blockierte den Hoteleingang. Sie standen zwischen ihren folierten Trolleys wie erstarrt, bewegten sich keinen Millimeter, als Kuhn sich ihnen näherte, und selbst als er *Excuse me* sagte, blieben sie wie angewurzelt stehen, und erst da, auf Armlänge, erkannte er, dass es sich nicht um Menschen handelte, sondern um Figuren aus Kunststoff, denen man Kleider übergezogen hatte. Sie wirkten täuschend echt, weil die Gesichter, wie er jetzt sah, sämtliche Spuren von Alter, Frust und nachlässiger Kosmetik trugen: Falten, Pickel, Warzen waren deutlich zu sehen, sogar die Pupillen schienen sich zu bewegen.

Kuhn trat nah an eine der Figuren heran, eine rundliche Frau mit breitem Gesicht und einem winzigen Knopfmund. Sie war einen Kopf kleiner als er. Kuhn schnupperte an ihrer Wange. Sie roch nach kaltem Rauch. Hinter ihrem Ohr steckte eine orangefarbene Blüte, die er mit dem Zeigefinger berührte.

Er ging durch die automatische Tür. Der graue Teppich in der Lobby warf Falten wie Elefantenhaut. Schwere Möbel im Kolonialstil standen konzeptlos unter einem Empire-Lüster. Hinter der Rezeption saß ein Mädchen auf einem Stuhl und las. Als er auf sie zukam, legte sie das Buch zur Seite und erhob sich. Sie trug unzählige Spangen im Haar, so, als ob es gewaltsam gebändigt werden musste.

»Diese Puppen da draußen«, sagte er. »Die blockieren alles.«

»Das ist die Installation eines renommierten chinesischen Künstlers«, sagte sie mit einem leichten Näseln in der Stimme. »Unsere Gäste sind *hingerissen*.«

Kuhn verkniff sich einen Kommentar.

»Ich möchte Myriam Kobalt sprechen, sie arbeitet hier.«

»Wo?«

»Im Hotcl«, sagtc cr. »In diesem I Iotel.«

»Das habe ich schon verstanden. Im Service, in der Küche?«

»An der Rezeption.«

Sie sollte stehen, wo Sie jetzt stehen, hätte er beinahe gesagt. *Du bist falsch hier, Spangenmädchen, du passt nicht ins Bild.*

Sie konsultierte das Telefonverzeichnis.

»Wie heißt die Dame noch einmal?«

Kuhn nahm einen Wien-Plan vom Stapel und schrieb auf die Rückseite in riesigen Lettern, damit das Mädchen begriff, wie wichtig sie für ihn war.

Das Spangenmädchen verschwand mit dem Plan in einem Büro hinter der Rezeption, und er sah, wie sie zum Hörer griff, eine Nummer wählte, sich von ihm abwandte, flüsterte, nickte, dabei immer wieder den Sitz der Spangen kontrollierte.

»Tut mir leid«, sagte sie, nachdem sie zurückgekehrt war. »Ich erreiche die Chefin nicht.«

»Können Sie nachschauen, ob Frau Kobalt heute Dienst hat?«

»Ich habe keine Einsicht in die Dienstpläne der Kollegen«, sagte sie und zeigte auf die Sitzgruppe in der Lobby. »Sie können gerne warten.«

Kuhn setzte sich in einen der enormen Fauteuils. Das Licht in der Lobby war gedimmt. An den tapezierten Wänden hingen Abbildungen historischer Schiffe. Er erkannte die »Great Eastern«, das größte Dampfschiff der Welt und zugleich das größte Unglücksschiff. Auf seiner ersten großen Fahrt ertrank der Kapitän, auf der zweiten lief das Schiff auf Grund, auf der dritten brachen Schaufelräder und Ruder, danach starb der Konstrukteur an Burnout, nur dass das damals anders hieß.

Mit einem Mal überkam ihn eine unendliche Erschöpfung, und er kämpfte gegen den Impuls, die Augen zu schließen, wenigstens für einen Moment. Die Ungeduld war es, die ihn wach hielt. Er hasste Warteschleifen und sinnloses Herumsitzen. Wenn er sich für etwas entschieden hatte, dann ertrug er keine weitere Verzögerung. Hätte Myriam ihm nicht schon eine Nachricht geschickt, hätte er sich Sorgen gemacht. Große Sorgen. Das Spangenmädchen war bestimmt neu, sie hatte keine Ahnung, dachte er, vermutlich hatte sie Myriam noch nie gesehen, denn wer sie einmal gesehen hatte, vergaß sie nicht.

Auf dem niedrigen Tisch vor ihm lagen zwei Exemplare eines Ausstellungskatalogs. Auf dem Cover waren die künstlichen Touristen abgebildet. Die Installation nannte sich ETERNAL CHECK-IN.

Kuhn nahm einen Katalog in die Hand, blätterte, betrachtete die Fotos, die Ohrläppchen zeigten, die von schwerem Schmuck langgezogen wurden, ein nachlässig in die Hose gestopftes Hemd mit Spuren von Frühstücksei, Amalgamplomben in aufgerissenen Mündern, entzündetes Zahnfleisch. Eine Detailversessenheit, die unter der Kleidung nicht endete. Die letzten Seiten waren den nackten Figuren gewidmet. Und da war auch sie, die Frau, deren Blüte im Haar er berührt hatte. Skrupellos ausgeleuchtet. Er klappte den Katalog zu, fühlte sich unwohl, als habe er durch seine Ungeschicklichkeit die Intimsphäre einer Fremden verletzt.

So hatte er sich gefühlt, als er in der ersten Nacht mit Myriam die Bettdecke gehoben hatte unter der sie lag, starr wie ein Leichnam, um die Narbe zu betrachten, die sich seitlich von der Brust bis zum Hüftknochen zog. Die Narbe, die ihm aufgefallen war, als er mit ihr schlief. Es war, als sähe er etwas, das er nicht sehen durfte. Das nicht für ihn gedacht war. Er schämte sich und bedeckte ihren Körper rasch wieder.

Ein Kellner im steingrauen Hemd fragte Kuhn nach seinen Wünschen. Er hatte Lust auf einen Martini, doch Alkohol würde ihn noch müder machen, als er ohnehin schon war, und er musste mit seinen Kräften haushalten.

Aus dem Fauteuil neben ihm – er hatte angenommen, er sei unbesetzt – schnellte ein Arm hervor. Tatsächlich saß da jemand, ein dürrer, alter Mann mit einer Haut wie Spinnenpapier. Er war in den Sessel eingesunken, es wirkte, als sei er mit dem Möbelstück verwachsen.

»Hallo«, rief er dem Kellner nach, der bereits wieder zur Bar geeilt war.

»Sie hören nicht, wenn man sie ruft«, sagte er zu Kuhn. Im Gegensatz zu seiner Statur war die Stimme des Alten stämmig. Er hatte eine hohe Stirn, doch an den Seiten waren seine weißen Haare lang. Als sei der Schädel unermüdlich weitergewachsen und hätte im Laufe der Zeit die Haare verdrängt.

»Soll ich –?« Kuhn machte Anstalten aufzustehen.

»Oh nein«, sagte der Alte und tätschelte Kuhns Armlehne. »Ich kann warten«, sagte er. »Ich bin ein Weltmeister im Warten. Warten macht das Leben süß. Stellen Sie sich vor, man würde immer alles sofort bekommen. Jeder Wunsch im Augenblick erfüllt. Das, mein junger Freund, ist die Hölle, nichts anderes als die Hölle.«

Kuhn hielt den Mund, denn was er sich am sehnlichsten wünschte, war nichts anderes als das: Erfüllung. Der Alte hatte keine Ahnung. Auf einen Drink zu warten, war keine Kunst. Eine Kunst war es, nicht die Nerven zu verlieren, wenn einem etwas vorenthalten wurde, das man wirklich wollte, das man brauchte wie nichts anderes.

Er stellte sich vor, was geschehen könnte: Myriam würde durch die automatische Tür treten, natürlich würde sie überrascht sein, ihn hier anzutreffen, bestürzt ihr Telefon aus der Tasche ziehen und etwas sagen wie: *Das Mistding funktioniert nicht, seit Stunden habe ich versucht, dich zu erreichen.* Oder: *Du wirst nicht glauben, was mir passiert ist.* Oder: *Ein Unfall, mein Gott, bin ich froh, dich zu sehen.*

Wenn man nicht weiß, ob man möglicherweise vergeblich wartet, ist die Gegenwart ausgelöscht. Eine Zeit ohne Substanz.

Kuhn sah hinüber zur Rezeption, wo das Spangenmädchen einen Geschäftsmann bediente und stellte sich Myriam vor, wie sie hinter der holzvertäfelten Theke stand, eingerahmt von Prospektregalen, die Schlüsselfächer im Rücken, und den neuen Gästen erklärte, wo sich der Frühstücksraum befand. Eine Vorstellung, die ihm vertraut und gleichzeitig fremd vorkam, schließlich hatte er sie noch nie bei der Arbeit beobachtet.

Die Arbeit als Rezeptionistin sei nur eine Zwischenlösung, hatte sie ihm erklärt. Eine Notlösung. Sie wollte Schauspielerin werden. Für diesen Fall hatte sie sich bereits einen Künstlernamen zurechtgelegt: Sie würde das dunkle *Myriam* gegen das helle *Stella* tauschen.

Sie *war* keine Rezeptionistin, wurde sie nicht müde zu betonen, sie *spielte* eine Rezeptionistin. Das war der Unterschied, der jeden ihrer Alltagsmomente adelte.

Daran dachte Kuhn jetzt, der sich in diesem Moment ebenfalls beobachtet fühlte, von einem missgünstigen Regisseur zur Untätigkeit verbannt, in einen Raum gesperrt mit unfähigen Komparsen. Alles in dieser Lobby erschien ihm mit einem Mal schäbig und heruntergekommen, ein liebloses Nebeneinander von nachlässig verstauten Requisiten.

Der Kellner balancierte ein volles Tablett an seinem Fauteuil vorbei.

»Einen Mokka, bitte, schwarz wie die Nacht!«, rief der Alte. Er wandte sich an Kuhn. »Sie auch?«

Kuhn schüttelte den Kopf. Betrachtete die Schiffe an der Wand, die Reproduktionen von Stichen waren, oder nur: Fotografien von Reproduktionen von Stichen, wertlose Poster hinter Glas, und er dachte an Adam, der vor Myriams Tür wachte. Adam war auch kein Original, doch er hatte einen wahrhaftigen Kern, dachte Kuhn, der sich ihm verbunden fühlte wie einem alten Freund.

Und dann läutete sein Handy und er sprang auf, endlich, endlich. Er holte das Telefon aus der Hosentasche, im nächsten Augenblick fiel es ihm vor Enttäuschung beinahe aus der Hand. Auf dem Display war eine Nummer eingeblendet, die er nicht zuordnen konnte. Kurz wallte die Hoffnung auf, dass es Myriam war, die von einem anderen Handy aus anrief.

»Phil, bist du es?«

Eine Männerstimme.

»Wer ist da?«

»Ben. Ich hab dich überall gesucht. Ich soll dir etwas von Vera geben. Du warst so schnell weg.«

»Was denn?«

»Keine Ahnung, einen Umschlag.«

»Bist du noch im FLOW?«, fragte Kuhn. »Hinterleg es an der Rezeption. Ich hole es später.«

Er würde den Fitnessclub wechseln müssen. Er hatte keine Lust, noch Jahre später auf Veras Verbündete zu treffen.

Als Kuhn sich wieder gesetzt hatte, hielt ihm der Alte einen Teller mit Süßigkeiten entgegen.

»Bedienen Sie sich. Es ist genug da.«

Kuhn griff nach einem weichen, klebrigen Würfel, der im Mund Fäden zog und so süß war, dass er Gänsehaut bekam.

»Meine Mutter stammte aus Istanbul«, sagte der Alte. »Sie hat Lokum selbst gemacht und es auf dem Großen Basar in Sultanahmet verkauft. Lokma, das heißt Bissen, müssen Sie wissen. Ein kleiner, süßer Bissen, der die Seele streichelt. Sie brauchen dafür Rosenwasser, können Sie es riechen? Rosenwasser ist wichtig.«

Tatsächlich fühlte es sich an, als ob die Süßspeise die Aufregungen des Tages in Rosenduft auflöste und die harten Konturen verwischte. Er griff nach einem zweiten Lokum mit grünen Einsprengseln.

»Pistazien«, sagte der Alte, »eine gute Wahl«.

Und dann noch ein Drittes. Kuhn kaute, strich sich mit der Zunge über die klebrigen Lippen, und stellte fest, dass er seit dem Morgen nichts gegessen hatte. Die Kalbsleber war zu spät serviert worden, und als er Myriam am Arm ergreifen wollte, war es zu spät gewesen. An diesem Tag schien nichts zur rechten Zeit zu geschehen. Diese süßen Bissen waren das erste Richtige an diesem Tag. Und das Beste, das er seit Langem gekostet hatte. Eine Götterspeise.

»In der Küche«, sagte der Alte und beugte sich vor, »arbeitet eine Türkin, Dilara, eine Abwäscherin. Sie macht Lokum extra für mich. Nur für mich«, sagte er. »Ich sitze zwei Mal die Woche in diesem Fauteuil hier. Es ist meiner, sehen Sie hier?«

Er drehte sich um und deutete auf ein kleines Schild in Kopfhöhe.

»*Solak* steht da, sehen Sie? Das bin ich. Friedrich Solak. Ich habe mir den Fauteuil gewissermaßen ersessen. Wenn Sie das erste Mal hier sind, dann sehen Sie nichts als eine Hotellobby, verständlich. Für mich aber ist es mehr« – er legte den Finger an die Lippen – »ein Gefühl von Heimat, wenn Sie verstehen. Eine Möglichkeit, die Vergangenheit zu vergegenwärtigen. Diese Lobby hier ist meine Zeitmaschine, wenn Sie so wollen, dieses Lokum der Auslöser.« Er nickte, in Gedanken versunken. »Ich sehe meine Mutter, eine schöne Frau, stolz und eigensinnig, wie sie mir über den Kopf streicht. Sie nahm mich überallhin mit. Auch auf den Basar. Ich hockte unter dem Tisch, auf dem sie das Lokum kunstvoll arrangiert hatte und betrachtete die Schuhe der Marktbesucher. Da war ich, warten Sie, vielleicht vier. Unsere Stammgäste erkannte ich an ihren Schuhen. Ich sah Hinkende, O-Beinige, X-Beinige, Einbeinige, Menschen mit Stock, Ausschlägen, Wunden und Barfüßige. Dass ich später Schuhmacher und Philosoph geworden bin, habe ich der Zeit unter dem Tisch zu verdanken, sie hat mich geprägt wie nichts anderes. Beides, das Herstellen von Schuhen und das Philosophieren, haben mit dem Boden zu tun, auf dem wir uns bewegen. Als ich ein Kind war, waren meine Haare kohlrabenschwarz. *Meine dunkle Son-*

ne, so hat meine Mutter mich genannt. Was macht die Zeit nur mit uns? Zunächst nimmt sie einem die Farbe, dann die Kraft. Zuletzt den Atem. Das ist ein Naturgesetz. Doch die Vergangenheit ist nicht eingeschlossen in einem Raum, zu dem wir keinen Zugang haben. Wenn wir uns bemühen, wenn wir Augen, Ohren und alle anderen Sinne offenhalten, dann wird sie uns immer wieder besuchen. Wenn ich die Augen schließe, bin ich acht, nicht achtzig. Man kann jederzeit zurück, wenn man nur weiß, wie es geht.«

Er nippte an seinem Mokka. »Wissen Sie, Zeit ist eine Illusion. Lassen Sie sich nicht täuschen, junger Freund.«

Junger Freund. So war er schon lange nicht mehr genannt worden. Er ließ den Alten reden, ein angenehmer Singsang war es, den er absonderte und der ihn beruhigte. Er griff nach einem weiteren Würfel, in dem rote Kügelchen schimmerten. Granatapfelkerne. Wenn der Alte so oft in diesem Fauteuil saß, wie er behauptete, dann musste er doch auch Myriam gesehen, wenn nicht sogar mit ihr gesprochen haben.

»Kennen Sie Myriam?«, fragte Kuhn geradeheraus. »Sie arbeitet an der Rezeption.«

»Ein funkelnder Opal, hab ich recht? Zeigen Sie mir eine Fotografie.«

Kuhn wollte schon nach dem Handy greifen, als ihm einfiel, dass er auf ihren Wunsch alle Fotos gelöscht hatte.

»Sieht sie unserer Rebecca ähnlich?«, fragte der Alte.

»Rebecca?«

Solak nickte in Richtung der Rezeption.

»Oh nein«, sagte Kuhn schnell und überlegte, wie er Myriam beschreiben konnte, ohne das Spangenmädchen zu beleidigen.

»Myriam ist – anders«, sagte er.

Der Alte beugte sich vor. »Diesem Haus«, sagte er und zwinkerte, »stehen goldene Zeiten bevor, dazu braucht es auch unsere hübschen Rezeptionistinnen. Gut, die Lage ist nicht optimal, Riedmatten ist nicht in Zentrumsnähe, aber das lässt sich nun mal nicht ändern. Wissen Sie, ein indischer Investor mit einem Faible für zeitgenössische Kunst hat das Haus kurz vor der Pleite übernommen und seinen Cousin als Manager eingesetzt. Ich frage mich manchmal, was ihn daran gereizt hat, und ich glaube, es ist das verborgene Potenzial. Wenn der Erfolg auf der Hand liegt, braucht ein Investor weder Gespür noch Mut.«

Jedenfalls, sagte Solak, mache der neue Betreiber seine Sache gut, außergewöhnlich gut sogar. Ein Hotel müsse kein Familienbetrieb sein, um eine Seele zu haben – das Wort *Seele* spuckte er geradezu aus – »das ist eine romantische Vorstellung, die nichts zu tun hat mit den Gesetzen des Marktes. Außerdem ist das, was man Familienanschluss nennt, nicht jedermanns Sache. Dass sich einer zum Abendessen an den Tisch dazusetzt und krampfhaft ein Gespräch anleiert, ist falsch verstandene Gästebindung und nichts anderes als Anbiederung. Gäste haben oft keinen Bedarf nach einem Gespräch, die wollen ihre Ruhe. So wie ich.«

Dafür, dass er seine Ruhe wollte, redete dieser Solak ziemlich viel, dachte Kuhn. Seine Finger waren zuckerverklebt. Während er zuhörte, versuchte er, sie mit einer Serviette zu säubern, doch je heftiger er rieb, umso mehr klebten sie. Schließlich entschuldigte er sich und stand auf.

»Nicht stolpern, junger Freund!«, rief Solak ihm nach.

Tatsächlich waren die Toiletten im Souterrain untergebracht, eine schmale Wendeltreppe führte nach unten, wo sich offenbar auch ein Getränkelager befand, denn als Kuhn die Tür zum Herren-WC öffnete, drängte sich ein Angestellter mit einer Bierkiste an ihm vorbei. Es war warm und eng im Bauch des Hotels und nicht besonders sauber. Er beschloss, nicht genauer hinzusehen und wusch seine Hände im Schein der müde flackernden Neonleuchte.

Er fuhr sich mit den Fingern durchs Haar und fragt sich, was Myriam in ihm sah. Sie war von einer beinahe aggressiven Schönheit – mit Abstand die attraktivste Frau, mit der er je im Bett war. Dass er sie bald wieder im Arm halten würde, war eine Tatsache, die ihn erschauern ließ und mit Freude erfüllte.

Er öffnete den Mund. Zwischen den Schneidezähnen klebte Zuckermasse, er entfernte sie mit dem Nagel seines Zeigefingers.

Sein Vater hatte ihm eingeschärft, immer einen Zahnstocher dabei zu haben, am besten im Portemonnaie. Man wisse nie, wann man ihn brauche. Er hatte genickt, wie zu jedem von Vaters Ratschlägen, innerlich gehöhnt, wie konnte man nur so spießig sein und im Voraus für jede Eventualität vorsorgen. Mit dem Alter war Kuhn ihm ähnlich geworden, mit dem Unterschied, dass er immer die falschen Dinge zur falschen Zeit mit sich herumtrug: Kondome, wenn er Myriam ganz bestimmt nicht traf (außerdem konnte sie die Dinger nicht leiden) oder ein Schweizer Messer, wenn er mit Veras Geschäftspartner im Haubenrestaurant dinierte.

An einem Haken hing ein altes Frotteehandtuch, es war klamm. Er wischte seine Hände an den Jeans ab. Er stieg die Wendeltreppe hinauf und kontrollierte dabei sein Handy. Keine Nachricht, kein Anruf in Abwesenheit.

Als er den Blick vom Display löste, sah er sie: die beiden Polizisten in Uniform und mit Schlagstöcken, die vor dem Fauteuil standen, in dem er gerade noch gesessen hatte. Sie sprachen mit dem Alten, der ihnen von seinem Lokum anbot. Zwei Würfel waren noch da, und er verspürte den Impuls, zu ihnen zu laufen, sie zur Seite zu stoßen, um sich wenigstens einen der Würfel zu sichern.

Das Spangenmädchen trat zu den Polizisten und händigte ihnen ein gefaltetes Schriftstück aus. Kuhn erstarrte. Es war der Plan, auf den er zuvor Myriams Namen geschrieben hatte, selbst aus der Ferne konnte er seine windschiefen Buchstaben erkennen.

Irgendetwas war hier faul. Sein Mund staubtrocken. Er schluckte.

Ein Mann mit Aktentasche, der eben noch in der Lobby gesessen hatte, ging an Kuhn vorbei zum Aufzug.

Er sprach den Mann an. »Was will die Polizei hier?«

Der Mann zuckte mit den Schultern. »Ich glaube, sie suchen eine Frau.«

»Eine Frau? Warum?«

»Sie hat was gestohlen.«

»Gestohlen?«

»Hören Sie, ich weiß es nicht. Fragen Sie die Polizisten doch einfach selbst.«

Und dann kam der Aufzug, öffnete sein Maul mit einem *pling* und verschluckte den Mann. Kuhn wusste nicht, wie ihm geschah. Was auch immer Myriam getan hatte, sie hatte es für sie beide getan. Davon war er überzeugt. Aber weshalb war die Polizei auf der Suche nach ihm? Wurde er als Mitwisser, gar Mittäter gesucht?

Da waren sie, die ersten Symptome. Allzu vertraut. Ein leichter Druck rund um den Nabel. Nicht jetzt, bitte nicht jetzt. Er hätte das Lokum nicht essen dürfen, er hätte sich nicht beschwatzen lassen dürfen von dem Alten, er hätte längst verschwinden müssen.

Das Spangenmädchen bedeutete den Polizisten, ihr zu folgen. Sie waren keine zwanzig Schritte entfernt.

Kuhn drehte sich um und ging ohne übertriebene Hast den Gang entlang, vorbei am Abgang zu den Toiletten. Er ging, ohne sich noch einmal umzudrehen, während sein Herz in der Brust tobte.

Als er eine Tür entdeckte, die nur angelehnt war, schlüpfte er hinein in einen stockfinsteren Raum. Drückte die Tür zu. Versuchte, seinen Atem im Zaum zu halten. Hielt sein Ohr an die Tür. Jetzt. Sie gingen vorbei, die Polizisten und das Spangenmädchen. Satzfetzen drangen an sein Ohr. »... schon seit zwei Wochen nicht mehr ... angezeigt ... natürlich.«

Als sich seine Augen an die Dunkelheit gewöhnt hatten, erkannte er, dass er sich in der Gepäckaufbewahrung befand. Ein schmaler, fensterloser Raum. Trolleys und Taschen lagen eng aneinandergepresst in den Regalen entlang der Wände.

Er hörte das ferne Surren des Aufzugmotors. Ein Kind trampelte vorbei. Er fühlte sich abgeschnitten von allem. Atmete tief ein und aus. Er legte die Hand auf sein Herz und zählte bis fünfzig. Ein Trick, den er von Andrea hatte. »Das Herz«, hatte sie gesagt, »ist dein Haustier. Wenn du es frei herumlaufen lässt, macht es, was es will. Du musst es abrichten, damit es dir folgt«. Manchmal fragte er sich, woher sie so viel vom Leben wusste.

Die Luft war knapp, er atmete schwer, er musste sofort hier raus. Er zog am Türknauf. Verschlossen. Ein Handy in einem der Koffer klingelte. Ein Song, den er wiedererkannte und einst sehr gemocht hatte. *Karma Police.* Wie lange hatte er das nicht mehr gehört. Er ortete die Tasche und blieb daneben stehen, bis das Handy verstummte.

Und dann ging alles ganz schnell. Ein Schlüssel, der sich im Schloss drehte. Die Tür, die aufgestoßen wurde. Licht, das ihm in die Augen stach. Er wich zurück.

»Um Himmels Willen, haben Sie mich erschreckt!« Eine Frau in Hoteluniform. Ihre Hände flatterten in der Luft, bevor sie sich auf ihre Brust senkten. »Was machen Sie hier?«

»Ich kann meinen Koffer nicht finden«, sagte er.

»Im Dunkeln ist das auch schwierig. Wie sind Sie hier reingekommen?«

An ihren Mundwinkeln hingen zwei scharfe Falten herab. Wenn sie den Mund öffnete, war es, als klappte der Kiefer einer Marionette herunter.

Das Licht sei plötzlich ausgegangen, stammelte er, er habe den Schalter nicht mehr finden können.

»Da ist er ja«, sagte er und zeigte auf einen grünen Trolley.

»Ihr Abholschein?«

Den habe er der Kollegin an der Rezeption schon zuvor ausgehändigt, behauptete Kuhn.

»Gut, wir werden sie fragen.«

Das *wir* machte ihn nervös. Er trottete ihr nach wie ein Schüler, der zum Direktor gerufen wurde. Glücklicherweise war das Spangenmädchen noch nicht an seinen Platz zurückgekehrt.

»Warten Sie hier«, sagte die Frau.

Er wartete nicht, sondern zog den grünen Trolley hinter sich her und ging durch die automatische Tür. Das Polizeiauto parkte in der Auffahrt. In dem Moment, als er auf die Straße trat, sah er das Spangenmädchen, das auf dem Gästeparkplatz stand und telefonierte. Noch war sie abgelenkt, sah zu Boden, wenn sie den Kopf hob, sähe sie ihn sofort. Vor der Rezeption stand die andere und unterhielt sich mit den Polizisten. Er war in der Falle.

Er schlängelte sich durch die Gruppe der Kunststoff-Touristen, und da schien ihm, als raunte die Frau mit dem Knopfmund ihm etwas zu. Er stellte den Rollkoffer ab, beugte sich hinab zum Zippverschluss, wandte das Gesicht ab, damit man ihn nicht erkennen konnte. Er stand zwischen der Frau mit dem Knopfmund und einem Mann im Hawaiihemd, in einer Lücke, die wie gemacht war für ihn. So blieb er stehen, eingefroren in der Bewegung. Er war jetzt einer von ihnen.

Schleifende Schritte auf Kies. Knistern und Rauschen aus einem Funkgerät. Er hörte, wie die Frau aus der Gepäckaufbewahrung mit den Polizisten aus dem Hotel trat. Das Spangenmädchen gesellte sich dazu. Verabschiedungsformeln. Aufdringliches Lachen. Zuschlagen von Autotüren. Schritte, die sich entfernten. Ein Motor, der angelassen wurde. Der Polizeiwagen setzte zurück, fuhr davon. Geruch von Dieselabgasen.

Kuhn musste sich nicht bemühen, flach zu atmen, das ging ganz von allein. Möglicherweise würde es ihm gelingen, gar nicht mehr zu atmen. Er war schwerelos. Der Wind blies durch ihn hindurch.

Stille.

Dämmerung.

Monotones Verkehrsrauschen. Ein kleines Tier, das in der Erde scharrte.

Hotelgäste, die an ihn herantraten. Schwere, ernsthafte Kunstblicke, die ihn betasteten.

Es musste doch einen Grund dafür geben, weshalb er hier stand, dachte er. All das musste einen Sinn ergeben, das waren die letzten Prüfungen, das Unterpfand, das er für sein künftiges Glück entrichten musste. Wenn er das überstand, würde sich alles in eine Ordnung fügen. So und nicht anders würde es sein.

Und mit einem Mal, zwischen den Fiberglas-Figuren mit ihren kalten Herzen, fiel ihm plötzlich der Name dieser verrückten kalifornischen Sekte ein. Jetzt, wo es ihm nichts nützte, kam er zum Vorschein. Heaven's Gate. Kuhn erinnerte sich an die Bilder der Mitglieder. Wie sie rechtzeitig vor dem Aufprall des Kometen ihre neuen Nikes anzogen, die interplanetare Beförderungsgebühr – ein Fünfdollarschein und drei Vierteldollarmünzen – in die Hosentasche steckten, große Mengen Schlaftabletten mit Wodka hinunterspülten, ihren Körper mit einem Tuch bedeckten und auf das Raumschiff warteten.

Er hatte damals mit Andrea darüber gesprochen, und sie hatten gelacht, mein Gott, es war so *crazy*. Diese Menschen hatten Familie, Brüder, Schwestern, Ehemänner und -frauen. Sie hatten Kinder. Wie sollte man denen erklären, was vorgefallen war? *Wisst ihr, Elaine, Jennifer, Bobby, Francis: Mami und Papi sind heute mit dem Raumschiff fortgeflogen, um bei den Marsmännchen wiedergeboren zu werden. Ihr müsst das verstehen, sie waren nicht glücklich mit ihrem irdischen Körper-*

anzug, sie hatten Sehnsucht nach – nach Häutung, so wie sich eine Raupe ver- und entpuppt und danach schöner ist. Ihr wisst schon, Schmetterling. Dasselbe ist mit euren Eltern passiert. Freut euch.

Und irgendwann hatte Andrea mit den Achseln gezuckt und gemeint: »In den Augen der Sektenanhänger war das vernünftig. Es war das Vernünftigste, das sie tun konnten.«

Sie sah ihn an mit diesem spitzbübischen Andrea-Blick.

»Hast du dich das schon einmal gefragt, Phil?«

»Was?«

»Wie weit du gehen würdest, wenn du sicher wärst, dass es dich rettet.«

Inzwischen war es dunkel geworden. Kuhn streckte sich, drückte das Kreuz durch, lockerte Arme, Beine, Hände, ließ den Kopf im Nacken rollen. Bevor er ging, flüsterte er den Figuren Dank zu. Wenn es niemand sah, war es nicht geschehen.

Er spähte durch ein Fenster in die Lobby des Hotels und sah eine reglose Gestalt hinter der Rezeption. Vermutlich der Nachtportier. Das war gut, denn es bedeutete, dass das Team der Nachmittagsschicht bereits abgelöst war.

Kuhn ließ den Trolley neben dem Bein der Knopfmundfrau stehen. Sie würde gut darauf aufpassen. Er betrat die Lobby, setzte ein Lächeln auf und visierte den Mann an der Rezeption an, der allem Anschein nach aus einem Land stammte, das mindestens zwanzig Flugstunden entfernt war, Pakistan, Tibet, Nepal. Er war klein, aber drahtig, sah aus wie ein Sherpa, der größenwahnsinnigen Amerikanern die Rucksäcke über den Khumbu-Gletscher trug.

Er würde gern, sagte Kuhn, einem älteren Herrn, Stammgast, der immer dort saß – er zeigt auf die Sitzgruppe – eine Nachricht hinterlassen. Der Nachtportier sah ihn mit großen Augen an.

»Your room number, Sir?«

»Alter Mann«, sagte Kuhn und zeigte auf den Fauteuil. Er machte eine Schreibbewegung mit der Hand.

»Old. Very old. Zettel, Nachricht. Message.«

»Keycard? Your room number?«

«No room. I want to leave a message.«

»No room«, wiederholte der Sherpa.

»No room, right«, sagte Kuhn. Er sprach lauter, obwohl es offensichtlich nicht an der Lautstärke lag. »An old man. He usually sits down there.« Er machte eine Handbewegung.

Der Sherpa blickte ihn mit gütigen Augen an. Abends war in diesem Hotel nicht viel los, da kam man offensichtlich mit rudimentären Sprachkenntnissen über die Runden.

»No room, no keycard«, sagte der Sherpa.

Kuhn seufzte. »Paper?«

Das verstand der Sherpa. Er kramte in einer Schublade, förderte einen Block zutage, den er Kuhn mit einem breiten Lächeln überreichte.

Kuhn griff nach einem Stift und zeichnete ein Lokum, von oben gesehen. Keine geraden Kanten, es war ja nicht aus Stahl, dafür Zucker oben drauf, kleine Striche, über die Fläche verteilt. Himmel, es sah aus wie das Werk eines Dreijährigen: ein schiefes, schiefes, schmutziges Quadrat. Er hielt dem Nachtportier die Zeichnung hin, dazu machte er Kaubewegungen.

Der Sherpa betrachtete es ernst und sagte dann: »Sorry, no swimming pool«.

Kuhn nickte.

»Thank you«, sagte er leise. Hier war nichts mehr zu holen. Er riss einen Papierstreifen ab, ging damit zu Solaks Fauteuil und schrieb:

Es geht um das, was heute hier geschah. Ich muss dringend mit ihnen sprechen. Bitte melden Sie sich!

Der alte Herr würde ihm erzählen, was genau vorgefallen war. Was man Myriam vorwarf. Und er würde ihn wiederum fragen, weshalb er nicht zurückgekehrt war. Was würde er antworten? Dass er geschockt war und nicht fähig, mit der Polizei zu sprechen? Dass er Angst gehabt hatte? Aber wovor? Davor, in etwas hineingezogen zu werden, von dem er nicht abschätzen konnte, wie groß es war? Dass er Angst gehabt hatte vor der Wahrheit?

Die Zeilen waren unverfänglich, falls sie in die falschen Hände geraten würden, dennoch zeugten sie von einer gewissen Nachdrücklichkeit. Kuhn fügte seine Telefonnummer an. Dann faltete er den Zettel mehrmals und steckte ihn in die Vertiefung zwischen Sitzpolster und Armlehne von Solaks Fauteuil, ließ dabei einen Zipfel herausschauen.

Möbelpost, dachte er. Das Wort gefiel ihm. Eine Flaschenpost ohne Wasser.

Er verließ das Hotel, und als er einen letzten Blick auf die Figuren warf, die bis in alle Ewigkeit auf ihren Check-In warteten, kam es ihm so vor, als sei der Platz zwischen der Knopfmundfrau und dem Mann mit dem Fotoapparat, diese Lücke, in der er zuvor gestanden hatte, zu einem kaum handbreiten Spalt geschrumpft.

7

Kuhn hatte mit Bruno im Flugzeug gesessen. Sie waren auf dem Weg zu einer Konferenz, tranken Prosecco aus Dosen, soviel wusste er noch, schließlich hatten sie wieder aussteigen müssen, weil ein Crewmitglied nicht gekommen war. Sie verbrachten Stunden in der Lounge und tranken weiter. Als sie neuerlich auf ihren Plätzen saßen, erzählte Bruno eine merkwürdige Geschichte, die sich in seiner Nachbarschaft abgespielt hatte. Bruno lebte mit seiner Frau in einer Reihenhaussiedlung am Stadtrand. Eine Zeitlang wohnte Martin, ein alleinerziehender Vater mit seiner fünfjährigen Tochter neben ihnen. Seine Frau war plötzlich abgehauen. Ein mutiger Mann, dieser Martin, sagte Bruno, als sie darauf warteten, dass das Flugzeug endlich auf das Rollfeld fuhr. In einer Winternacht verschwand das Kind. Sperrte die Tür auf, lief im Nachthemd hinaus. Einfach so.

Bruno sah Kuhn an, machte eine Pause, bevor er weitersprach. Er hatte ein Gespür für Dramaturgie. »Kannst du dir das vorstellen? Dein Kind allein da draußen? Gut, die Siedlung ist nicht groß, aber am Ende der Straße gibt es diese Abzweigung, die auf die Autobahn führt.« Die ganze Nachbarschaft war auf den Beinen, erzählte Bruno, er ebenfalls. Polizei und Feuerwehr durchkämmten die Siedlung und den nahegelegenen Wald. Man war, wie immer in solchen Fällen, auf das Schlimmste gefasst. Martin kannte die Lieblingsplätze seiner Tochter: den Bach mit der kleinen Brücke, die Lichtung im Wald, wo sie einmal ein Reh gesehen hatte, das Haus ihrer Freundin Lena, die mit ihrer Familie am anderen Ende der Siedlung lebte. Die ganze Nacht lief Martin vom Bach zur Lichtung zum Haus der Freundin und wieder zum Bach, immer im Kreis, weil er nichts anderes tun konnte. Weil er sonst verrückt geworden wäre. Im ersten Morgenlicht wurde Claudia von einem Feuerwehrmann gefunden, durchfroren, aber wohlauf, auf einem schneebedeckten Feld neben der Landstraße, doch in Martin hatte sich diese Nacht so tief eingebrannt, dass er noch Jahre später die *Claudia-Route*, wie er sie nannte, abgehen musste. Bach, Lichtung, Lenas Haus.

»Das war wie ein Zwang«, sagte Bruno. »Kannst du dir das vorstellen?«

»Verrückt«, sagte Kuhn. Natürlich konnte er sich das nicht vorstellen. Damals.

Und nun fuhr er bereits zum zweiten Mal an diesem Tag in die

Watzlawickstraße. Er fand die Haustür geöffnet vor, doch der Lift funktionierte nicht. Er stieg die fünf Stockwerke hoch und stellte erleichtert fest, dass Adam immer noch da war. Sie hatte ihn sogar verschoben, um durch die Tür treten zu können.

Myriam war zu Hause. In seine Freude mischte sich eine bittere Note, denn wenn sie zurückgekehrt war, bedeutete das doch, dass sie keine akute Gefahr fürchtete. Weshalb sie sich dennoch nicht gemeldet hatte, war ihm unbegreiflich. Wenn sie ihn schon nicht anrief, dann hätte sie zumindest auf seine Nachrichten antworten können.

Er klingelte und betrachtete die Tür. Irgendwas hatte sich verändert, aber er kam nicht drauf, was es war.

Als er ein zweites Mal zum Klingeln ansetzte, trat die Nachbarin aus ihrer Wohnung, obwohl niemand sie gerufen hatte. Sie hielt eine Illustrierte in der Hand.

»Sie schon wieder«, sagte sie. »Eine afrikanische Hauptstadt mit sieben Buchstaben?«

»Guten Abend«, sagte Kuhn. Er wandte den Blick ab.

»Mein Mann hat gesagt: Monrovia. Aber das ist ein Buchstabe zu viel. Außerdem muss die Stadt mit einem N anfangen. N wie Nordpol.«

»Keine Ahnung«, sagte er.

Komm schon, mach auf, Myriam, ich bitte dich, mach endlich auf.

»Die Dame wird schon schlafen«, sagte die Nachbarin. »Ich höre doch immer, wenn sie badet. Dann gluckst es in unserer Leitung. Sie verbraucht das ganze warme Wasser, aber das kann mir egal sein, es ist ihr Wasser. Sie badet jeden Abend.«

Jeden Abend? Das war ihm entgangen.

»Und heute hat sie schon gebadet«, sagte die Alte. »Danach schaltet sie den Fernseher ein, irgendwas Blutrünstiges, wir hören die Schüsse bis in unser Schlafzimmer.«

Das konnte nicht sein, die Alte war verwirrt. Kuhn läutete erneut. Er hörte einen Mann rufen: »Nairobi, Nairobi!«

Die Nachbarin senkte ihre Stimme: »Wissen Sie, wenn es nach mir ginge, wäre er längst im Pflegeheim. Aber mich fragt ja keiner. Er liegt nur noch herum und flucht. Alles ist ihm zu viel. Früher war er bei der Post. Er ist kein schlechter Mann. Wir haben im Lotto gewonnen, wissen Sie. Wir warten noch auf das Geld, aber wenn es da ist, ziehen wir von hier weg. Das ist ein Irrenhaus, alle verrückt.« Sie tippte sich mit dem Zeigefinger an die Stirn.

Da, endlich, tat sich etwas hinter der Tür. Schritte. Ein Schlurfen, das nicht nach Myriam klang.

Als die Tür schließlich geöffnet wurde, wusste er mit einem Mal, was ihn irritiert hatte: Myriams Namensschild war nicht mehr da.

»Ja?« Eine Frau im Morgenmantel. In ihrer Hand hielt sie einen Apfel. Sie biss ab und kaute, während sie ihn ansah. Möglicherweise eine von Myriams Freundinnen.

»Oh. Ich – ist Myriam da?«

»Hier bin nur ich«, sagte die Frau.

Sie wollte die Tür schließen, aber Kuhn stellte den Fuß dazwischen.

»Moment. Mein Name ist Philipp Kuhn. Ich komme zu Myriam Kobalt. Das ist ihre Wohnung.«

»Das glaube ich kaum. Es ist meine Wohnung.«

Er nahm das Handy heraus, wischte mit zitternden Fingern über den Bildschirm.

»Das können Sie bleiben lassen«, sagte die Frau.

»Hier«, rief er triumphierend und hielt ihr Myriams Nachricht entgegen.

Ich bin zu Hause.

»Sehen Sie?«

Die Frau warf einen gelangweilten Blick darauf.

»Ja und?«

»Das Bild«, sagte Kuhn, »das haben Sie doch gesehen? Dieses Bild, der Mann mit Turban, das habe ich hierhergestellt. Für Myriam.«

»Gehen Sie«, sagte die Frau und biss in den Apfel. »Die andere ist ausgezogen, ich weiß nicht, wohin.«

»Der Herr war vorher schon einmal da.« Jetzt mischte sich die Alte auch noch ein. Die Blonde verschränkte die Arme vor der Brust. Kuhn verstand nichts mehr.

»Seit wann«, seine Stimme krächzte, »ich meine, wann sind Sie eingezogen?«

»Was geht Sie das an?«

»Nairobi«, sagte die Alte zufrieden, während sie auf dem Magazin herumkritzelte. »Er hat recht. Einmal hat er recht. Sonst hat er ja oft unrecht. Fritz, sage ich dann, du brauchst mir nicht so obergescheit daherkommen, nur weil du bei der Post warst.«

»Die ganze Zeit klingelt einer an der Tür«, sagte die Blonde. »Das ist nicht auszuhalten, ehrlich.«

»Die Polizei war auch schon da«, sagte die Alte stolz. »So eine Aufregung. Ich habe den beiden Polizisten gesagt, was ich weiß. Dass das Fräulein, das hier gewohnt hat, ausgezogen ist. Ein Fluss in Norwegen, vier Buchstaben.« Sie drehte sich um und rief in die Wohnung: »Fritz! Vier Buchstaben, Fluss!«

Die Polizei. *Das Fräulein*, ausgezogen.

»Das muss ja eine ganz schöne Granate sein«, sagte die Blonde. »Wenn alle hinter ihr her sind.«

»Aber wieso ... ich meine, wo –?«

»Das fragen Sie mich?« Sie war sichtlich genervt. »Hören Sie: Ich bin hierhergezogen, um endlich meine Ruhe zu haben.« Sie öffnete die Tür einen Spalt, damit er einen Blick ins Vorzimmer werfen konnte. »Und noch nicht einmal dazu gekommen, die Kartons auszuräumen, sehen Sie?«

»Sie haben nicht zufällig zwei flache, blaue Kisten in der Wohnung gefunden? Die gehören mir.«

»Da waren keine Kisten in der Wohnung«, sagte sie und zog den Morgenmantel enger um die Taille. Es gab keinen Grund, ihr nicht zu glauben.

»Hören Sie. Lassen Sie mich hinein, nur eine Minute, ich bitte Sie.«

Er musste da hinein. Wenn Myriam weggezogen war, ohne ihn einzuweihen, hatte sie aus hehren Motiven gehandelt. Davon war er überzeugt. Sie hatte ihm nichts verraten, weil sie ihn schützen wollte. Um ihn nicht hineinzuziehen in eine Geschichte, von der er nicht wusste, ob er sie erfahren wollte. Später. Sie würde sich später bei ihm melden. Alles erklären. Sie stand unter großem Druck. Das erklärte zwar noch nicht, weshalb sie seine Sparbücher mitgenommen hatte, aber es gab Wichtigeres als Geld. Es schmerzte ihn, dass sie ihn nicht ins Vertrauen gezogen hatte.

»Wenn Sie nicht sofort gehen, rufe ich die Polizei«, sagte sie.

»Wir haben hier gewohnt«, sagte er, auch wenn es gelogen war. »Wir wollten heiraten.«

Er konnte nicht glauben, was er soeben gesagt hatte. Den H-Satz hatte er noch nie ausgesprochen. Noch nie in seinem Leben. Die Lüge kitzelte auf der Zunge, zeigte aber Wirkung.

Die Frau seufzte, dann öffnete sie ihm die Tür.

»Ich warne Sie, es ist nicht aufgeräumt.«

Er griff nach dem Bild, dann traten sie gemeinsam ein, Adam und Kuhn. Er ging auf Zehenspitzen durch den Flur. Die Wohnung roch nach Myriam. Als hätte sie sich bloß hinter den Vorhängen versteckt und würde im nächsten Augenblick kreischend hervorspringen. HAAAAA, *drangekriegt!*

Die Einrichtung war noch immer dieselbe, da war ihre Eck-Couch mit Bettfunktion, ihr Wandverbau, ihr Esstisch, ihre Stühle. Er fragte nicht, ob er das Schlafzimmer sehen könnte. Das würde er nicht ertragen.

»Das sind ihre Möbel«, sagte er leise. Er ging durch die Räume wie durch einen Traum.

»Das glaube ich kaum, das ist eine Übergangswohnung, die möbliert vermietet wird«, sagte die Blonde, die ihm jetzt, wohl angesichts seiner erbärmlichen Vorstellung, sogar die Hand hinstreckte. »Sibylle Eckstein«, sagte sie. »Ich schreibe Ihnen die Nummer des Maklers auf, ihn können Sie fragen.«

Übergangswohnung. Möbliert vermietet. Die Worte ergaben keinen Sinn. Myriam hatte ihm zu jedem einzelnen Möbelstück eine Geschichte erzählt. Die grüne Couch hatte sie vom Flohmarkt, die Kommode war ein Erbstück, von dem sie sich nicht trennen konnte, auch wenn die Schubladen klemmten. Außerdem hatte sie bei SECURELLA eine Sicherheitstür gekauft. Niemand baut auf eigene Kosten eine Sicherheitstür in eine Übergangswohnung ein.

Während die Frau in der Küche herumkramte, untersuchte Kuhn die Winkel des Wohnzimmers. Hatte Myriam ihm ein Zeichen hinterlassen? Eine Botschaft, einen Brief?

Auf der Couch hatten ihre Stofftiere gelegen, mindestens zwei Dutzend, Eichhörnchen, Elefanten, Eisbären, eine ganze Eisbärfamilie, die Myriam zu immer neuen Kleinfamilien arrangiert hatte, weil sie nicht an die Großfamilie glaubte. Alle fort.

Die neue Mieterin hatte bereits ihr Territorium markiert. Die Tierposter waren von den Wänden gerissen, da und dort sah man noch Klebestreifen und Papierreste. Auf dem Boden lagen Polyesterteppiche mit geometrischen Mustern, die in den Augen schmerzten.

Kuhn versuchte sich zu erinnern, wo er die letzte Liebesbotschaft versteckt hatte. Dann fiel es ihm wieder ein: hinter dem Heizkörper im Wohnzimmer, eingeklemmt zwischen zwei Eisenverstrebungen. Schon war er beim Heizkörper, tastete den Spalt zwischen Gerät und Wand ab, mit einem Ohr bei der Blonden, die in der Küche mit dem Geschirr klapperte. Da. Tatsächlich. Schon hielt er ein Stück Papier zwischen den Fingern, zog es heraus. Mit zitternden Händen entfaltete er es. Das war nicht seine Schrift. Das war nicht sein Text.

Schaumrollen

1 Stk. Blätterteig
2 Stk. Eiklar
50 g Puderzucker
und so weiter.

»Ich habe Kaffee gemacht«, sagte die Frau, die jetzt einen Namen hatte.

Er setzte sich ohne Nachzudenken auf den Stuhl, auf dem er immer saß, und Sibylle Eckstein stellte Zucker und Milch auf den Tisch, dann setzte auch sie sich.

»Ich kann Ihnen leider nicht helfen«, sagte sie und rührte in ihrem Kaffee, obwohl sie weder Zucker noch Milch hineingetan hatte. Er sah, dass einige ihrer Zähne braun verfärbt waren.

Sie wirkte wie jemand, der sich aufgegeben hat und nur noch zum Schein weiterlebt.

»Schon in Ordnung«, sagte er.

»Soll ich Musik machen?«

»Nicht notwendig.«

Trotzdem sprang sie auf, lief zum Fensterbrett, auf dem ein altes Kassettengerät stand.

»Mögen Sie Tango?«

Er rührte vier Löffel Zucker in den Kaffee. Nahm einen Schluck. Es schmeckte ekelhaft.

Musik erfüllte den Raum. Bandoneon, Violine, eine heisere Stimme. Sibylle Eckstein kehrte zum Tisch zurück.

»Ich habe früher getanzt«, sagte sie und schabte an ihrem Daumen. Rund um die Nägel war die Haut aufgebissen. »Wir hatten eine Company. Aber alles nur Spaß. Auftritte in Gasthäusern«, sagte sie. »In Hinterzimmern von Gasthäusern. Dort, wo die Pokale stehen. Alles ein bisschen deprimierend.«

Aus Angst, dass sie ihn zum Tanzen auffordern würde, fingerte er an seinem Handy herum, als hätte er etwas Unaufschiebbares zu erledigen. Hier war sie, Myriams Kurznachricht.

Ich bin zu Hause.

Das ergab doch keinen Sinn. Warum schickte sie ihm diese Nachricht, wenn sie bereits ausgezogen war? War das eine verschlüsselte Botschaft? Wollte sie ihm etwas ganz anderes mitteilen?

Da erst fiel sein Blick auf das Datum. *Empfangen am 07.06.*

Sie hatte es am siebten Juni geschickt. Vor beinahe vier Monaten. Nicht heute. Sondern am siebten Juni. Er schloss die Anwendung, öffnete sie wieder.

07.06.

Eine Nachricht, die er vergessen hatte zu löschen. Die aus irgendeinem Grund durchgerutscht war.

»Ich glaube, ich war nicht so übel«, sagte Sibylle Eckstein, »damals.« Ihr Blick verlor sich.

Kuhn rührte in seiner Tasse.

Er würde so lange rühren, bis es Winter und dann wieder Sommer geworden war. Er überlegte sich eine Ausrede – *mir ist nicht gut, mit ist gar nicht gut* – und gerade, als er es aussprechen wollte, verkrampfte sich etwas in seinem Oberbauch. Atmen, befahl er sich. Weiteratmen. Einatmen. Ausatmen. Ihm wurde schwarz vor Augen. Er legte den Kopf auf die Unterarme. Ein Löffel fiel zu Boden.

»Was ist los?« Schon war die Eckstein bei ihm. »Du meine Güte. Dass Sie mir bloß nicht vom Sessel kippen. Kommen Sie, stehen Sie auf. Da hinüber. Alles in Ordnung? Gott im Himmel. Wenn ich das gewusst hätte. Als hätt' ich nicht genügend Probleme.«

Sie dirigierte ihn zu dem Sofa, auf dem er so oft mit Myriam gelegen hatte.

»So ist's gut. Einfach hinlegen. Die Schuhe können Sie anlassen.«

Das Sofa war kalt und unbequem. Als erinnerte es sich an nichts mehr.

»Was ist los mit Ihnen?«

Sie sah auf ihn hinunter. Erwartete eine Antwort.

Er hatte keine Worte für das, was mit ihm geschah. Die Säure kroch die Speiseröhre hoch. Kitzelte ihn erst im Rachen. Dann begann das Brennen.

»Mein Magen«, stieß er hervor.

»Ja – und?«

»Die Säure.«

Sein Magen krampfte sich zusammen, er hörte das Rumoren, es breitete sich aus unter seiner Brust, in seinem Becken. Er brauchte seine Tabletten.

»Digestopax«, flehte er. Die Tabletten waren in der blauen Kiste. Er verfluchte den Tag.

»Sowas hab ich nicht. Basenpulver können Sie haben. Warten Sie einen Moment, bin gleich wieder da.«

Sie verschwand aus seinem Blickfeld. Kuhn biss die Zähne zusammen. Er durfte sich nicht zusammenkrümmen, diese Blöße durfte er sich nicht geben. Nicht vor dieser Frau. Der nächste

Krampf ließ alles vor seinen Augen verschwimmen. Er holte keuchend Luft. Warf einen Blick zu Adam. Das Gesicht nicht mehr als eine Ansammlung heller und dunkler Flecken. Kuhn blinzelte. Jetzt sah er wieder scharf, doch etwas in Adams Gesicht hatte sich verschoben. Der Blick. Er sah ihn nicht mehr an, sondern hinaus aus dem Bild. Kuhn versuchte, sich auf den Ellenbogen zu stützen, um es besser erkennen zu können. Tatsächlich, Adam wandte den Blick ab. Aber das konnte nicht sein. Das war nicht möglich. Er musste Fieber haben, bestimmt hatte er Fieber. Er betastete sein Gesicht. Stirn und Wangen waren kühl. Er musste hier raus. Raus aus dieser Wohnung. Alles hier machte ihn verrückt. Der nächste Krampf schnitt ihm die Luft ab. Er zwang sich, an etwas Schönes zu denken. Ihm fiel nichts ein. Zum Glück hatte Myriam ihn nie so erlebt. So hilflos.

»Trinken Sie«, bat Sibylle Eckstein.

Sie hielt ihm ein Glas mit einer milchig-trüben Flüssigkeit entgegen. Er hätte nicht zum Glas greifen können, selbst wenn er es gewollt hätte. Er sah die Verzweiflung in ihrem Blick, und mit Sicherheit sah sie die seine.

Wieder dieses Grummeln in seinem Inneren. Die eiserne Faust, die sich um seine Gedärme schlang und zudrückte. Fünf, sechs, sieben, acht. In seinen Augenwinkeln sammelten sich Tränen. Langsam ließ der Schmerz nach, und er atmete aus.

Sibylle Eckstein stand regungslos vor dem Sofa, als erwartete sie eine Antwort. »Bald ist es vorbei«, sagte sie mit zittriger Stimme. »Alles wird gut.«

Er versuchte zu nicken, doch er glaubte nicht daran, weil es noch nie gestimmt hat.

Und dann spürte er, dass mit ihm etwas geschah. Er krümmte sich, zog die Knie zum Kinn, konzentrierte sich darauf, weiter zu atmen. Er durfte sich nicht übergeben. Aus dem Augenwinkel sah er, wie Sibylle Eckstein es mit der Angst zu tun bekam. »Ich rufe den Arzt«, rief sie, hastete durch die Wohnung, und er stieß Satzfetzen hervor, ohne zu wissen, was er da sagte. Eine Kraft zog ihn hoch, fegte ihn vom Sofa.

Es wurde still.

8

Jemand öffnete die Tür, ganz leise, wie ein Wispern. Ein Schleifen, Reiben auf dem Teppichboden. Als er die Augen öffnete, war sie schon über ihm, er fühlte, wie sie sich auf ihn setzte, ihr Gewicht auf seinen Hüften, auf seinem Schoß, die Absätze ihrer Stiefel streiften seine Oberschenkel.

In diesem Moment geschah es, dass ein Tor geöffnet wurde in seinem Inneren, nicht groß, vielmehr ein Schlupfloch, ein Mäuseloch, und er sich klein machte und hindurchschlüpfte und hinaustrat in einen Raum, der genauso aussah wie Myriams Wohnzimmer. Es war der Zwilling, die Blaupause dieses Zimmers, ein Double, und auch Kuhn war verdoppelt, er sah sich auf dem Bett liegen, die Arme seitlich von sich gestreckt. Er sah Myriam auf diesem Mann sitzen, der ihm so ähnelte. Er betrachtete die beiden mit Neugier, wie man Tiere im Zoo beobachtet.

Myriam bewegte ihre Hüften im Rhythmus eines Liedes, das nur sie hören konnte. Von der Zimmerdecke aus sah er den Ansatz ihres gefärbten Haares, beobachtete, wie sie das Kleid über den Kopf zog, alles konnte er sehen, sie trug keinen Slip, aber selbsthaltende Strümpfe, und der Mann auf dem Bett war so erregt, dass er wimmerte. Kuhn dachte nur: Was für ein alter, armseliger Mann.

In Myriams Tasche, die sie vor dem Bett hatte fallen lassen, bewegte sich etwas. Ein Tier, das hinausdrängte.

Er sah dem Mann auf dem Bett dabei zu, wie er die Hüften der Frau knetete, schnaufend, er schien nichts anderes im Kopf zu haben als das Fleisch zwischen seinen Fingern, er hob seinen Kopf, griff in ihr Haar, zog ihren Kopf an seine Brust. Langsam, aber beharrlich kämpfte sich ein Huhn aus der Tasche, es war tatsächlich ein Huhn. Es pickte auf dem Teppichboden nach Futter. Vergeblich.

Myriam legte den Kopf in den Nacken. Was für herrliche Lippen. Beinahe kam es ihm so vor, als lächelte sie ihm zu, was oder wer auch immer er war, ein Teil eines Ganzen, ein Bewusstsein, das da an der Zimmerdecke schwebte. Einundzwanzig Gramm Seele.

Da sprang das Huhn mit einem einzigen Flügelschlag aufs Bett und gackerte drauflos. »Einen schönen Gruß von der Mutti«, rief Myriam und lachte schallend.

Der Mann auf dem Bett schlug nach dem Huhn mit der flachen Hand, verfehlte es knapp, trat mit dem Fuß nach dem Tier, das Gesicht wutverzerrt, während Myriam sich auf seinen Hüften vor Lachen schüttelte.

Er rang nach Luft.

»Schschschsch.«

»Was – ?«

»Ganz ruhig. Schschschsch.«

Er öffnete die Augen. Metallisches Licht.

»Sie haben um sich geschlagen.«

Ein Frauenkopf bewegte sich über ihm wie eine Drohne, kam näher, entfernte sich wieder.

»Er ist wach«, rief die Frau.

Und wie er wach war. Er streckte sich. Gähnte. Zupfte an seinen Ohrläppchen. Spreizte die Finger.

Er fühlte sich lächerlich schwerelos. Horchte in sich hinein. Sein Herz schlug selbstsicher und regelmäßig. Er bewegte die Zunge im Mund, die Finger, die Zehen. Er schwebte über einer weißen, weichen Unterlage, sein Körper leicht wie ein Blatt. Die Schwerkraft hatte ausgesetzt. Er hatte das Bedürfnis laut zu lachen. Das Leben war herrlich.

Das Gesicht der Frau, ganz nah. Kuhn glaubte, sie schon einmal gesehen zu haben.

»Und?« Die Frau hieß Sibylle Eckstein, jetzt fiel es ihm wieder ein.

»Was ist das hier?«, fragte er.

»Notaufnahme«, sagte sie. »Sie haben mir einen ganz schönen Schrecken eingejagt.«

Er stützte sich auf seinen Ellenbogen, um sie zu betrachten.

Sie hatte ihren Morgenmantel gegen Pullover und Hose getauscht. Saß auf einem Stuhl neben seiner Pritsche, sah müde aus, das Gesicht in den Händen.

»Tut mir leid«, sagte Kuhn. Er schluckte, legte sich zurück und sah ins Neonröhrenlicht bis seine Augen tränten.

»Ich hasse dieses Krankenhaus«, hörte er sie sagen. »Alle, die ich hier besucht habe, sind gestorben. Ich wollte, dass der Krankenwagen ins Marienhospital fährt, bitte, habe ich dem Fahrer gesagt, nicht in die Franz-Josefs-Klinik. Mein erster Mann, den konnte nichts umwerfen, ist mit Kopfschmerzen eingeliefert worden und dann hier gestorben. Jedes Jahr zum Geburtstag backe ich ihm eine Torte und friere sie mit den Kerzen ein. Meine ganze Tiefkühltruhe ist bis zum Rand voll mit Geburtstagstorten.«

»Oh«, sagte Kuhn.

»Unsere Tochter war klein, der habe ich am Anfang gesagt, dass der Papa eine Arbeit im Ausland hat, ganz weit weg, in Kanada. Und irgendwann war es zu spät für die Wahrheit. Wir haben überall Fotos gehabt vom Bernhard, überall sind sie herumgestanden, ich dachte, das hilft ihr. Damit sie ihn in Erinnerung behält. Irgendwann sagt sie zu mir: Ich weiß nicht mehr, wie seine Stimme klingt. Ich muss das wissen, ein Foto nützt mir nichts. Wie klingt seine Stimme? Und da habe ich gemerkt, dass ich mich auch nicht mehr an seine Stimme erinnern konnte. Wenn du ein Foto hast, aber keine Stimme, dann bleibt dir nichts. Das denke ich heute. Wenn du die Stimme nicht aufbewahrt hast, dann hast du nichts aufbewahrt von einem Menschen.«

Und dann wurde die Tür geöffnet und geschlossen, und im nächsten Augenblick beugte sich eine Ärztin über ihn, eine junge Ärztin, die nach Torf roch, so als wäre sie gerade aus einem Schlammbad gestiegen. Ihr Gesichtsausdruck war ernst, ihre Hände kalt. Als sie ihn nach seinen Medikamenten fragte, nach Dosierung und Einnahmepraxis, kam kein Lächeln über ihre Lippen, überhaupt sah sie aus, als hätte sie das Lächeln verlernt, und Kuhn wollte sie schon bitten, ihn in Ruhe zu lassen. Am liebsten wäre er aufgestanden und gegangen, dieses Krankenhaus war ihm nicht geheuer, wenn er ehrlich war, waren ihm auch andere Krankenhäuser nicht geheuer.

Alles sei durcheinandergekommen in den letzten Tagen, sagte Kuhn. Er habe seine Tabletten nicht genommen, er habe sie nicht nehmen können, weil –.

Er hielt inne. Die Medizin interessierte sich für Fakten, nicht für Ausreden. Er fühlte sich auf einmal wieder wie der Schüler, der seine Hausaufgaben nicht gemacht hatte und vor der Lehrerin vor der Klasse gedemütigt wurde.

»Sie müssen die Tabletten unbedingt nehmen, Herr –« Sie sah in ihren Unterlagen nach, »Herr Kuhn, sonst können wir Ihnen auch nicht helfen.«

Sie sah auf ihre Armbanduhr (hatte sie es eilig?) und überreichte Sibylle Eckstein (weshalb ihr?) einen Zettel.

»Damit gehen Sie in die Radiologie«, sagte sie zu Sibylle Eckstein, obwohl sie Kuhn meinte. »Wir lassen Sie so nicht gehen, nicht ohne einen Ultraschall.«

Das sei nicht notwendig, wollte er rufen. Er wollte ein Veto einlegen, bis er begriff, dass seine Stimme nicht zählte. Er war der Körper, über den man verfügte.

Als die Ärztin gegangen war, setzte sich Kuhn auf. Die Schmerzen waren wie ausgelöscht, die Euphorie aber war bereits abgeflacht.

Kuhn kletterte von der Pritsche, und da war schon die Hand von Sibylle Eckstein, die ihn stützte. Obwohl einen Kopf kleiner als er, hatte sie einen festen, resoluten Griff, mit dem sie ihn ohne Zögern durch die Gänge leitete. Sie fuhren mit Liften, folgten fensterlosen Gängen, das Krankenhaus war so groß wie eine Stadt.

Als sie die radiologische Abteilung erreicht hatten, wurde Kuhn das Gefühl nicht los, dass man ihn hier besonders intensiv musterte, als ob die Ärzte selbst bereits die Fähigkeit zum Durchleuchten besäßen. Er fühlte sich durchschaut. *Hier ist einer, der nicht mitspielt, der nicht befolgt, was wir ihm raten*, sagten die Blicke. Das waren Patienten, die nicht gern gesehen waren: *keine Compliance* – wie sollte man mit so jemandem vernünftig arbeiten?

Sibylle Eckstein drückte ihm die Tüte mit dem Bild in die Hand. Er sah hinein. Adam schaute zurück. Alles war gut.

Er dachte an Myriam und daran, wie sie sich um ihre Zimmerpflanzen kümmerte. Sie sprach mit ihnen, bewunderte, lobte sie, wenn sie blühten und tröstete sie, wenn sie es nicht taten. Als er sie fragte, warum sie das machte, sagte sie: »Weil sie nicht wegkönnen. Sie sind ihr Leben lang von mir abhängig.« Einmal goss sie eine Orchidee, die sichtlich verdorrt war. Als er sagte *Die ist doch tot*, sagte sie: *Aber erst seit Kurzem. Sie erinnert sich noch an das Leben. Vielleicht kommt sie zurück.* Zunächst wollte er lachen, dann aber hielt er sich zurück. Woher wusste man schon, wo die Grenze zwischen

Leben und Nichtleben verlief? Vielleicht war es mit Adam ähnlich, dachte er jetzt. Auch er konnte nicht fliehen, auch er war in seinem Rahmen eingeschlossen und abhängig von seinem Besitzer.

»Kommen Sie bald wieder auf die Beine«, sagte Sibylle Eckstein.

Er wollte etwas Aufmunterndes antworten, immerhin lebte er noch, und vielleicht konnte sie ab jetzt dieses Krankenhaus mit weniger deprimierenden Gedanken betreten, aber es ihm fiel nichts Aufmunterndes ein. »Danke für den Kaffee«, sagte er.

»Sie werden sie schon wiederfinden«, sagte sie, und erst als sie gegangen war, kapierte er, dass sie von Myriam gesprochen hatte.

Kuhn setzte sich in die Wartezone GRÜN und stellte Adam auf den freien Stuhl neben sich. Dann betrachtete er seine Hände. Sie zitterten nicht mehr, und dennoch ging von ihnen ein Gefühl der Fremdheit aus. Er war nicht derselbe, der er vor einer Stunde gewesen war, und würde in einer Stunde wieder ein anderer sein.

Ein Pfleger rollte eine Frau in einem Bett in die Wartezone. Dass Menschen mitsamt ihrem Mobiliar umhergeschoben wurden, war ein komischer Anblick. Die Frau war alt und hatte trotz ihrer offenkundig miserablen Verfassung sorgfältig ondulierte hellblaue Locken. In ihren Händen hielt sie ein Taschentuch, mit dem sie alle paar Sekunden an ihrer Nase herumwischte.

Die Frau mit den blauen Locken wurde in ihrem Bett in den CT-Raum geschoben. Sie war vorgereiht worden, bestimmt war es dringend.

Alles würde sich auflösen, dachte er. Die Knoten sich entwirren. Er würde wieder klar sehen. Alles ließe sich erklären.

Und plötzlich hörte er eine Stimme, es war eine weibliche, computergenerierte Stimme vom Band, die Anweisungen gab und bis hinaus in den Flur deutlich zu hören war: BITTE EINATMEN UND DIE LUFT ANHALTEN. Dann ertönte ein Summen und die Stimme sagte: JETZT WEITERATMEN. Die Anweisungen galten der alten Frau mit den blauen Locken, ihn gingen sie nichts an, weniger als nichts, und dennoch hatte er das Bedürfnis, in den CT-Atem miteinzustimmen wie in einen Chorgesang. Der Chor der Durchleuchteten. Und als die Stimme das nächste Mal sagte: BITTE EINATMEN UND DIE LUFT ANHALTEN, da hielt er die Luft an wie vorgeschrieben und atmete erst aus, als die Stimme es ihm erlaubte. JETZT WEITERATMEN.

Und so kam alles in ihm zur Ruhe, nicht nur sein Atem, sondern auch seine Gedanken und sein Magen, der keinen Mucks mehr machte, und er atmete ein, hielt den Atem an und atmete wieder aus und atmete weiter, bis es wieder hieß: Luft anhalten.

In der Ecke stand ein Kaffeeautomat, der in regelmäßigen Abständen vor sich hin gurgelte. Kuhn kramte in seiner Hosentasche, fand eine Zwei-Euro-Münze. Vielleicht hatte er ja Glück und die intergalaktische Beförderungsgebühr war mittlerweile gesenkt worden.

Holt mich ab, dachte er, als die Frau in ihrem Bett aus dem CT-Raum geschoben wurde und in ihr Taschentuch nieste. Holt mich gefälligst ab.

Ich bin bereit.

2

FISCHEN IM MILCHOZEAN

1

Die Mutter stand in der Tür und sagte »Philipp«. Es klang wie ein Seufzen. Sie trug ein schwarzes Kleid, nein, ein Kostüm war es, wie er jetzt sah, mit goldenen Knöpfen, als sei sie auf dem Weg in die Oper.

Er küsste sie auf die Wange, sie roch nach Creme und nach etwas schwer Bestimmbarem, das mit der Wohnung zu tun haben musste.

»Jesusmaria, was ist das?«

Sie wich zurück, als sie Adam sah.

»Das ist nichts«, sagte Kuhn und stellte Adam mit dem Gesicht zur Wand ab.

Wenn Andrea recht hatte, verließ die Mutter die Wohnung kaum noch, schlurfte nur von einem Zimmer ins andere, von einer Erinnerung in die nächste. Aus Angst vor einem Sturz hielt sie sich überall fest, am verspiegelten Schrank, an der Tapete mit dem Rosenmuster, an den Möbeln, an denen Spuren ihrer immergleichen Wege auszumachen waren.

Kuhn ging den Flur entlang, der ihm bei jedem Besuch kürzer erschien, so wie die ganze Wohnung beständig schrumpfte. Nur die Mutter wurde nicht kleiner, im Gegenteil. Es schien, als wollte sie sich im Alter in sämtliche Richtungen ausdehnen und endlich den Platz einnehmen, der ihr zustand. Sogar ihr Kopf wirkte aufgeblasen, und ihr Haar, das sie schwarz färbte und auf große, stachelige Wickler drehte, legte sich wie eine dunkel schimmernde Aureole um ihr Gesicht.

Die Mutter hatte beinahe ein ganzes Leben in dieser Dreizimmerwohnung verbracht, dachte er, als er die Schuhe auszog und ins Regal zu den Mutterschuhen stellte, wie er es gewohnt war. Dass da noch braune Slipper standen, eindeutig Männerschuhe, irritierte ihn, bis ihm einfiel, dass sie ihm immer wieder Hinterlassenschaften seines Vaters aufdrängte. Wahrscheinlich hatte sie die Schuhe bereitgestellt, um sie ihm beim Abschied zu übergeben.

»Er hat's jetzt mit dem Herzen«, sagte die Mutter, noch ehe er die Jacke ausgezogen hatte. »Er macht es nicht mehr lang.«

Der Vater, unsportlich bis in die Knochen, war Filialleiter eines Sportwarengeschäftes gewesen, während die Mutter nichts als den Haushalt leitete, der über keine einzige Filiale verfügte, und als ihr endlich bewusst wurde, dass seine Leistung der ihren nicht überlegen war, brannte er mit seiner Sportfachverkäuferin durch. Andrea war die einzige, die mit Vater noch Kontakt hatte, und sie sah es als ihre Aufgabe an, die Mutter regelmäßig über den Zustand ihres Exmannes zu unterrichten. Tatsächlich war seine nachlassende Gesundheit eines der wenigen Themen, die die Mutter aufmunterten. *Er macht es nicht mehr lang* war dabei ihre Lieblingsformel.

Kuhn hatte vor, ein paar Nächte in seinem Kinderzimmer zu schlafen. Er musste nur auf den richtigen Zeitpunkt warten, um die Bitte vorzubringen. Das war nichts Ungewöhnliches, sagte er sich vor. Immer wieder kam es vor, dass erwachsene Kinder für kurze Zeit in die Elternwohnung zurückkehrten. Wenn Andrea zu Besuch war, übernachtete sie doch auch in ihrem alten Zimmer. Die Mutter brauchte sich nur vorstellen, dass er ebenfalls im Ausland lebte. Neuseeland, Hongkong oder Philippinen. So selten, wie sie Kontakt hatten, war das durchaus plausibel.

Im Wohnzimmer saß Helene auf einem grün bezogenen Sofa vor einem Tisch, den man hinauf- und wieder hinunterkurbeln konnte, je nachdem, ob man einen Couch- oder einen Esstisch benötigte. Helene war eine Nachbarin, eingepflanzt in das Haus und immer schon alt gewesen, selbst als er noch ein Kind war. Ihrem

Unmut über die Welt gab sie Ausdruck, indem sie jeden Satz mit einem klagenden *Oj!* einleitete. Ihre Stimme hatte etwas Jammerndes, auch dann, wenn es dafür nicht den geringsten Anlass gab. Und obwohl sie sich ununterbrochen beschwerte über die Mühsal, die das Leben für sie bereithielt, schien der Tod sie vergessen zu haben.

»So eine grantige Alte wollen sie nicht einmal in der Hölle«, sagte die Mutter in Helenes Abwesenheit. Wenn sie zugegen war, sagte sie: »Was würde ich nur ohne dich tun, Helene. Verloren wär ich, verloren.«

»Oj, wir sind grad beim Kaffee, du kommst rechtzeitig«, rief Helene aus, als Kuhn das Wohnzimmer betrat. »Komm her, setz dich!«

Beinahe hätte er den falschen Stuhl gewählt, den Stuhl, der tabu war, weil er Vaters Stuhl gewesen war. Zum Glück hatte Helene ihm einen warnenden Blick zugeworfen, und er ließ sich in den durchgesessenen Fauteuil fallen, der ihn mit seinem weichen Schoß empfing.

Er erkundigte sich nach Helenes Befinden.

»Oj, gar nicht gut«, sagte sie. »Der Hansi.«

»Der Hansi ist krank«, sagte die Mutter und schüttelte den Kopf, was so viel hieß wie: *Er macht es nicht mehr lang*. Hansi war Helenes Wellensittich, der seine Lebenserwartung schon um ein Vielfaches überschritten hatte. War es Helene gewesen, die die Geschichte mit dem Huhn aufgebracht hatte? Er traute sich nicht zu fragen. Helene hielt den Kopf schief. Ihre Haut erinnerte ihn an eine Mumie.

»Was möchtest du?«, fragte Helene mit erhobenem Tortenheber. Auf dem Kurbeltisch lagen Mehlspeisen auf einem Teller, Kirschplunder, aus denen die Füllung quoll, Apfelstrudel mit Staubzuckerkruste, Blätterteiggebäck. Er wehrte dankend ab, während er in der Hose nach den Tabletten tastete, die ihm die Ärztin im

Krankenhaus überreicht hatte, zwei Blister ohne Verpackung, die Notversorgung für seinen nervösen Magen. Es waren Werbetabletten, die ein Pharmavertreter dem Krankenhaus geschenkt hatte, pharmazeutische Almosen. Er fühlte sich unbehaglich. Denn obwohl die Untersuchungen nichts ergeben hatten, durfte er diese Backwaren nicht anrühren, weder Kirschplunder, noch Apfelstrudel, noch Baiser, noch Schwarzwälder Kirschtorte.

Er sah das Gesicht der Ärztin vor sich, die nach Torf roch, als sie sich über ihn beugte, nach kalter, feuchter Erde; nach dem, was ihn erwartete, wenn er sich nicht an ihre Anweisungen hielt. Sie hatte ihm aufgezählt, was ihm fortan verboten war: Süßes, Fettes, Gebackenes, Gegrilltes, Geschmortes, Verkohltes, und er hatte überlegt, was ihm dann noch blieb. Viel war es nicht. Disziplin blieb übrig, massenhaft Disziplin, an ihr würde er sich satt essen müssen, sie würde ihn nähren bis ans Ende seiner Tage. Und milde Kräutertees, nur kein Früchtetee! Früchtetee war Gift für ihn. Gift. Die junge Ärztin hatte das Wort ausgespuckt, seither klebte es an ihm fest. Gift, Gift, Gift.

Er sah sich um. Alles in diesem Raum schien der Zeit zu widerstehen. Der Perserteppich mit den von der Haushälterin gerade gekämmten Fransen, die polierten Türen der Vitrine, die barocke Tapete mit den verblassten Rosen, die Pendeluhr. Ein Wunder, dass sie überhaupt noch funktionierte. Dass es Uhren gab, die gegen den Stillstand antickten, der alles hier imprägnierte. Auf dem Kaminsims war ein Hausaltar eingerichtet. Zwischen den Kerzen standen Bilder aus allen Entwicklungsstadien der analogen Fotografie. Sämtliche Toten, Vermissten und Gefallenen hatten auf dem Kaminsims zu wachen und Mutter bei ihren Entscheidungen zu unterstützen, manchmal drehte sie sich mitten im Gespräch um und rief: »Was sagst du dazu, Peterle?«

Onkel Peter war aus dem Krieg nicht zurückgekommen, in den

er als knapp Vierzehnjähriger geschickt worden war. Er hatte den wichtigsten Job in diesem Haushalt: Er wurde bei jeder Alltagsentscheidung um Rat gefragt.

Das Foto stand auf dem Kamin, seit er denken konnte. Ein ernster Junge in einer Pluderhose, der offensichtlich in einem Fotostudio stand, alles um ihn herum war weiß, keinerlei Dekoration, kein Hintergrund, nichts. Heute dachte er, dass das Foto das Vakuum vorweggenommen hatte, in das er später gestürzt war.

»Wir haben gerade darüber gerätselt, wer diese Kostbarkeit reparieren könnte«, sagte die Mutter und stellte einen Reisewecker auf den Kurbeltisch. »Und dann kommst du bei der Tür herein.«

Kuhn fühlte sich unbehaglich, als die Frauen ihn dabei betrachteten, wie er den Wecker ratlos zum Licht hielt und herumdrehte. Mutter war überzeugt, dass er in der Lage sei, jeden technischen Apparat zu reparieren, einfach weil er ein Mann war.

»Oj, es wird nur noch Dreck produziert«, klagte Helene. Sie hatte einen Truthahnhals, an dem ein großer Hautlappen schlackerte, wenn sie den Kopf bewegte.

Er verglich die Uhrzeit des Weckers mit seiner Armbanduhr.

»Falsch geht er nicht«, sagte die Mutter.

»Was ist dann das Problem?«

»Die Ziffern leuchten nicht mehr in der Nacht. Das ist das Unheimliche.«

»Oj!«, machte Helene.

Er legte den Wecker auf den Kurbeltisch zurück.

»Ich muss mit dir reden, Mama«, sagte er zu ihr, die immer noch hinter ihm stand, ein bedrohliches Mutter-Felsmassiv. »Bitte setz dich.«

Als ob er es war, der hier wohnte.

Die Mutter zog einen Stuhl heran. »Wenn es mit Vera zu tun hat – ich will nichts hören.«

Ich will nichts davon wissen. Fang nur nicht damit an. Wenn du noch ein Wort sagst. So reagierte man in der Familie auf unliebsame Vorfälle. Und die Mutter tat wie immer in so einem Fall. Hob den Kopf, schloss die Augen und zerschnitt die Luft mit der Handkante, was bedeutete: *kein Wort mehr*. Sie hatte Vera nie leiden können und führte lächerliche Details ins Feld: »Sie raucht diese *schrecklichen* Zigaretten.«

»Oj, die Vera!«, klagte Helene.

»Es hat nichts mit Vera zu tun«, sagte er.

»Hat es mit *ihm* zu tun?«

Er. Der Vater. Der Unaussprechliche, der Unaussprechliches getan hatte.

»Ich dachte, ich könnte heute hierbleiben?«, sagte er. Es hätte eine Aussage werden sollen, doch dann war ihm das Fragezeichen wie versehentlich in den Satz gerutscht. »In meinem alten Zimmer«, ergänzte er.

Jetzt stand die Mutter auf, stützte sich auf die Lehne des braunen Lederfauteuils. »Das geht nicht, Bub. Da ist doch der Viktor. Helene, das habe ich doch erzählt, nicht wahr?«

Dabei deutete sie auf ein Foto, das einen jungen Mann mit Bart und Brille zeigte. Kuhn hörte den Namen zum ersten Mal. Er musste sofort in seinem Zimmer nachsehen. Er stand bereits.

»Lass ihn!« Die Mutter trat erstaunlich schnell auf ihn zu, legte ihm ihre Hand an die Hüfte. »Du kannst da jetzt nicht einfach hinein. Viktor braucht seine Ruhe.«

Sie hatte ihn lange nicht mehr berührt. Es fühlte sich fremd an. An ihren Fingern funkelten Ringe mit violetten und schwarzen Steinen.

Er machte sich los. »Muss nur ein paar Hemden holen«, murmelte er.

Er brauchte dringend frische Kleidung.

»Oj!«, machte Helene, als er aus dem Wohnzimmer ging.

»Er lernt«, rief ihm die Mutter nach.

Kuhn stieß die Tür zu seinem alten Kinderzimmer auf. Keiner da. Auf dem Schreibtisch ein Laptop, in der Ecke ein Rollkoffer. Sonst alles so, wie er es in Erinnerung hatte. Wenigstens hatte dieser Viktor nichts verändert. Das schmale Bett stand immer noch an der Wand, der Schreibtisch aus massiver Fichte neben dem Fenster. Die braunen Slipper im Schuhregal gehörten also Viktor.

Er öffnete den Schrank, auf dessen Türen Fußballer-Sammelbildchen klebten. Er durfte nicht sentimental werden, nicht jetzt. Sorgsam aufgereiht hingen ein Dutzend gestreifter Hemden auf Kleiderbügeln. Bügelte die Mutter etwa auch für diesen Idioten? Fremde Shirts. Boxershorts. Socken. Wo waren seine Sachen?

Er durchsuchte den Schrank, zog zwei Cordhosen heraus, einen Stapel alter T-Shirts und eine Jacke mit dem Namen einer Baseball-Mannschaft auf dem Rücken. Dinge, die er mit siebzehn getragen hatte. Sie rochen nach Mottenpulver und Bügelstärke, aber besser als nichts. Er konnte sich im Moment nichts Neues leisten. Diesen Monat verfügte er noch über sein Gehalt, aber in wenigen Wochen würde diese Reserve aufgebraucht sein und nichts mehr nachkommen.

Er stieß auf einen Stapel alter Schulhefte in bunten Schutzfolien, nahm die obersten vom Stapel. Erkannte seine Schrift nicht wieder.

Philipp Kuhn. 5b. Deutsch.

Setzte sich aufs Bett. Blätterte. Nacherzählung der Fabel *Die Krähe und der Wasserkrug*, mit Füllfeder geschrieben. Dünne, nach rechts geneigte Buchstaben. Er erinnerte sich an die weiße Spitze des Tintentods, die sich allzu schnell verfärbte. Das zweite Heft. Roter Einband. Mathematik. Multipliziere den Quotienten der Zahlen 1748 und 23 mit der Zahl 11.

Sein Vater Joachim hatte sich aus ihrer aller Leben subtrahiert, das war wohl der richtige Ausdruck. Er liebte die Mathematik, weil sie wie er keinen Widerspruch duldete. Der Sohn hatte mit der Mutter nie über den Tag reden können, an dem Vater ging: *Komm mir nicht damit.*

Eine alte Traurigkeit überfiel ihn. Weil er am Vortag ein Referat gehalten hatte, bei dem ihm der Vater geholfen hatte (»Das Schwarzwild«), und von dem die Lehrerin so begeistert war, dass er es vor der ganzen Schule vortragen sollte. Weil zu Hause niemand war, dem er von seinem Triumph berichten konnte, weder dem Vater noch der Mutter, deren Gesicht beim Wort »Schwarzwild« versteinerte. Dass dieser Schulerfolg bis heute ungelobt geblieben war. Weil Vaters Stuhl fortan tabu war, niemand durfte ihn berühren, als sei er die Ursache für die Trennung gewesen. Weil Kuhn Angst hatte, »wir« zu sagen, denn »wir« bedeutete früher Papa, Mama, Andrea und Philipp und später bedeutete es: die, die übrig geblieben waren, der klägliche Rest. Weil sie es nicht wert waren, dass man blieb.

Es stimmte nicht, dass er sich nicht um Mutter kümmerte, wie Andrea es ihm vorwarf. Aber dafür brauchte es zwei. Jemanden, der es tat – und jemanden, der es geschehen ließ. Sie erschien ihm wie eine Burg, bei der die Zugbrücke hinaufgezogen war. War die Mutter glücklich? Konnte man glücklich sein, wenn man seine Wohnung nicht verließ? Vielleicht war es aber genau andersrum, und es war das einzige Glück, das man finden konnte.

Er hatte sich gewünscht, dass seine Mutter nicht allein blieb. Dass sie einen anderen Mann nach Vater fand, damit sie am Ende sagen konnte, dass es sich gelohnt hatte. Eine Zeitlang war ein Herr Wiesinger ein- und ausgegangen bei der Mutter, und sie hatten Hoffnung geschöpft. Herr Wiesinger war groß und stattlich, er hatte sogar noch Haare auf dem Kopf und führte die Mutter regelmäßig in die Gastwirtschaften der Umgebung aus. Ein Mann wie ein Berg. Nach wenigen Monaten erlag er einer Krankheit, die er schon zu Beginn ihrer Verbindung mit sich herumgetragen hatte. Das war das Problem der Altersliebe, dachte Kuhn – oder vielleicht der Liebe überhaupt: Dass sie starb, und man trotzdem weiterleben musste.

Er stopfte die Kleidung in einen Rucksack, den er am Boden des Schranks fand. Schloss leise die Tür, ging zurück ins Wohnzimmer, wo Helene und die Mutter immer noch den Reisewecker befingerten.

»Es ist fürchterlich«, sagte die Mutter. »Die Zeiger sind tot, tot.«

»Oj, tot«, klagte Helene.

Sie hatten die Fähigkeit, Nichtigkeiten aufzublasen, während sie die tatsächlichen Katastrophen kleinredeten.

»Du hast mein Zimmer vermietet?«

»Viktor ist ein sehr anständiger junger Mann«, sagte die Mutter. »Ein Student.«

»Was studiert er denn?«

»Ein sehr anständiger junger Mann.«

»Das hast du schon gesagt.«

Kuhn schulterte den Rucksack. »Ich werde jetzt gehen«, sagte er.

Er rechnete damit, dass die Mutter ihn bitten würde, doch noch zum Abendbrot zu bleiben, ein typischer Muttersatz, wie man ihn erwartete, aber sie blieb stumm und überprüfte nur den Sitz ihrer Frisur.

Früher hatte sie ihm mit dem Daumen ein Kreuz auf die Stirn gemalt, wenn er auf Schullandwoche fuhr oder zum Skifahren. Das war ihre Art, sich zu verabschieden: Sie beugte sich zu ihm – später sah sie zu ihm auf – und dann schloss er die Augen, weil er wusste, was jetzt kam: Sie hob die Hand, um ihn zu segnen.

Der Liebe Gott soll dich behüten.

Es hatte nichts genützt. Sollte er ihr das sagen? Dass ihr Segen nichts genützt hatte?

Er hatte es bei Myriam versucht, ein einziges Mal hatte sein Daumen bereits auf ihrer Stirn gelegen, bereit für das Kreuzzeichen; es war der Abend vor dem Gespräch mit Vera, und dann hatte Myriam plötzlich den Kopf bewegt und gesagt: *Ab morgen ist alles anders.*

2

Es war ihm, als läge er in seinem alten Fichtenholzbett, behütet von den Fußballspielern, die von der Schranktür auf ihn hinunterblickten. Der Geschmack der Kindheit lag ihm auf der Zunge. Wenn er sich konzentrierte, dann würde er die Mutter hören können, die langsam den Gang auf und ab schlurfte und geheimnisvolle Arbeiten verrichtete, deren Ergebnis er nie zu Gesicht bekäme. Er könnte das Ticken der Pendeluhr hören und das knarzende Parkett der Nachbarswohnung, und er wäre allein und dennoch behütet in dieser große Maschine, die sich Haus nannte und die ohne sein Zutun funktionierte. Nebenan würde Andrea schlafen, die noch lange nicht daran denken würde, nach Amerika auszuwandern. Amerika wäre nichts als eine Idee. Ein Wort für einen Ort, der so weit weg war wie der Mond.

Ein Gesicht beugte sich über ihn, es war nicht seine Mutter, nicht seine Schwester. Sie flüsterte.

»Ich hab es aufgeladen.«

»Was?«

»Es hat hysterisch geblinkt, aber ich wollte dich nicht wecken.«

Tamara, die Frau mit der Kerzen-App, hielt sein Telefon in der Hand. Er brauchte einen Moment, um zu kapieren: Sie hatte es ihm aus der Hand genommen, während er schlief.

»Danke«, stotterte er.

»Was machst du schon wieder hier?«, fragte sie, setzte sich vor ihn, schlang die Arme um ihre Knie.

»Zufall«, sagte er. »Wie spät ist es?«

»Gleich acht«, sagte sie. »Schöner Zufall.«

Acht Uhr früh oder abends?

»Guten Morgen«, sagte sie, als könnte sie seine Gedanken lesen. »Gleich kommen die Achtsamkeitstypen.«

»Wer?«

»Irgend so eine Anti-Stress-Sache. Die stehen schon draußen mit ihren Meditationskissen. Ich dachte, ich weck dich besser.«

Er hatte die ganze Nacht im FLOW verbracht. Auf einer Gymnastikmatte, ausgestreckt auf dem Boden.

»Mach dir keine Sorgen«, sagte sie.

»Warst du – ich meine, warst du die ganze Nacht hier?«

Sie lachte. »Aber nein, ich hab Dienste. Und zu diesen Diensten bin ich hier. Ich pass auf, dass nichts passiert, weißt du.«

»Was soll denn passieren?«

»Im FLOW wird gestohlen«, flüsterte sie. »Die schleichen sich mit einer kopierten Karte hinein und räumen den Spind aus, während man duscht.«

Er griff reflexhaft nach seiner Geldbörse. Alles da.

»Wer macht denn sowas?«

Sie zuckte mit den Schultern. »Meine Güte, bist du naiv. Gibt eben gute und schlechte Menschen.« Sie stand bereits. »Ich warte an der Bar auf dich«, sagte sie.

Als sie die Tür öffnete, fiel ein Lichtkegel in den Raum und mit dem Licht drangen die Geräusche herein, das Klacken der Gewichte, das Stöhnen derer, die Langhanteln stemmten, das rhythmische Schnurren der Rudermaschinen.

Das Wasser prasselte auf seinen Rücken. Er sah nichts, hörte nichts. Stand unter dem warmen Regen wie betäubt. Hinterließ eine feuchte Spur auf dem Boden. Das Handtuch roch nach nassem Hund, er konnte es nirgends trocknen lassen. Sein Spind hatte die Nummer 39. Diese paar Quadratzentimeter gehörten ihm, das war sein Stauraum. Den Rucksack hatte er in die Hutablage gestopft. Noch nie war er so froh gewesen, die Kleidung wechseln zu können. Er schlüpfte in die Jeans, die er mit siebzehn getragen hatte. Um den Bauch herum war sie eng. Das karierte Hemd, sorgfältig gebügelt, passte ihm ebenfalls noch. Er setzte sich auf die Bank, um die Schuhe anzuziehen. Mit siebzehn hatte er auf ein Mofa gespart, aber das Geld hatte nie gereicht. Er vermied einen Blick in den Spiegel. Er hätte einen Sohn haben können, der jetzt so alt gewesen wäre wie er damals.

Jemand hatte ihn angerufen. Nummer unbekannt. Er ging zu den hinteren Spinden, dort war er allein.

»Ja.« Eine Männerstimme.

»Sie haben mich angerufen«, sagte Kuhn.

»Und wer sind Sie?«

»Philipp Kuhn.«

Der andere dachte nach. Es entstand eine Pause. Kuhn wartete.

»Kuhn. Ich kenne keinen Kuhn. Kohn, einen Kohn kenne ich.«

Etwas an dieser Stimme kam Kuhn plötzlich bekannt vor. Die hatte er doch schon irgendwo gehört. »Herr Solak?«, fragte er.

Er war tatsächlich Friedrich Solak. Die Möbelpost. Der Alte hatte sie endlich gefunden.

»Ich muss Sie sprechen«, sagte Kuhn. Er war aufgeregt.

»Nicht am Telefon«, sagte der Mann. »Kommen Sie zu mir – zum Nachmittagskaffee? Ich werde mich noch ein Stündlein auf's Ohr legen. Ich erwarte Sie in der Kandelgasse fünfzehn.«

Kandelgasse, dachte Kuhn. Villenviertel. In der Nähe von Veras Haus, das bis vor wenigen Stunden auch noch seins gewesen war.

Als er die Umkleide verließ, begegnete er Katrin. Sie hatte vor Kurzem das Studio übernommen und sah aus wie eine dieser Frauen, die auf dem Cover von *Women's Health* abgebildet waren, die Arme und Beine unnatürlich in die Länge gezogen, wie mit Photoshop bearbeitet. Er wusste, er durfte nicht auf ihre Brüste glotzen, aber er tat es trotzdem. Sie waren kompakt und fest. Eine Handvoll.

Sie lächelte ihn an.

»Du bist aber fleißig«, sagte sie. »So oft hier in letzter Zeit.«

Er wusste nichts zu sagen, nickte nur. Als er weiter wollte, hielt sie ihn am Arm fest. »Komm mal mit, Phil.«

Sie würde ihn hinauswerfen. Er hatte verbotenerweise im Studio geschlafen, jetzt würde sie ihn hinauswerfen.

Er begleitete sie zum Empfang. Sie öffnete eine Schublade, nahm ein A4-Kuvert heraus.

»Hat Ben für dich dagelassen.«

Das Kuvert von Vera. Er hatte es bereits vergessen. Er betrachtete es. Vera hatte mit ihrer sorgfältigen Kleinmädchenhandschrift *Philipp K.* draufgeschrieben. Es war zugeklebt.

»Danke«, sagte er.

»Hast du schon unsere neueste Errungenschaft gesehen?«

Katrin zeigte auf einen Glaskasten, in dem alle Geräte maßstabsgetreu in Miniaturausgabe herumstanden. Eine Puppenkraftkammer. Daneben stand eine Zettelbox.

»Was ist das?«

»Schau mal, jedes Gerät hat eine Nummer. Hier zum Beispiel die Beinpresse. Sechsundzwanzig. Oder Butterfly. Vierzehn. Du suchst dir aus, was du heute machen willst, notierst alle Nummern auf einen Zettel und wirfst ihn in die Box.«

»Und dann?«

»Nichts. Das war's.«

Er stand unschlüssig vor dem Glaskasten.

Katrin lachte und zeigte zwei Reihen perfekter Zähne. »Das ist fürs Commitment. Du gibst dir vor dem Training selbst ein Versprechen. Überprüft natürlich keiner, was du wirklich gemacht hast. Aber wenn du mehr geschafft hast als geplant, gibt dir das unheimliche Power.«

Sie spannte ihren Bizeps an, wie um ihre Aussage zu unterstreichen. Ihr Arm war rosig, ihre Haut makellos. Kein einziges Muttermal. Er glaubte ihr aufs Wort.

Tamara wartete an der Bar, zwei Plastikbecher vor sich, die randvoll waren mit einer grauen, schäumenden Flüssigkeit.

»Hier«, sagte sie und schob ihm einen Becher hin. »Eiweiß. Das gibt dir Kraft. Oh, hast du Post bekommen?« Sie deutete auf das Kuvert.

Er überlegte, den Brief jetzt gleich zu öffnen. Hier vor Tamara. Was sollte schon drin sein.

Er nippte an seinem Becher. Das Gebräu schmeckte nach Kalk und Vanille und er wusste nicht, ob er seinen Magen damit beruhigen und herausfordern würde.

»Was schulde ich dir?«

»Nichts«, sagte Tamara. »Ich habe ein Abo, ein Getränke-Abo, weißt du.« Sie sagte in einem fort »weißt du«. Er nahm einen Schluck vom Vanillekalk und wusste, dass er eine Frau wie Tamara nicht einen Tag ertragen würde, nicht einen halben Tag.

Bei Tageslicht sah sie älter aus. Sie war keine Studentin, vielleicht war sie eine junge Mutter, die sich bei ihrem Baby zu Hause langweilte. Ihre Haare waren rot gefärbt, rote, kurze Fransen, ins Gesicht gekämmt. Ihre Lippen hatten etwas Durchtrainiertes. So, als ob sie sie zu oft zusammenpresste. Dass sie ungeschminkt war, sprach für sie, wie er fand. Ein natürlicher Typ. Es passte zu ihr.

Er sah sie an, während sie sprach, er hörte nicht zu, verfolgte stattdessen, wie sie gedankenverloren mit dem Nagel an ihrem Plastikbecher kratzte, ein Geräusch, das ihm ähnliche Geräusche ins Gedächtnis rief. Eine Katze, die an einer Glastür scharrt. Ein Scheibenwischer, der über eine trockene Windschutzscheibe fährt. Myriam, die den Zippverschluss ihrer Overknees hinunterzieht.

»Oder?«, fragte Tamara und berührte sein Handgelenk.

»Was?«

»Ob du nicht auch glaubst, dass es im FLOW um Disziplin geht.«

»Doch«, sagte er. »Das glaube ich auch.«

Als Katrin Tamara zu sich rief, riss er das Kuvert auf. Es enthielt zehn Seiten. Einen Dialog. Es war die gesamte SMS-Kommunikation mit Vera des vergangenen Jahres, fein säuberlich zu einem einzigen Dokument zusammengefügt und ausgedruckt. Warum schickte sie ihm das? Er blätterte durch die Seiten. Es las sich wie ein Drehbuch, ein schlechtes Drehbuch.

Meeting schon um 3. Nachher essen? Hab im Burghof reserv.

Stecke im Stau.

Bringst du Ginger Ale mit?

Die Aufzeichnungen endeten mit seiner letzten Nachricht: *Vera, wir müssen reden.*

Tamara kam wieder und sie wirkte genervt.

»Neuer Trick«, sagte sie. »Hör dir das an. Da melden sich zwei für ein Probetraining am Sonntag an, Katrin ist alleine im Studio. Natürlich wollen sie eine Einführung. Der eine tut so, als verletze er sich. Und während Katrin mit dem anderen weitertrainiert, leert der erste die Handkasse im Büro. Keine Aufzeichnungen, falsche Namen, falsche Nummern.«

Er schüttelte den Kopf.

»Und du, was arbeitest du?«, fragte Tamara.

Er sah sie an. »Nichts.«

»Nichts? Hast du dafür überhaupt eine Ausbildung?«

»Nicht einmal das«, sagte er und hob den Becher. »Darauf trinken wir.«

Die Plastikbecher stießen stumm aneinander. Er nahm einen weiteren Schluck von der Eiweiß-Pampe.

»Ich dachte, du bist auch einer von diesen Tür-Typen.«

»SECURELLA? Nicht mehr. Aus und vorbei.«

»Was hast du dort gemacht?«

Das hatte er sich auch gefragt. Offiziell war er »Assistent der Geschäftsführung« gewesen, also Veras Assistent. Das konnte alles bedeuten und nichts. Meistens bedeutete es, dass er während der Arbeitszeit auf dem Bildschirm Patiencen legte oder Schach spielte. Wenn er verlor, war es ihm egal. Er mochte es, sich vorzustellen, wie die Zimmer in Bangkok oder Albuquerque aussahen, in denen die Laptops von Muji23 oder Hollow_een standen. Ob sie allein lebten oder mit jemandem zusammen; was sie taten, wenn sie nicht Schach spielten. Ob sie ums Überleben kämpften oder aus dem Vollen schöpften wie er. Wenn er online Schach spielte, war es, als würde er einen Arm ausstrecken und ein fremdes Leben berühren.

»Dies und das«, sagte er. Das war nicht gelogen.

Sie nickte stumm, beugte sich zu ihm, nah, ganz nah war sie, er hätte sie küssen können, wenn er gewollt hätte.

»Falls du etwas suchst, eine Arbeit, meine ich, dann melde dich bei mir. Nichts Großes, kleine Jobs da und dort, aber besser, als nur herumzuhängen, weißt du.«

Dass er den SECURELLA-Job verlieren würde, damit hatte er gerechnet. Hätte Vera ihn nicht hinausgeworfen, wäre er freiwillig gegangen. Er hatte mit Myriam ohnehin bereits ein neues Geschäftsmodell im Auge: Franchise. Es handelte sich um eine Küchenmaschine, die aus der Zukunft kam und in den Vereinigten Staaten gerade durch die Decke ging. Mit sagenhaften 43 Aufsätzen und stufenlosem Geschwindigkeitsregler. Keiner auf diesem Kontinent hatte je so ein Ding gesehen, hatte sie behauptet, und er glaubte ihr, weil er ihr alles glaubte. Weil Vertrauen eine Zutat der Liebe war. Sein Erspartes war für Lizenz und Marketing reserviert. Das Ersparte, das auf zwei Sparbüchern lag, die in der Kiste versteckt waren, die er in Myriams Wohnung getragen hatte.

Bevor er ging, stattete er der Puppenkraftkammer einen Besuch ab. Er nahm einen Zettel, schrieb MYRIAM darauf, faltete das Papier und warf es in die Zettelbox.

3

Bruno war schon da, und er hatte seine Frau mitgebracht. Sie saßen in einer Nische am Fenster und Kuhn sah sie von der Straße aus, bevor sie ihn bemerkten. Ein Paar, das sich miteinander langweilte, aber nicht die Kraft hatte, sich zu trennen, weil alles, was sie danach erwarten würde, noch tausendmal schlimmer wäre. Der Streit um die Kinder, um den Hund, um das Haus, um den Dreck unter den Fingernägeln.

Gerade noch schien Bruno mit Devi in ein feindseliges Gespräch vertieft, da hellte sich sein Gesicht auf.

»Na, endlich lässt du dich auch wieder einmal blicken«, sagte er statt einer Begrüßung. Devi rührte sich nicht, starrte ihn nur an. Sie hatte eine blonde Locke zwischen Zeige- und Mittelfinger geklemmt.

Kuhn lehnte Adam gegen ein Tischbein.

»Zeig uns das Bild, trägst du jetzt Turban?«

»Vielleicht«, sagte Kuhn.

»Und?«

»Was und?«

»Rück schon raus.«

»Womit?«

»Du hast doch den Knallerjob, gib's zu. Du bist von uns weg, weil du ein besseres Angebot bekommen hast.«

Kuhn setzte sich Bruno gegenüber. Mit Devis Brüsten war etwas passiert. Sie wirkten wie aufgepumpt.

»Das ist ein alter Fuchs«, sagte Bruno zu Devi. »Führt uns an der Nase herum. Klar hat der einen neuen Job. Übrigens« – er griff unter den Tisch und holte einen Behälter hervor, den er Kuhn vorsetzte, »das gehört alles dir.«

Büromaterial. Schere, Stifte, ein gerahmtes Foto von Vera, zwei Blöcke mit SECURELLA-Logo, eine Orchidee im Miniaturformat. Sinnlose Relikte.

»Für seinen neuen Schreibtisch«, sagte Bruno zu Devi. »Die komplette Ausstattung. Aber jetzt erzähl. Erzähl uns, was passiert ist. Wir sind ganz Ohr, nicht wahr, Devi? Wir wollen alles wissen. Also los.«

Kuhn hatte Lust, Bruno gegen das Schienbein zu treten.

»Ich habe keinen neuen Job«, sagte Kuhn.

Es entstand eine Pause.

Ein Kellner kam zum Tisch und nahm die Bestellung auf. Kuhn tastete nach den Tabletten. Es war wieder mal Zeit. Bruno bestellte ein Bier, Devi ein Mineralwasser, Kuhn entschied sich für Tee mit Honig.

»Tee, sag mal, bist du krank?«

»Jetzt lass ihn doch.« Der erste Satz aus Devis Mund. Kuhn fühlte sich unbehaglich. Bruno legte den Arm um Devi.

»Es gibt Neuigkeiten«, sagte Bruno.

Schwanger. Bestimmt war sie schwanger. Als ob zwei Kinder nicht reichten, mit denen man nicht zurande kam.

»Sollen wir es ihm sagen? Na? Was meinst du? Sollen wir?«

Devi zuckte mit den Schultern.

»Wir sind SCHWANGER«, sagte Bruno und lehnte sich zurück. Er legte eine Hand auf seinen geschwollenen Bauch.

»Na sowas. Gratuliere.«

Der Kellner brachte die Getränke. Sie prosteten einander zu. Das Telefon in Kuhns Hosentasche summte. Unbekannte Nummer. Er stand auf. »Entschuldigt«, murmelte er.

Es war die Post. Sie wollten ein Paket zustellen und wussten nicht, wohin. An seiner alten Adresse wurde es nicht angenommen, sagte der Mann am anderen Ende der Leitung.

»Ich ziehe gerade um«, sagte Kuhn. Das war dem Mann egal. Er wollte nur das Paket loswerden. »Hollmann-Passage eins«, sagte Kuhn. Das war die Adresse vom FLOW. »Zu meinen Händen.«

Noch nie war er über eine Mitgliedschaft so froh gewesen.

»Schade, dass du die Firma verlassen hast«, sagte Bruno. »Sie haben sich getrennt, weißt du«, sagte er zu Devi. »Vera und Philipp. Das ist die traurige Wahrheit.«

»Oh«, sagte Devi.

Es war das erste Mal, dass sie ihn direkt ansah. Sie wusste offenbar von nichts.

»Hör mal«, sagte Bruno. »Falls es irgendwas gibt, was wir tun können. Also, falls du nicht weißt ... ich meine, du kannst problemlos ein, zwei Nächte bei uns im Gästezimmer schlafen, nicht wahr, das kann er doch, mein Augenstern?«

Devi sah Bruno feindselig an.

»Klar kannst du das«, sagte Bruno. »Wir freuen uns. Ein Wort, und das Bett ist gemacht. Wozu hat man Freunde.«

»Heute«, sagte Kuhn.

Bruno hob überrascht die Augenbrauen. »Du meinst, du willst heute bei uns schlafen?«

Devi hielt die Luft an.

»Ja.«

Jetzt war es raus. Umso besser. Er hatte erst später fragen wollen. Wenn die Stimmung gelöster war.

Bruno nickte eifrig. »Das freut uns aber, das freut uns wahnsinnig, nicht wahr, Devi.«

Schichtwechsel am Nachbartisch. Ein Mädchen und zwei Jungs setzten sich, ihre Lederjacken ließen sie an. Sie waren um die zwanzig. Sein Alter wurde Kuhn immer dann schmerzlich bewusst, wenn er junge Leute sah. Er mied die Todesanzeigen in der Zeitung. Viele, die jetzt starben, waren in seinem Jahrzehnt geboren. Er musste pinkeln.

»Entschuldigt mich.«

Die Toilette befand sich hinter der Bar. Eine Schwingtür. Das Pissoir. Kaum hatte er den Zippverschluss geöffnet, stand auch schon Bruno neben ihm.

»Mein Gott, Phil«, sagte er. »Was machst du für Sachen. Devi war nicht davon abzubringen, sie wollte unbedingt mit. Sie ist misstrauisch in letzter Zeit. Sie hat mir nicht geglaubt, dass ich mich mit dir treffe.« Er lachte dröhnend.

Kuhn betätigte die Spülung und ging zu den Waschbecken. Bruno redete weiter. »Ich weiß nicht, was in ihrem blonden Kopf vorgeht, da ist wohl ein wenig durcheinandergeraten. Achte nicht auf sie. Ich muss dir sagen, dass du das Richtige gemacht hast. Es war richtig, mit Vera zu reden. Wo ist sie denn, deine Schöne aus dem Einkaufszentrum? Ich dachte, du nimmst sie mit. Wir hätten essen gehen können. Zu viert.«

Bruno stellte sich neben Kuhn und hielt die Hand unter den Seifenspender.

»Danke«, sagte Kuhn, und als Bruno ihn fragend ansah, sagte er: »Die Couch.«

»Aber immer, mein Freund, du bist uns immer willkommen, das

weißt du doch. Devi – also wir arrangieren gerade ein wenig um, das Gästezimmer wird das dritte Kinderzimmer, aber noch ist er ja nicht auf der Welt, der kleine Scheißer, was.«

Er lachte wieder, warf einen Blick in den Spiegel, bleckte die Zähne, fuhr sich mit der feuchten Hand über die Haare, zwinkerte seinem Spiegelbild zu.

Als Kuhn aus dem Café trat, hatte der Himmel sich verdüstert. In der einen Hand hielt er das Bild, in der anderen die Box, die alles enthielt, was von drei Jahren SECURELLA übrig geblieben war.

Er musste die Box loswerden und betrat das nächste Burger-Lokal. Die Stadt hatte sich verändert, seit er aus der Villa ausgezogen war. Sie war zu einer Festung geworden, die er täglich neu einnehmen musste. Er sah den jungen Leuten zu, die zufrieden auf ihren Burger kauten. Sie alle konnten es hier ertragen, weil sie einen Ort hatten, an den sie zurückkehren konnten. Die Fritteuse gab ein schmerzhaftes Piepen von sich.

Am Nebentisch saß eine Mutter mit ihrer Tochter. Das Mädchen tat, als äße die Puppe ihre Hühner-Nuggets. Ihre Mutter ermahnte sie, gerade zu sitzen und nicht zu sprechen. Die Ermahnung wirkte lachhaft angesichts der Tatsache, dass man hier mit den Händen aß. Kuhn stellte die Box mit dem Büro-Relikten auf den Boden und schob sie mit den Füßen unter die Bank.

»Mag nicht«, sagte das Mädchen und warf ein angebissenes Nugget auf ihr Tablett. Am liebsten wäre Kuhn dazwischen gegangen, hätte die Hühner-Nuggets an sich gerissen und noch im Laufen eines nach dem anderen in den Mund gestopft.

Bevor er darüber nachdenken konnte, wie er das anstellen sollte, rief Andrea an. Sie war außer sich.

»Spinnst du? Was ist los mit dir, Phil?«

»Mit mir? Nichts.«

»Mom hat geweint am Telefon.«

Sie hatte sich sofort ihrer Lieblingstochter anvertraut, das war zu erwarten gewesen.

»Geweint?«

»Sie sagt, du hast sie provoziert. Bist nur vorbeigekommen, um sie zu beschimpfen.«

Die Hitze stieg ihm in den Kopf.

»Was zum Teufel – das ist nicht wahr, Andrea, das glaubst du doch hoffentlich nicht. Ich wollte sie besuchen, das war alles. Und dieser Typ da in meinem Zimmer, ich meine: Dass da einer wohnt in meinem Zimmer, darüber darf ich mich wohl noch wundern.«

»Jetzt hör mal gut zu, Phil: Mom ist achtundsiebzig. Ich erinnere dich nicht an *dein* Alter. Aber du bist erwachsen, und sie darf mit deinem Zimmer machen, was sie will. Das ist nicht bis zum Lebensende für dich reserviert. Was sie damit macht, geht dich nichts an. Verstanden?«

So hatte sie noch nie mit ihm gesprochen. Unter dem Tisch lagen Pommes wie aufgedunsene Würmer. Das Mädchen am Nebentisch war dazu übergangen, mit einem Hühnernugget im Ketchup zu rühren. Sie stütze ihren Kopf mit der anderen Hand.

Kuhn machte ein Geräusch, das nach *pffffff* klang. Die Mutter des Mädchens warf ihm einen tadelnden Blick zu.

»Du weißt, dass sie nur eine Mini-Rente bekommt. Dieser Viktor zahlt für das Zimmer dreihundertfünfzig im Monat. Ich habe ihr dazu geraten. Das Zimmer steht doch ohnehin leer.«

So war das also. Andrea wusste davon. Und sie wusste nicht nur davon, sondern hatte die Mutter auch noch dazu ermutigt.

»Es ist ja nicht so, dass sie das hinter deinem Rücken gemacht hätte. Aber du stehst nur auf der Matte, wenn du etwas brauchst. Mom ist nicht blöd, die checkt das.«

Andrea hatte nicht das recht, ihn zu maßregeln. Wenn sich einer ärgern durfte, dann war er es. Diese gespielte Fürsorge der Mutter gegenüber – lächerlich. Andrea war in Amerika, tausende Kilometer weit weg und richtete über Ozeane hinweg über Gut und Böse.

Er erinnerte sich daran, dass sie der Mutter auch einmal geraten hatte, ein Ehrenamt auszuüben, irgendwas Soziales, bei dem sie unter Menschen käme: *Da bist du nicht mehr alleine, Mom, und hast das Gefühl, etwas Gutes getan zu haben.* Andrea war ganz verrückt nach ehrenamtlichen Jobs, das brachte wohl Amerika so mit sich. An zwei Wochenenden im Monat betreute sie die Telefonhotline der Anonymen Alkoholiker, was eine besondere Perfidie war, wie Kuhn dachte, weil sie doch unter der Woche in einer Bar arbeitete und auf diese Weise ihr künftiges Klientel heranzüchtete. Sie war Bakterium und Penicillin zugleich, und er wunderte sich, dass das noch nicht zu gröberen psychischen Verwerfungen geführt hatte.

Fakt war: Mutter war an ehrenamtlichem Engagement nicht interessiert. Sie hätte genug zu tun mit ihren Nachbarinnen, sagte sie. Da war was dran.

»Ich hab viel um die Ohren«, sagte er.

»Na klar. Weißt du was, Phil: Du bist ein Baby. Vielleicht solltest du wirklich zurück in dein Kinderzimmer.«

»Du hast doch keine Ahnung, was im Moment bei mir los ist. Ich –«

Er zögerte. Was sollte er sagen? *Die Frau, von der ich geglaubt habe, dass sie mich liebt, ist verschwunden, und ich habe keine Ahnung, was passiert ist?* Das machte ihn erst recht zum Idioten.

Während er noch nachdachte, legte sie auf.

Kuhn fragte sich, inwieweit die Familie sein eigenes Schicksal infiziert hatte. Vera war andauernd bei diesen Familienaufstellungen gewesen, um ihrem Beziehungsmuster auf die Spur zu kommen, wie sie sagte, und jedes Mal, wenn sie nach einem Seminar in die Villa zurückkehrte, schien sie noch ratloser, was ihre eigene Beziehung betraf. Sie wusste nicht mehr, weshalb sie mit ihm zusammen war, mutmaßte Kuhn. Sie verstand nicht, was sie geritten hatte. Sie führten eine Dreiecksbeziehung mit der Ratlosigkeit. Er vermutete, dass mit dem Aufstellungsleiter etwas lief. Der hatte sie in der Hand.

Und dann zeigte sie ihm mit Hilfe ihrer Schuhe, was während des Aufstellungsseminars geschehen war.

»Hier steht der Großvater.«

Sie stellte einen Reiterstiefel in die Mitte des Perserteppichs im Wohnzimmer.

»Und hier die Großmutter.«

Die Spitze des Großmutterstiefels zeigte zur Tür.

»Wie fühlst du dich an diesem Platz, Großmutter?«

Sie sprach tatsächlich zu ihrem Stiefel. Was erwartete sie? Dass sich die Sohle ablösen, der Zippverschluss von alleine öffnen, der Absatz klappern würde?

Behutsam drehte sie die Fußspitze des Großmutter-Stiefels in Richtung des Großvater-Stiefels. »Und was geschieht jetzt, wenn du dich dem Großvater zuwendest? Wie fühlst du dich? Besser? Oder schlechter?«

Dann war es still im Raum. Sehr still. Vera sah ihn nicht an, sie schien versunken in ein Spiel, mit dessen Regeln nur sie vertraut war.

»Und bei dem Seminar – da sprechen die Stiefel miteinander?«

Aber nein, rief sie. »Du hast nichts verstanden, nichts, weil du mir nicht zuhörst, nie hörst du mir zu!«

Die Stellvertreter, also jene Teilnehmer, die als Stellvertreter für die echten Personen agierten, die würden miteinander sprechen, sagte sie. Sie würde im Übrigen dasselbe empfinden wie das, was die Personen in diesem Moment empfunden hatten. Es sei magisch, sagte sie. Sie bekomme Gänsehaut, wenn sie nur darüber spräche. Sie zeigte ihm ihren Unterarm.

»Und warum fragt man nicht die Betroffenen?«, wollte er wissen. »Warum dieses Theater mit den Stellvertretern?«

»Weil man die Richtigen oft nicht fragen kann. Weil sie tot sind. Oder woanders leben. Oder keinen Kontakt wünschen. Oder man selbst keinen Kontakt will.«

Vera bildete sich ein, dass ihre Großmutter, die die Türmanufaktur SECURELLA gegründet hatte, ein sogenanntes *Unglückspaket* geschnürt hatte, das seither von einer Generation an die nächste weitergegeben wurde. Zwei Kinder hatte die Großmutter abgetrieben, zwei weitere verloren. Bei den Aufstellungen war sie umringt von ungeborenen Seelen, dargestellt von Teilnehmern, die sich vor der Großmutter auf den Boden setzen mussten. Die Großmutter klagte, sie hatte das Gefühl, umringt zu sein von den Seelen dieser Kinder, die einerseits nicht leben durften und es andererseits nicht wollten. Eine Todesschwadron von Föten, die sie unablässig umkreiste und alles, was sie tat, mit dem Atem des Todes durchtränkte. Freilich hatte sie in ihrem tatsächlichen Leben die toten Kinder nicht mit einem Wort erwähnt, nicht eine Silbe war ihr über die Lippen gekommen.

»Siehst du«, sagte Vera, als sei das der Beweis: »In den Aufstellungen kommt sowas raus.«

Sie konnte nicht von ihm verlangen, dass er das ernst nahm. Und selbst wenn es so war, hatte sie dann zwar einen Schlüssel in der Hand, aber kein Schloss.

»Was ändert es, wenn du das weißt?«, fragte er.

Ein Einwurf, den Vera nicht gelten ließ. Nichts sei vollkommen vorbei, sagte sie. Nichts von alledem ausgelöscht. »Die Erfahrungen deiner Ahnen sind in dir drin, auch, was sie gemacht haben«, sagte sie. Er solle bloß nicht glauben, dass sein Aufwachsen ohne Vater folgenlos geblieben sei.

Kuhn sah an sich herunter. So zerstört war er nicht. Und dann stellte er sich vor, einen alten, von Motten zerfressenen Hausschuh in die Mitte des Zimmers zu schleudern und ihn zu verhören: *Na, wie fühlst du dich, Papa? Wie? War die Karin wirklich so anders als die Mutti?* Es hieß doch, dass sich Ehefrau und Geliebte nach zehn Jahren einander angleichen. Dann hatte man zwei von derselben Sorte.

Er wusste nicht mehr, wann er seinen Vater das letzte Mal gesehen hatte. Seine Erinnerungen beschränkten sich auf die seltenen Besuche im Sportfachhandel. Philipp hatte auf einer Bank gesessen, die reserviert war für Kunden, die Ski- oder Eislaufschuhe anprobieren wollten, und hatte seinen Vater dabei beobachtet, wie er mit den Kunden sprach, ihnen Sportbekleidung, Fahrräder und Skier andrehte, die damals grotesk lang waren und Bindungen mit Fangriemen hatten.

Er war ihm so fremd vorgekommen in diesen Momenten, Respekt einflößend, wie ein General, der eine Armee aus wattierten Jacken und Trainingsanzügen befehligte. Er hatte ein Cary-Grant-Kinn, das Philipp nicht geerbt hatte, die weibliche Klientel aber beeindruckte, und lief immer in Anzug und weißem Hemd herum. Er sprach in einem strengen Tonfall mit den Kunden, sodass sie sich genötigt fühlten, etwas zu kaufen, selbst wenn sie sich nur ein wenig umsehen wollten oder sich vor der Kälte oder Hitze in das Sportwarengeschäft geflüchtet hatten. Niemals entließ er einen Kunden ohne eine »Sportwaren Wallner«-Tüte. Die größte Zufriedenheit aber strahlte er aus, wenn er die Kasse bediente, sie klingeln ließ und mit Geldscheinen hantierte.

Am liebsten hätte sich Philipp hinter den Skianzügen versteckt, hinter den raschelnden Overalls, die ihn an Raumanzüge denken ließen, und hätte den Vater heimlich beobachtet. Versucht, die Vater-Essenz zu bestimmen, das, was ihn ausmachte, was ihn zu dem Menschen machte, der er war.

Einmal schenkte ihm der Vater bei einem dieser Besuche ein paar dicke Skisocken, sie waren flauschig und weich wie Kükenflaum und knisterten, wenn er damit über den Spannteppich rutschte. Er zog sie nur selten an, aus Angst, sie könnten kaputtgehen.

Wann immer Kuhn versuchte, sich seine Eltern zusammen vorzustellen, scheiterte er, denn der Vater war in seiner Erinnerung immer noch ein attraktiver junger Mann, dreißig maximal – einer, der nicht gealtert war, während sich seine Mutter Gudrun in eine Greisin verwandelt hatte. Ein groteskes Bild. Und er war das Produkt dieser Kombination. Er war der Sohn, den man mit Socken abspeiste. Ein Sohn, den es nicht hätte geben müssen. Ein Zufallsprodukt, ein Platzhalter, der den Ofen wärmte, um die Ankunft der Thronfolgerin vorzubereiten.

Kein Kind war je so erwünscht gewesen wie Andrea. Ihr kam gewissermaßen die Rolle der Erlöserin zu, und um das zu verstehen, brauchte es kein psychologisches Brimborium. Andrea sollte die Mutter über sämtliche Zumutungen des Ehelebens hinwegtrösten. Sie, die gehofft hatte, mit der Heirat eines Sportwarenverkäufers ihrer kleinbäuerlichen Herkunft entrinnen zu können, hatte einsehen müssen, dass sie bloß eine Beschränkung durch eine andere ersetzt hatte. Joachim war ein in Ritualen erstarrter Erbsenzähler, der vor der Heirat den großzügigen Lebemann gegeben hatte, um sie zu beeindrucken.

Gudrun hatte eine schöne Stimme, der Vater hörte sie ein paar Mal im Kirchenchor, bevor er ihr nach einem Gottesdienst auflauerte und sie ins Gasthaus zu Schnitzel mit Kartoffelsalat einlud. Sie hätte alles getan, um vom elterlichen Hof wegzukommen, ihre Träume waren mit Mutterkuhhaltung nicht vereinbar.

Kuhn glaubte, dass sie erwartet hatte, sein Vater würde sie in ihrer Gesangskarriere unterstützen, sie zumindest nicht am Singen hindern.

Er war überzeugt, dass er seine schlechte Menschenkenntnis von ihr geerbt hatte, ebenso die nervösen Störungen des Verdauungstraktes. Er konnte sich noch daran erinnern, sie ein paar Mal singen gehört zu haben, nicht auf der Bühne, sondern vor dem Fernsehapparat. Irgendwann gab sie es schließlich auf.

Die Socken hatte die Mutter entsorgt, ohne ihm ein Wort zu sagen. Sie räumte alles in den Keller, das mit dem Vater oder dem gemeinsamen Familienleben zu tun hatte: die Angel-Zeitschriften, seine Hausschuhe, massenhaft Ledergürtel, Spielkarten, zwei gerahmte Fotos, die auf dem Kaminsims gestanden hatten und die ihn vor dem Sportwarengeschäft zeigten. Joachim Kuhn stand militärisch gerade vor der Auslage, die Handflächen an die Oberschenkel gepresst, den Blick starr in die Kamera gerichtet.

Drei Tage hatte Philipp nach den Socken gesucht.

4

Als Friedrich Solak die Tür öffnete, erkannte Kuhn ihn kaum wieder, und offenbar verhielt es sich umgekehrt ähnlich, denn Solak sah ihn ratlos an, die Augen blutunterlaufen, den schmächtigen Körper in einen braunen Morgenmantel gehüllt.

Die Adresse, die er ihm am Telefon genannt hatte, lag im Döblinger Villenviertel, allerdings entpuppte sich das Haus als Wohnanlage, die nach dem Krieg ohne architektonischen Ehrgeiz errichtet worden war.

Kuhn hatte vergeblich den Namen Solak auf dem Klingelbrett gesucht, war dann einer Treppe gefolgt zu einer Hausbesorgerwohnung im Souterrain. An einer stählernen Feuerschutztür – das

Türblatt wahrscheinlich dreiseitig gefalzt, 65 Millimeter, schätzte Kuhn – stand *SolAk* auf einem winzigen Zettel, der verschämt am äußeren Rand des Türblatts klebte.

»Arzt? Sind Sie der Arzt?«, fragte Solak.

»HOTEL KRONE«, sagte Kuhn. »Wir haben telefoniert.«

»Ach, Sie«, sagte Solak. »Wer mir eine Nachricht in meinem Fauteuil hinterlässt, ist mir willkommen.«

»Ich komme besser später wieder«, sagte Kuhn. »Wenn der Arzt da war.« Kaum hatte er den Satz ausgesprochen, bereute er ihn. Es hatte zu regnen begonnen, und er fror entsetzlich.

Solaks Blick fiel auf Adam.

»Ein Hausner«, sagte er. »Sieh mal einer an.«

»Aus der Adam-Serie.«

Solak nickte. »Herrlich! Zeigen Sie her.«

Kuhn musste das Bild hochhalten.

»Wissen Sie, was mich immer verwundert hat? Der Name dieser Strömung, der Hausner zugerechnet wurde: Phantastischer Realismus. Als ob etwas phantastisch und realistisch zugleich sein könnte. Eigenartig, finden Sie nicht?«

So aber war sein Leben, so und nicht anders, dachte Kuhn. Realistisch und phantastisch zugleich. Eine bessere Beschreibung gab es nicht.

»Sehen Sie diese Falten hier zwischen Nase und Mund? Das Kennzeichen einer Magenkrankheit, wahrscheinlich nervös. Interessant, interessant, mein junger Freund. Wenn ich Sie mir so anschaue, dann gibt es eine gewisse Ähnlichkeit zwischen Ihnen und Adam. Ein älterer Zwilling, wenn ich das so sagen darf. Aber jetzt kommen Sie doch herein, kommen Sie. Es zieht.«

Er schloss die Tür und Kuhn schlüpfte aus Schuhen und Jacke.

»Wie haben Sie noch einmal gesagt, dass Sie heißen, junger Freund?«

»Kuhn. Philipp.«

»Mir nach, Herr Philipp. Ich darf doch Philipp sagen?«

Kuhn folgte Solak durch einen höhlenartigen Flur, an dem sich eine Tür an die andere reihte. Sie waren mit barocken Jagdszenen tapeziert.

Das Wohnzimmer war überheizt, es roch nach Eukalyptus. Im offenen Kamin flackerte ein Feuer.

Die Wohnung lag unter der Erde, statt Fenstern gab es vergitterte Öffnungen mit Blick auf den Asphalt und verdorrte Grasbüschel.

Solak deutete auf eine Couch, auf der zahlreiche Zierdecken und Kissen lagen. Er schob einen Lehnstuhl, der schmerzhaft nahe vor einem Fernsehgerät stand, zum Tisch heran. Er setzte sich und öffnete eine bauchige Flasche.

»Übrigens hat Hausner nach innen geschaut, wenn er gemalt hat«, sagte er, »nicht nach außen. Er ist nicht auf einen Turm geklettert, sondern in einen Brunnen hinabgestiegen. Wir glauben immer, wir müssen weiter sehen, noch höher hinaufklettern, aber das ist ein Irrtum.«

Solak füllte zwei Gläser bis zur Hälfte mit einer grün schimmernden Flüssigkeit. »Je länger ich auf der Welt bin, umso mehr schaue ich nach innen«, sagte er. »Nicht, dass mich die Welt nicht mehr interessiert, aber irgendwann ist das Reservoir mit Bildern und Farben gefüllt, nicht wahr. Irgendwann ist es genug, dann stört der ständige Tumult. Jetzt wollen wir aber anstoßen, Herr Philipp, darauf, dass Sie den weiten Weg zu mir gefunden haben. Wissen Sie, ich bin gesundheitlich nicht ganz auf der Höhe, das HOTEL KRONE muss heute auf mich verzichten.«

»Ich hoffe, nichts Ernstes«, sagte Kuhn.

Die Couch war weich und federte, er lehnte sich gegen ein besticktes Kissen. Es schien ihm eine Ewigkeit her, dass er sich das letzte Mal in einem behaglichen Raum wie diesem aufgehalten hatte.

»Worauf trinken wir? Auf die Ewigkeit der Kunst, sind Sie einverstanden? Es gibt da eine interessante These, der ich mich übrigens anschließe«, sagte Solak, führte das Glas zum Mund, roch mit geschlossenen Augen daran, bevor einen Schluck nahm – »und die besagt, dass ein Kunstwerk nach seiner Fertigstellung eine eigene Existenz zu führen beginnt. Diese Vorstellung gefällt mir. Das würde allerdings auch bedeuten, dass sich das Werk vom Künstler emanzipiert, wenn man so will. Dass es sich lossagt von seinem Schöpfer. Was ist los, trinken Sie nicht?«

Kuhn sah auf das Glas in der Hand. *Kein Alkohol*, hatte ihm die Ärztin eingeschärft. Keinen Tropfen. Nichts sei schlimmer für die Magenschleimhaut.

»Ich möchte nicht unhöflich sein –« Er stellte das Glas auf den Tisch zurück. »Ich bin im Moment ein wenig empfindlich.« Er legte die Hand auf den Bauch.

»Papperlapapp«, unterbrach ihn Solak. »Das ist reine Medizin, nichts anderes. Es wird Ihnen besser gehen, versprochen. Runter damit.«

Kuhn tauchte die Zungenspitze kurz in die Flüssigkeit. Sie roch nach Eukalyptus und schmeckte süß und scharf zugleich. Betörend. Er wagte einen winzigen Schluck. Was für ein Getränk.

An seinem Kehlkopf sei bereits eine deutliche Säurespur zu erkennen, hatte die Ärztin in der Notaufnahme nicht ohne Genugtuung festgestellt, und er hatte unwillkürlich schlucken müssen. Ösophagitis. Die nächste Stufe war möglicherweise bereits das Barrett-Syndrom, eine Krebsvorstufe. Die Öffnung in seinem Zwerchfell war geweitet, die Engstelle zwischen Magen und Speiseröhre nicht mehr dicht. So begann es. Am Schluss wäre er ein armer Tropf, einer, aus dem es unablässig tropfte.

»Und?« Der Alte betrachtete ihn aufmerksam.

»Was ist das?« Kuhn griff nach der Flasche, fand aber kein Etikett.

»Das bekommen Sie in keinem Supermarkt. Ein Elixier, das Dilara für mich zubereitet.« Er legte den Finger über die Lippen. »Ein Geheimnis.«

Dilara? War das nicht diejenige, die auch das Lokum für ihn machte?

Kuhn trank, sah sich um. Die Wände waren mit Bücherregalen vollgestellt, in den Ecken türmten sich Zeitungen. An der Wand hing das Schwarzweiß-Porträt einer Frau. Sie lag auf dem Boden, die Augen geschlossen, ihr Haar um den Kopf drapiert wie ein dunkler Heiligenschein.

»Ich war Lehrer«, sagte Solak, als er Kuhns Blick bemerkte. »Philosophie. Ich habe mich bemüht, den Schülern den Zugang zu den ewigen Fragen zu eröffnen. Und jetzt verrate ich Ihnen ein Geheimnis.« Er beugte sich vor. »Die Philosophie ist absolut nutzlos. Nicht nur, dass sie nicht imstande ist, den Schmerz zu kurieren. Nein, sie fügt einem selbst Schmerzen zu, kleine Schnitte, die nicht heilen. Philosophie ist, wenn Sie so wollen, eine chronische Entzündung des Geistes. Sehen Sie mich an: Seit dreißig Jahren schlafe ich nicht. Ich wandere auf dem Trümmerfeld meiner Gedanken, Tag und Nacht. Das hier« – er deutete auf die Flasche – »schenkt mir kurze Augenblicke der Ruhe. Ein Geheimrezept meiner Mutter. Alles, was gut ist in meinem Leben, habe ich von ihr. Nur ihre Gelassenheit fehlt mir. Sie ertrug ihr Schicksal mit Würde, ich aber leide an der Existenz. Kennen Sie Cioran?«

Kuhn schüttelte den Kopf.

»Cioran hat geschrieben: *Es lohnt nicht die Mühe, sich zu töten, denn man tötet sich immer zu spät.* Er hat sich auch nicht getötet, der liebe Emil, sondern ist alt geworden, über achtzig. Aber ich verstehe, dass Sie sich darüber nicht den Kopf zerbrechen, das sind nicht Ihre Sorgen und deswegen sind Sie auch bestimmt nicht den weiten Weg hierhergefahren.«

Kuhn schwieg und trank. Er spürte, wie sich das Elixier in seinem Körper ausbreitete, Fuß- und Zehenspitzen erreichte, eine leise Betäubung auslöste, die Schwere aus Armen und Beinen vertrieb. Er fühlte sich blendend, geborgen in etwas Größerem, das auf ihn achtgab.

»Ihre Myriam«, sagte Solak unvermittelt, lehnte sich zurück und schlug die Beine übereinander, während Kuhn sich gespannt vorbeugte.

»Ich mag Ihre Freundin sehr«, sagte Solak. »Das muss ich vorausschicken. Sie ist eine wunderschöne junge Frau. Eine Sphinx.«

Sein Blick verlor sich. Dann schüttelte er den Kopf. Kuhn verfolgte jede seiner Regungen. Alles hatte Bedeutung.

»Sie war eine Zierde für das Hotel, auch die Familie Gupta sprach nur gut über sie. Wenn ich in meinem Fauteuil saß und Lokum naschte, mochte ich es, wenn sie Dienst hatte.« Er dachte nach. »Wissen Sie, junger Freund, ich selbst hatte mit Frauen kein Glück, aber irgendwann versöhnt man sich auch mit seinem Unglück und nimmt es dankbar an.«

Er kaute auf etwas herum, vielleicht aber waren es auch nur die leeren Mahlbewegungen eines greisen Kiefers.

»Sie hat Geld aus der Kasse genommen.« Er machte eine Pause. »Alles, was da war. Und was die Familie Gupta besonders schmerzt: Ein Erbstück aus dem Safe ist ebenfalls verschwunden. Eine Statue, die seit Generationen weitergegeben wird. Es tut mir leid, das sagen zu müssen.«

Er schenkte nach, und Kuhn trank, damit Solaks Worte nicht bis zu seinem Verstand vordringen konnten. Damit sie irgendwo zwischen Trommelfell und Nervenbahn verebbten.

Schweigen.

Mach, dass es nicht wahr ist, dachte er, *bitte, bitte, mach, dass es nicht wahr ist.*

»Sind Sie – ich meine, ist es sicher, dass sie es war?«

»Was ist schon sicher«, sagte Solak.

Es läutete an der Tür, Solak erhob sich und kam mit einem Mann zurück, der tatsächlich wie ein Arzt aussah, denn er trug einen weißen Kittel und eine schwarze Tasche, die er ohne Umschweife auf den Couchtisch legte und öffnete, während Solak den Morgenmantel auszog und den Ärmel seines Pyjamaoberteils hinaufrollte. Sein Arm war dürr wie ein Ast, die Haut weiß wie Adams Turban. Stillschweigend hantierte der Arzt an Solak herum, stach mit einer Nadel in die Vene und befestigte einen Infusionsbeutel an dem Kleiderständer, den er aus der Ecke in die Mitte des Raumes geschoben hatte.

Kuhn schrieb eine Nachricht an Bruno: *Wird später.*

Dann lehnte er sich zurück, schloss die Augen. Er wollte gehen, etwas drängte ihn hinaus, und gleichzeitig wollte er für immer bleiben, trinken und vergessen. Er dachte an die meerblaue Bluse, an Myriams Arm, den er gestern noch kurz berührt hatte. Es schien eine Ewigkeit her, und jetzt fragte er sich, ob es tatsächlich ihr Arm gewesen war. Vielleicht war sie schon längst nicht mehr in der Stadt.

Als der Vater mit der Sportwarenfachverkäuferin nach Lech am Arlberg zum Skifahren fuhr, ausgestattet mit den schicksten Anzügen aus dem Laden, war zu Hause kein Mucks zu hören. Die Mutter stellte den Staubsauger an, der an ihrer Stelle jaulte, röhrte und ordentlich Krach machte. Das war seit jeher die Antwort auf die Impertinenz ihres Mannes gewesen.

Kuhn hatte nie gelernt, wie das ging. Wie man sich vor Verletzungen schützte.

Der Arzt nahm ein Blutdruckmessgerät aus seinem Koffer und

machte sich an Solaks zweitem Arm zu schaffen. Pumpgeräusche, gefolgt von einem hellen Ton. Der Arzt notierte etwas auf einem Bogen. »Jetzt Blutzucker«, sagte er. Seine ersten Worte. Noch ehe er ein weiteres Messgerät aus der Tasche geholt hatte, sprang Solak von seinem Sessel auf.

»Es reicht!«

Sie sprachen erst wieder, als der Arzt gegangen war. Der Infusionsbeutel enthielt eine klare Flüssigkeit, die mit der Regelmäßigkeit eines Metronoms in Solaks Vene tropfte.

»Wissen Sie«, sagte Solak nach einer Weile, »ich war mein Leben lang untalentiert für Freundschaft. Ich weiß nicht, woran es lag. Daran, dass ich zu wenig tat oder vielleicht war es die Zeit, die mich einmal dahin, einmal dorthin wehte. Jetzt habe ich das Hotel, die Familie Gupta, die Angestellten und Gäste. Das ist, was mir geblieben ist. Was mit Myriam passiert ist, tut mir selbst weh. Ich kann Sie verstehen.«

Was mit ihr passiert ist. Er sagte es so, als hätte sie nicht den geringsten Anteil daran. Als sei ihr etwas Schicksalhaftes widerfahren. Kuhn hob das Glas, noch ein Schluck, nein, es war leer, ein einziger Tropfen war noch darin, er fing ihn mit der Zunge auf. Er durfte nicht weitertrinken, er musste damit aufhören, es war Zeit zu gehen, höchste Zeit, und dann hörte er sich sprechen: »Dürfte ich noch einen kleinen Schluck? Nur einen ganz kleinen, bevor ich gehe.«

Solak sprang auf, der Infusionsbeutel auf dem Kleiderständer zitterte, und der Schlauch war zum Zerreißen gespannt, als er nach der Flasche griff.

»Bleiben Sie! Um Gottes Willen, lassen Sie das«, rief Kuhn, aber es war zu spät. Schon hatte Solak die Flasche in der Hand und goss seinem Gast und sich selbst kräftig nach, bevor er sich in den Fauteuil zurückfallen ließ.

»Wissen Sie, als Dilara mir mein Lokum aus der Küche brachte, da hat sie den Zettel entdeckt. Ja, sie war es, die mich darauf hinwies. Sie haben was verloren, Herr Solak, meinte sie nur und zeigte auf den Zettel, aber ich sagte, der ist nicht von mir, ganz sicher nicht.«

Kuhn nahm einen weiteren Schluck.

»Wie viel Geld ist es?«, fragte er.

Solak drehte an einem Rädchen unter dem Infusionsbeutel, drückte mehrmals auf den Schlauch. Obwohl es besorgniserregend aussah, wirkte Solak entspannt, als er sich an Kuhn wandte.

»Ein paar Tausend werden es schon gewesen sein.«

»Und die Statue?«

»Eine Lakshmi-Statuette. Die Göttin des Reichtums und des Glücks. Sie sitzt auf einer Lotusblüte. Sie verleiht nicht nur Wohlstand, sondern auch Weisheit.«

Als die Infusion durchgelaufen war, zog Solak die Nadel aus der Vene, drückte den Mittelfinger in die Armbeuge. »Wenn man das schon so lange macht wie ich, dann hat man Übung darin«, sagte er. »Der Tod wartet draußen vor der Stahltür, mit jeder Infusion hindere ich ihn daran, einzutreten. Jedes Mal eine kleine Verzögerung. Kommen Sie mit, ich möchte Ihnen etwas zeigen.«

Als Kuhn aufstand, bewegten sich die Wände. Er musste sich einen Moment sammeln. Dieses Zimmer erschien ihm mit einem Mal ganz außerordentlich prunkvoll, aus den Lampen ergoss sich goldenes Licht, die Muster auf den Kissen und Zierdecken schienen aus dem Stoff zu wachsen. »Ich glaube, ich habe zu viel –«

Solak schnitt ihm das Wort ab. »Papperlapapp«, sagte er. »Das Elixier tut Ihnen gut. Es tut allen gut. Es hilft dabei, die Dinge zu sehen, wie sie wirklich sind.«

Solak öffnete eine Tür zu einem Nebenraum. Darin stand eine

schmale Couch, und in der Mitte des Raumes auf einem Tisch befand sich eine Konstruktion aus Spanplatten, ein Quader in der Größe eines Umzugskartons.

Solak winkte ihn heran, ungeduldig. »Wo bleiben Sie denn?« Er deutete auf eine kleine Öffnung in der Konstruktion. »Hier müssen Sie hineinschauen. Aber setzten Sie sich erst einmal.«

Solak drückte ihn auf den Stuhl, löschte das Licht.

Er beugte sich vor und spähte durch das Guckloch in den Holzquader. Ein kleines LED-Licht, das an der Oberseite montiert war, beleuchtete ein Foto, das auf einem Miniaturpodest stand. Es zeigte Solak in deutlich jüngeren Jahren. Blond, mit Sonnenbrille. Er war sofort wiederzuerkennen. Das schmale Gesicht, die hohen Backenknochen. Er hatte den Arm um eine Frau gelegt, die einen Kopf kleiner war, dunkle Haare, Pagenkopf. Sie blinzelte in die Sonne, ihr Körper leuchtete. Das Bild musste am Wasser aufgenommen worden sein, man sah Dünen und irgendwo ging das Meer in den Horizont über.

»Und jetzt – warten Sie. Einen Moment.«

Unter dem Tisch rumorte es, aber Solak rief: »Nicht schauen!« Und nach einer Weile: »Ach, das hätte ich fast vergessen. Sie müssen die Socken ausziehen.«

Schon spürte er die Hände des Alten an seinen Zehen, er fühlte, wie ein Fuß angehoben und in etwas Weiches, Warmes getaucht wurde. Sand, es war Sand. Dann der andere Fuß. Es musste sich um eine mit Sand gefüllte Wanne handeln. Warmer Sand.

Er hörte ein Scharren und Ächzen, und dann war Solaks Stimme dicht an seinem Ohr. »Warten Sie, ich bin noch nicht fertig.«

Plötzlich vernahm Kuhn Möwengeschrei, das Tosen der Brandung, Kinderlachen. Er konnte das Meer riechen. Eine Mischung aus Tang, Salz, Sonnenmilch und Wind. Er hörte ein Kichern, dicht an seinem Ohr. »Jetzt dürfen Sie schauen.«

Er sah auf. Solak stand neben ihm und schwenkte eine Duftlampe.

»Es kann nicht sein«, sagte Solak, »dass wir einen Moment nur ein einziges Mal erleben. Seit neun Jahren ist Maria nicht mehr da. Wenn sie hier nicht ist, ist sie da drin.« Er klopfte auf den Holzquader. »Sie ist immer da und wartet auf mich. Ich gehe ins HOTEL KRONE, besuche die Familie Gupta, und wenn ich mein Lokum verspeist habe, komme ich nach Hause und besuche sie.«

Kuhn wusste nicht, was er sagen sollte. Vorsichtig hob er die Beine aus der Wanne und stellte sie auf den Teppich. Er war müde, entsetzlich müde.

»Aber das ist doch nicht echt«, sagte er, obwohl er den Alten nicht beleidigen wollte.

»Woher wollen Sie das wissen? Wann ist es denn echt?«

»Nur in dem Moment, in dem es passiert.«

»Sind Sie sicher?«

Ein Theater des Vergessens hätte Kuhn nützlicher gefunden. Wenn man mitten im Leben stand, hielten einen die Erinnerungen nur auf. Vergessen war hingegen eine Gnade.

Solak legte ihm die Hand auf die Schulter und führte ihn erneut zum Guckloch.

Irgendwas an dem Foto hatte sich verändert. Kuhn blinzelte. Das waren nicht mehr Solak und seine Frau. Er hielt die Luft an.

Da war Myriam.

Myriam und er.

Bewegte Bilder. Sie sitzen auf dem Sofa in Myriams Wohnung, Myriam winkt mit einem Stoffpinguin in die Kamera. Kuhns Schulter ist groß im Bild, er hält das Handy weit weg, um sie beide ins Bild zu bekommen. Den anderen Arm legt er um ihre Schulter. Schnuppert an ihrem Haar. Es riecht zitronig. Im Hintergrund die Wohnwand, ein paar Bildbände, Glaskugeln. Keine Familienfotos, überhaupt keine Fotos. Ein normaler Nachmittag. Er hatte ihn schon vergessen. Sie flüstert ihm etwas ins Ohr. Warum flüstert sie, es kann sie ohnehin niemand hören. Sie lachen. Dann drückt er ab. Sie sehen sich das Foto gemeinsam an. Myriam spielt die Entsetzte. *Ich habe ein Doppelkinn*, kreischt sie. *Warum hast du von unten fotografiert, eine Frau muss man immer von oben fotografieren*. Sie greift nach dem Handy. Er ist schneller und hält es hoch. Sie stürzt sich auf ihn.

Er erwachte auf einem Sofa, die Arme über dem Kopf wie ein Baby. Mit den Füßen stieß er gegen etwas Hartes. Er setzte sich auf. Er lag auf Solaks Sofa, über seinem Körper eine karierte Decke gebreitet. Er wusste nicht, wie er hierhergekommen war. Durch die Jalousien drang Licht. Das Feuer im Kamin war erloschen.

Er erhob sich, stopfte das Hemd in die Hose, griff nach der Jacke, zog die Schuhe an.

Es war ein Versehen, niemals hätte er hier einschlafen dürfen. Das durfte nicht zur Regel werden, dachte er. Dass er versehentlich einnickte und danach nicht mehr wusste, wo er war. Das konnte einem passieren, wenn man zwanzig war. Aber nicht ihm, ihm nicht. Nicht mehr.

Die Tür zu Solaks Schlafzimmer war geschlossen. Kuhn überlegt, ob er anklopfen sollte, um sich zu verabschieden, der Knöchel des Zeigefingers war schon in Klopfposition, da zog er die Hand wieder zurück. Vielleicht schlief der Alte seinen Gesundheitsschlaf, den er dringender benötigte als alles andere, vielleicht aber war er auch bereits gestorben. Wie man es auch betrachtete, in jedem Fall war es besser, das Zimmer nicht zu betreten.

Kuhn schulterte den Rucksack und warf einen letzten Blick auf die olivgrüne Flasche, die immer noch auf dem Fliesentisch stand. Sie hatten sie vollständig geleert. Er nahm sie in die Hand, roch daran.

Eine kalte Sonne schien, als er auf die Straße trat. Aus der Eingangstür des Gebäudes stürmten zwei Mädchen in Parkas, sie kicherten und zischten einander Geheimnisse zu.

Ich habe auch ein Geheimnis – das hätte er ihnen gern zugerufen. Sogar das größte Geheimnis von allen. Er hatte sich getäuscht, er hatte alles verloren, er war betrogen worden, er war nur noch sich selbst verbunden.

Ein Mädchen drehte sich zu ihm um.

»Feuer?«

»Wie bitte?«

»Ob du Feuer hast.«

Sie hatte ihn geduzt. Für einen Augenblick erblickte er sich aus den Augen der Mädchen, die ihn nun beide ansahen, ihre Zigaretten rauchbereit zwischen den Fingern. Baseballjacke, Rucksack, unfrisiert, das Bild von einem komischen Typen mit Turban in der Hand.

»Nein«, sagte er. »Tut mir leid.«

Er hatte kein Feuer.

Möglicherweise hatte er nicht das Geringste von dem, was irgendwer brauchte.

5

Alles, was wichtig war im Leben, hatte nur eine einzige Silbe: Herz. Kopf. Bauch. Frau. Sex. Bett. Haus. Traum. Bild.

Die Sprache war sparsam, dachte Kuhn, also konnte er es auch sein. Friedrich Solak hatte gesagt, dass es ein ganzes Leben benötige, um zu verstehen, was man wirklich brauche. »Es ist nicht viel. Nie ist es viel«, hatte Solak gesagt. »Lassen Sie los, Herr Philipp, lassen Sie alles los. Haben Sie Vertrauen. Was Sie brauchen, wird ohne Ihr Zutun zu Ihnen kommen.«

Er hatte die FLOW-Geschäftsführerin gebeten, Adam für ein paar Tage in ihrem Büro Unterschlupf zu gewähren. Er wusste nicht, wohin mit dem Bild, es war zu groß für den Spind. Er wusste auch nicht, wohin mit sich, aber das sagte er nicht. Er fragte sich, ob sie Tamara auf ihn angesetzt hatte, um ihn im Auge zu behalten. Ob es sich herumgesprochen hatte, dass er im RAUM DER STILLE geschlafen hatte.

Katrin hatte Adam entgegengenommen und nur gesagt: »Puh, dieser Blick.«

»Du musst ihn nicht aufhängen. Es macht ihm nichts, wenn er im Schrank steht.«

Sie lachte. »Du sprichst über das Bild, als wär's ein Mensch.«

Er wollte gehen, sie hielt ihn zurück. »Für dich ist was gekommen.«

Sie händigte ihm ein kleines Paket aus. Er betrachtete es verwundert, bis es ihm einfiel: Das war das Paket, das er ans FLOW weitergeleitet hatte.

»Langsam hab ich den Eindruck, dass du bei uns wohnst«, sagte Katrin. Sie lachte wieder, also glaubte sie selbst nicht daran. »Wir freuen uns natürlich, wenn wir unsere Mitglieder derart begeistern können. Warte mal.« Sie trat hinter ihren Schreibtisch und öffnete eine Schublade, drückte ihm einen Umschlag in die Hand. »Da sind zwei Tageskarten drin. Für deine Freunde. Zum Ausprobieren.«

Er bedankte sich und hatte keine Ahnung, wem er die Gutscheine schenken sollte.

Nun saß er in der Umkleide, inmitten lauter Typen, für die das FLOW ein Transitraum war zwischen Arbeitsplatz und Eigentumswohnung. Eine Dekontaminations-Schleuse, in der sie ihren Adrenalinüberschuss abbauten. Und er konnte nirgendwohin.

Bruno hatte auf seine letzte Kurznachricht nicht geantwortet. Er konnte ihn nach der kurzfristigen Absage nicht erneut nach einem Schlafplatz fragen.

Er riss das Paket auf und zog ein Buch heraus. *Richtig trennen. Ein Ratgeber für Männer.* Er erinnerte sich daran, das Buch vor Wochen bestellt zu haben. Auf dem Cover war ein Mann im Anzug zu sehen, der eine einsame Landstraße entlangmarschierte, einen Trolley hinter sich herziehend, eine verwelkte Rose zwischen die Zähne geklemmt. Er warf das Buch in den Spind.

Heißer Dampf quoll aus den Duschen. Gummisohlen quietschten auf dem Kunststoffboden. Zwei Typen unterhielten sich über die Blähungen, die sie von den Eiweißshakes bekamen.

Kuhn lehnte den Kopf gegen die Mauer. Freier Fall.

Er sah Tamaras roten Haarschopf schon von Weitem. Sie stand am Ausgang wie vereinbart.

»Wartest du schon lange?«, fragte er.

»Nicht schlimm.« Das konnte alles heißen: ja, nein, vielleicht.

Sie sah knapp an seinem Gesicht vorbei. Sie trug eine Art Kaftan, darunter eine weite Hose.

Sie betraten die Tiefgarage des FLOW, und Kuhn erwartete, dass sie zu ihrem Auto gingen, doch wie sich herausstellte, hatte sie keines. Sie benutzten die Garage lediglich als Abkürzung und schlüpften durch eine Tür auf die Straße eines Viertels, das noch unberührt war von der Verschönerung, die sich durch die Stadt fraß. Kebab, Billig-Barbier, Handyzubehör, ein Sexshop mit Schaufensterpuppen, die Ganzkörpernetzanzüge trugen. Er wusste nicht warum, aber ihm war leichter ums Herz.

Sie warteten an einer roten Ampel, und Kuhn sah eine verschleierte Frau, die vor einem Modehaus stand und einen ebenfalls verhüllten Kinderwagen vor- und zurückschob. Zwei Vögel pickten nach einer Brotkrume, ein dritter, der in einer Ketchup-Lache gelandet war, hinterließ rote Krallenabdrücke auf dem Asphalt. Die Ampel sprang auf Grün.

Tamara hatte ihm nicht verraten, wohin sie gingen. Sie hatte ihm nur gesagt, sie würde ihm ein Projekt vorstellen, in dem es eventuell einen Job gab für ihn. Er solle ihr vertrauen.

Er war aus reiner Verzweiflung mitgegangen. Wenn er ehrlich war, glaubte er nicht daran, dass dieses Mädchen mit der digitalen Flamme Teil der Lösung war, eher war sie Teil eines neuen Problems.

Sie gingen an einem O-Bag-Automaten vorbei. Die Automaten gaben Spendenpakete an Obdachlose aus. Ein O-Bag enthielt zwei Müsliriegel, einen Smoothie, einen Apfel, Knäckebrot, Butterkekse und etwas Textiles, Handtuch oder T-Shirt. Eine Zeitlang waren die Pakete opulenter gewesen, enthielten Gutscheine für medizinische Checks oder Reintegrationsmaßnahmen, doch seit die Obdachlosenzahlen explodiert waren, wurde nur noch darauf geachtet, die Mindestkalorienzahl zu erreichen. Jeder Passant konnte ein Zwei-Euro-Stück in den Automaten werfen und erhielt dafür einen »Karma-Pluspunkt« in Form eines Aufklebers, auf dem *Ich bin ein guter Mensch* stand. Die Obdachlosen konnten die gespendeten O-Bags mittels Chipkarte entnehmen. Eine gute Idee, wie Kuhn fand, doch Tamara schüttelte erbost den Kopf. »Das ist eine öffentliche Demütigung«, sagte sie. Und wenn der Automat versteckt wäre, würde man den Betreibern vorwerfen, sie trügen zur Tabuisierung des Elends bei, dachte Kuhn. Es war unmöglich, allen Bedenken gleichzeitig Rechnung zu tragen.

»Warte mal kurz«, sagte Tamara und steuerte ein Paar an, das vor einer Bar an einem Bistrotisch saß. Der Mann drehte sich eine Zigarette. Er hatte Dreadlocks, die zu einem Zopf zusammengebunden waren. Sie begrüßten sich überschwänglich. Kuhn stand da wie ein Idiot, bis sie ihn herwinkte.

»Das ist Phil, ein neuer Mitstreiter.«

Mitstreiter?

Der Mann streute Tabak auf ein Zigarettenpapier. »Torschlusspanik auf der Titanic«, sagte er.

Die Frau lachte.

»Halt den Mund, Nafis«, sagte Tamara.

»Nur eine kleine Warnung von Mann zu Mann«, sagte Nafis und zwinkerte Kuhn zu, bevor er sich die Zigarette in den Mundwinkel steckte.

»Ich dachte, du hast aufgehört«, sagte Tamara.

»Sowieso. Ich rauche sie kalt.«

Tamara schien in diesem Viertel bekannt zu sein, immer wieder hob sie die Hand, um jemanden zu grüßen.

Auf andere, dachte Kuhn, wirkten sie möglicherweise wie Vater und Tochter. Ein junggebliebener Vater in Baseballjacke, der seine Tochter begleitete. Wohin begleitet man eine erwachsene Tochter? Er sah sie von der Seite an.

Er hatte ihren Namen gegoogelt und eine Handvoll Einträge gefunden. Vor einigen Jahren war sie im Umfeld der Hausbesetzerszene aufgefallen, sie hatte einen Beamten beleidigt, sich vor ihm ausgezogen, ihm auf die Stiefel gespuckt. Auf den Fotos, die im Netz kursierten, hatte sie langes, dunkles Haar, das ihr wie ein Vorhang vor dem Gesicht hing. Er hatte sie zunächst gar nicht erkannt. Sie war ein Mensch, der tat, wozu er nie den Mut gehabt hatte: sich aufzulehnen, für irgendwelche Werte einzustehen. Dieser Veränderungsimpetus war ihm fremd. Wenn er sich für etwas einsetzte, dann für die eigene Sache.

Sie bogen in die Feilgasse ein. Eine erschöpfte Herbstsonne hockte zwischen den Dächern. »Da vorne ist es«, sagte Tamara und deutete auf knallgelbe Kuben mit quadratischen Balkonen, die aus der Fassade ragten, als wären sie nachträglich daran festgeklebt worden. Auf dem Dacht des ersten Gebäudes stand DIAMOND LODGE.

»Ein Hotel?«

»Nicht ganz.«

»Ein Hostel?«

Sie lachte. »Für grauhaarige Mädchen und Jungs. *Betreubares Wohnen*, schon einmal gehört?«

»Und hier arbeitest du?«

»Auch. Vor allem wohne ich hier.«

Er folgte ihr durch den Vorgarten, dann durch eine automatische Tür, sie durchquerten ein Foyer mit gläserner Rezeption, die unbesetzt war.

Eine ungewöhnlich große Frau mit kastenförmiger Figur, breiten Schultern, gerader Taille, ein Koloss geradezu, stellte eine Vase mit frischen Blumen vor einem Kruzifix auf den Boden.

»Jetzt kommt der Winter«, sagte sie zu Tamara und arrangierte die Blumen um das Grünzeug herum. »Ich hab schon die Reifen wechseln lassen. Mein Mann sagte immer: Wenn dir das erste Mal kalt ist, ist es Zeit, die Reifen zu wechseln. Der Schnee kommt schneller als man denkt.«

Sie blieben vor dem Kreuz stehen und sahen der Frau beim Hantieren mit den Blumen zu. Aus der Tasche ihres Kasacks holte die Frau jetzt ein Tuch heraus und wischte dem Gekreuzigten über die durchbohrten Füße, tupfte die Schienbeine ab, dann spuckte sie auf das Tuch, polierte inbrünstig zuerst das eine, dann das andere Knie, und Kuhn fragte sich, wie dieser Christus je so schmutzig werden konnte, dass er mit Spucke gereinigt werden musste.

»Das ist Frau Grasmück«, sagte Tamara. »Sie arbeitet seit achtundzwanzig Jahren hier.«

»Ach was, achtunddreißig!«, rief Frau Grasmück. »Ich habe

viele kommen und gehen sehen. Nur der hier ist geblieben.« Sie deutete auf den Christus.

»Der oberste Chef«, sagte Tamara.

Kuhn fühlte sich bemüßigt, etwas beizutragen. »Ein schönes Kreuz«, sagte er.

»Welches Appartement?«, fragte Frau Grasmück und unterbrach die Reinigung.

»Wenn alles klappt, ist er bei uns«, sagte Tamara.

Er hatte keine Ahnung, was sie meinte.

Der Fahrstuhl sprach mit ihnen. *Tür schließt.* Als sie angekommen waren, sagte er: *Fünfter Stock. Tür öffnet.*

Vor den Appartements lagen farbenfrohe Fußabstreifer. An einer Tür hing ein grüner Kranz. Die intensive Gangbeleuchtung war zweifellos der schwindenden Sehfähigkeit der Bewohner geschuldet. Bevor sie die Tür zum Appartement 23 öffnete, sagte Tamara: »Erwarte nicht zu viel.«

Kuhn putzte seine Schuhe auf dem Fußabstreifer ab, auf dem stand: *Morgen ist auch noch ein Tag.*

Er erwartete nichts.

6

Es roch nach Farbe. Sie betraten die Küche. Herd und Spülmaschine standen bereits an ihrem Platz, auch die Oberschränke waren zu einem Gutteil montiert, bei manchen fehlten noch die Türen. Ein Mann stand auf einem Eimer und strich die Wand in einem Ockerton an.

»Das ist Marius«, sagte Tamara.

Der Mann drehte sich um. Ein Bär. Vollbart, fleischige Lippen. Er stieg vom Eimer und streckte Kuhn die linke Hand entgegen, in der anderen hielt er immer noch die Farbrolle. »Oh, Besuch!«, rief er. »Endlich Bier.«

Marius' Hand war grotesk klein, schmal wie die eines Kindes, mit lächerlich dünnen Fingern wie aus einem falschen Bausatz. Kuhn drückte kurz die Hand, bemühte sich, sie nicht anzusehen, doch je mehr er sich dazu zwang, wegzusehen, umso offensichtlicher klebte sein Blick daran. War das Tamaras Freund?

»Farbe ist ok, was?«, fragte Marius.

Tamara zögerte. »Ein bisschen dunkel«, sagte sie. »Sollte es nicht curcumamäßig werden?«

»Scheiße, was ist das schon wieder?«

Marius fixierte ihn.

»Wenn dir einer sagt – warte mal, wie heißt du noch einmal?«

»Philipp«, sagte er.

»Also gut, Philipp. Wenn dir einer sagt: Mal die Wand in Curcuma an, was kaufst du dann für eine Farbe, hm? Curcuma gibt's nicht, nope. Weißt du, was mir der Farbenverkäufer gesagt hat, na?«

»Lass ihn in Ruhe«, sagte Tamara. Sie zog ihn am Ärmel aus der Küche. »Komm mit.«

Auf dem Parkettboden war Plastikfolie ausgelegt. Sie drehte sich um.

»Die Story mit der Gurkenfarbe habe ich schon zwanzig Mal gehört.«

»Der Verkäufer hat Grün gebracht, Philipp«, rief Marius ihnen nach. »Er dachte an Gurke. Cucumber!«

Sie gingen in den nächsten Raum, der offenbar als Wohnzimmer genutzt wurde. Er hatte einen dieser quadratischen Balkone, die er von der Straße aus gesehen hatte. Hier war bereits gestrichen worden. Zwei Matratzen lagen verschämt in der Ecke. Ein Umzugskarton diente als Tisch. In der anderen Ecke stand ein Globus.

»Ich kann dir leider keinen Stuhl anbieten«, sagte Tamara.

Er winkte ab. Er hatte sowieso nicht vor, lange zu bleiben. Tamara setzte sich auf eine der Matratzen.

»Ist das deine Wohnung?«, fragte er. »Ziehst du hier ein?«

Sie lachte auf. »Nicht ganz. Ich erklär dir das, pass auf: Wir sind zu dritt. Marius, den du schon kennengelernt hast. Irmi, sie ist im Moment nicht da. Und ich. Also, wir drei renovieren die Wohnung, dafür dürfen wir drei Wochen hier wohnen. Mehr Arbeitsgemeinschaft als Wohngemeinschaft.«

»Ihr wohnt hier? Auf der Baustelle?«

»Klar.«

Sie zog Papers aus ihrer Hosentasche, öffnete eine Blechdose, die auf dem improvisierten Tischchen stand und streute Tabak auf das Papier. Sie rollte die Zigarette, als hätte sie nie etwas anderes in ihrem Leben getan. Kuhn sah wie hypnotisiert zu, als ihre Zungenspitze mit einer routinierten Bewegung das Papier befeuchtete.

»Und wenn ihr fertig seid?«

»Dann kommt der neue Mieter und ist happy. Wir ziehen in die nächste Wohnung und alles geht von vorn los. Die Heime müssen auch kalkulieren, wir kommen günstiger als ein Profi-Trupp. Klassisches Win-Win.«

Er stand am Fenster und sah hinunter in einen Innenhof. An den Fassaden rankte sich wilder Wein empor. Vögel zwitscherten. Der Hof war leer.

»Sie essen«, sagte Tamara. »Um sechs ist Essenszeit. Dann Spiele, Basteln, Theater. Kaum einer sitzt vor der Kiste.«

»Was ist passiert mit dem, der in dieser Wohnung gelebt hat?«

Tamara zog an der Zigarette, die nicht richtig brennen wollte. Sie fummelte an einem Feuerzeug herum, schüttelte es, bis eine Miniaturflamme zu sehen war. »Er ist tot. Wir haben gestern das Schild abmontiert. Gerber oder so ähnlich.«

Sie lachte. »Schau nicht so betroffen, das ist ein Heim, da sterben die Leute.«

Kuhn suchte sein Gesicht in der Fensterscheibe. Doch es war noch nicht dunkel genug, und sein Blick fiel auf die gegenüberliegende Fassade. Er sah einen Mann, der an einem Fester stand und zu ihm hochstarrte. Mit der Hand hielt er die Gardinen zur Seite. Ein von der Zeit ausgehöhltes Gesicht. Schrecklich alt.

Kuhn wandte den Blick ab. Er dachte an Friedrich Solak. Noch war dessen Wohnung erfüllt von ihm, jede Ecke war eine Solak-Ecke, die Zimmerdecke eine Solak-Zimmerdecke, der Fauteuil ein Solak-Fauteuil, die gesamte Wohnung durchwohnt von einem Menschen, der sie durch seine Anwesenheit, seine Spuren geprägt hatte.

»Du ziehst also in die Wohnungen der Toten und renovierst sie«, sagte er.

»So sehe ich das nicht. Das sind die Wohnungen der nächsten, noch sehr lebendigen Bewohner, weißt du.«

»Und dein Zeug?«, fragte er. »Wo sind deine Sachen?«

»Es gibt eine Kiste auf Rollen, die hat Marius gebaut. Die kann ich mitnehmen. Der Rest ist bei meiner Schwester. Dort wasche ich auch meine Sachen.«

»Und wie lange? Ich meine: Wie lange willst du das machen?«

»Was?«

Sie fegte Tabakkrümel von ihrer Hose.

»So leben.«

Sie lachte. »Das ist ein Konzept, Philipp. Keine Notlösung. Wir sind eine Gemeinschaft. Wir haben Regeln, weißt du. Wir leben Solidarität und teilen Ressourcen. Warum nicht etwas nutzen, das gerade nicht gebraucht wird?«

Immer von einem Ort zum nächsten. Moderne Nomaden. Kuhn dachte an Veras Villa und wie man sich in einem Haus verwurzelte.

Was es mit einem machte. Wie es einen an sich band, einen verschlang.

»Im letzten Haus, in dem ich gewohnte habe, gab es einen Gärtner«, sagte er, »der musste die Buchsbäume in Form schneiden. Meine Lebensgefährtin wünschte sich Schachfiguren im Garten. Riesige grüne Schachfiguren.«

»Warum?«

Das hatte er sich auch gefragt. »Ich nehme an, sie wollte diejenige sein mit den meisten Optionen. Die Spiel-Entscheiderin.«

»Und du? Was warst du?«

Darüber hatte er noch nie nachgedacht. Bauer? Läufer? König jedenfalls nicht.

»Das«, sagte Tamara und breitete die Arme aus, »ist mein Spielfeld. Und alle dürfen mitmachen. Oh.« Sie sprang auf. »Ich habe dich gar nicht gefragt, was du trinken willst. Ich bin eine furchtbare Gastgeberin, weißt du.«

»Bleib sitzen«, sagte er schnell. »Ich muss ohnehin gehen.«

»Haben wir Bier?«, rief sie.

Marius antwortete etwas, das Kuhn nicht verstand.

»Keine Umstände«, sagte er, weil er befürchtete, dass sie ihm wieder einen dieser ungenießbaren Eiweißdrinks anbieten würde.

»Du bist gerade erst gekommen, Philipp.«

Sie zog an der Zigarette. Sie hatte eine sehr individuelle Art zu rauchen. Philipp mochte es, wie sie den Kopf zurückwarf und den Rauch stoßweise gegen die Zimmerdecke blies. »Hast du einen Spitznamen? Wie nennen sie dich?«

»Phil«, sagte er.

»Weißt du, Phil, in die DIAMOND LODGE ziehen die Alten ein, solange ihnen nichts fehlt. Hier kannst du Cha-Cha-Cha lernen und Bridge oder mit in den Tierpark fahren. So eine Art Kindertagesstätte, nur für Alte. Und irgendwann werden sie vielleicht krank und brauchen Begleitung zum Arzt oder so. Oder sie wollen abends ein Puzzle legen, weil sie Angst haben zu verblöden. Oder mit dem Enkel in Australien skypen. Das kriegen sie hier alles.«

Ein idealer Platz für seine Mutter, dachte Kuhn und versuchte, sie sich in dieser Wohnung vorzustellen. Es gelang ihm nicht. In seiner Phantasie schaffte sie es nicht einmal über die Schwelle.

»Teuer?«

»Geht so. Die Rente wird abgemolken, aber ein Taschengeld darf man behalten.«

Marius kam herein und brachte Bier mit und einen Zettel, den er Kuhn in die Hand drückte.

»Bitte unterschreiben. Hier, auf der Linie.«

»Was ist das?«

»Du schenkst uns alles, was du hast«, sagte Tamara.

Marius lachte. »Du willst uns helfen, habe ich gehört«. Und zu Tamara: »Ist doch so, oder?«

»Zuerst muss ich wissen, was zu tun ist«, sagte Kuhn.

»Irrtum. Zuerst musst du unterschreiben«, erwiderte Marius. Er zupfte mit seinen Stäbchen-Fingern im Bart, als sei er auf der Suche nach Ungeziefer.

Kuhn las.

Ich, ________, erkläre mich mit der Hausordnung der Wohnung Feilgasse 15 einverstanden.
Ich respektiere die Nachtruhe zwischen 22 und 6 Uhr.
Ich betrete jede der Wohnungen ohne Schuhe.
Ich beteilige mich im Rahmen meiner Möglichkeiten an den anfallenden Arbeiten.
Ich verhalte mich den übrigen Bewohnern gegenüber solidarisch.
Ich bin umgänglich und vermeide Streit.
Alles Eigentum wird geteilt.

Ich verpflichte mich, für Essensnachschub zu sorgen.
WICHTIG!!! Alles, was in der Feilgasse besprochen wird, bleibt in der Feilgasse.

»Das ist eine Hausordnung.« Kuhn ließ das Blatt sinken. »Warum soll ich das unterschreiben?«

»Tamara hat gesagt, du bleibst ein paar Tage bei uns«, sagte Marius.

Kuhn sah zu Tamara. Sie zuckte mit den Schultern.

»Ich dachte nur. Weil du im RAUM DER STILLE schläfst. Ich habe ein Auge dafür.«

Ein Auge wofür? Für Verzweiflung? Aussichtslosigkeit? Für Ungeschicklichkeit?

»Ich habe eine Wohnung«, log Kuhn.

»Schon klar«, sagte Marius.

Tamara beugte sich vor. »Es ist so. Wenn du bei uns mitarbeiten willst, dann bist du ein Teil von uns, weißt du. Dann bist du auch verantwortlich und zuständig. Darum geht's. Egal, wo du schläfst.«

»Du verkaufst uns nicht deine Seele«, sagte Marius. »Wir wollen nur sichergehen, dass wir dir auch vertrauen können.«

Vertrauen. Ein mächtiges Wort.

»Wir könnten Philipps Hilfe gut gebrauchen«, sagte Tamara. »Meinst du nicht auch, Marius?«

Sie ließen nicht los. Zwei Kampfhunde, die sich in ihr Opfer verbissen hatten.

»Komm, setz dich.« Tamara klopfte auf ihre Matratze.

Kuhn setzte sich.

»Recherchearbeit für unser Netzwerk«, sagte Tamara.

»Für dich springt auch was dabei raus«, sagte Marius.

»Ein zukunftsträchtiges Projekt«, sagte Tamara.

Wie oft hatte Kuhn das in den letzten Jahren gehört. *Zukunftsträchtig. Hat viel Potenzial. Disruptive Technologie.* Die Entwickler kamen in die Firma, plusterten sich auf und präsentierten ihr neues Tür-Sicherheitssystem, das sie in irgendwelchen Garagen entwickelt hatten. *Geben Sie mir fünf Minuten. Ich werde Sie überzeugen.* In letzter Zeit gab es zu allem eine App obendrauf. Meistens scheiterten sie am Vorführeffekt.

»Es geht um – « Marius sah ihn herausfordernd an, »Türen.«

»Ach was«, sagte Kuhn.

»Du warst doch bei SECURELLA.«

Er zuckte mit den Schultern.

»Und was bekomme ich, wenn ich euch helfe?«, fragte Kuhn.

Marius lächelte und deutete auf den Zettel. »Zuerst unterschreiben, dann gibt's Futter. Wie im richtigen Leben.«

Kuhn setzte einen Krakel auf die gestrichelte Linie.

Auf dem Weg zur Toilette entdeckte er einen Wimpel, der auf dem Boden lag. JEDES TIER IST WIE WIR.

»Wart ihr auf der Demo?«

»Auf welcher?«, fragte Tamara. »In dieser Stadt wird ununterbrochen demonstriert.«

»Tierfabriken.«

»Ich war dort«, sagte Marius. »Hab getrommelt.«

Kuhn checkte sein Handy. Wie er das mittlerweile hasste. Eine Nachricht von Andrea. *Job verloren. Kleine Schwester freut sich, wenn großer Bruder ihr ein paar Scheine schickt. Sag Mama nichts davon. Sorry für vorhin.*

Das auch noch. Er wusste doch nicht einmal, wie er die nächste Telefonrechnung bezahlen sollte.

Sie aßen Marmorkuchen, tranken Spezi aus der Dose. Es war längst dunkel geworden. Tamara schaltete den Globus ein. Marius deutete auf Inseln im Pazifik, »hier«, sagte er, »hier und hier. Osterinseln, Tahiti, Hawaii.«

»Vorsicht, er hat seine sentimentale Viertelstunde«, sagte Tamara und griff nach den Blättchen.

»Da überall war mein Daddy«, sagte Marius. Er bedeckte das Meer mit seiner Handfläche, dann sah er Kuhn an. »Darf ich Phil sagen?«

Tamara seufzte. »Los, erzähl's ihm. Dann haben wir es hinter uns.«

Marius beachtete sie nicht. »Kennst du das Traumschiff, Phil? Die Fernsehserie?«

Kuhn schüttelte den Kopf. Seine Mutter sah sowas. Hölzerne Schauspieler und Sonnenuntergänge aus der Dose.

»Mein Vater war Kapitän von so einem Schiff. Einem Traumschiff, einem echten. *Queen of the Sea*. Lauter gut betuchte Witwen an Bord. Faltenfregatte haben wir dazu gesagt.«

Tamara lehnte sich an die Wand, zog die Knie zum Oberkörper. Kuhn spürte, dass sie ihn ansah.

»Komm zum Punkt«, sagte sie zu Marius.

»Ich glaube, das habe ich von ihm geerbt«, sagte er. »Das Rastlose. Nie lange irgendwo.«

»Minus die reichen Witwen«, sagte Tamara.

»Minus Witwen, plus Kunst«, sagte Marius.

»Marius malt«, sagte Tamara. »Nicht nur Wände. Leinwände.«

Künstler, dachte Kuhn. Ein nobles Wort für *hat kein Geld, braucht sich dafür aber nicht zu schämen*.

Marius holte sein Handy hervor, und Kuhn erwartete, ein Gemälde zu sehen, aber Marius zeigte ihm das Bild eines alten Mannes mit auffälligen violetten Tränensäcken. »Er lebt in Buenos Aires«, sagte er. »Papá. Er glaubt, ich habe Familie. Frau, Kind, Häuschen, Opel Corsa.«

»Jetzt bist du dran«, sagte Tamara. »Erzähl uns was.«

Kuhn drehte unschlüssig die Dose in der Hand.

»Ich bin müde«, sagte er.

Tamara führte ihn in ein schmales Kabinett. Auf dem Boden eine Matratze. Ein Schrank. Tapeten an den Wänden. Eine Glühbirne ohne Lampenschirm. Tamara hielt Bettzeug in der Hand, warf ihm einen auffordernden Blick zu, und sie bezogen die Matratze, Decke und Kissen. Sie sprachen nicht. Danach stand Kuhn unschlüssig im Raum. Sie nickte ihm zu und ging. Er setzte sich auf die Matratze. Irgendwo wurde ein Fenster geschlossen. Er hörte Marius lachen. Der Mond war eine scharfe Sichel am Nachthimmel.

Eine einzige Wohnung hatten sie gemeinsam besichtigt, Myriam und er. Stadtrandidyll. Die Beletage einer Villa am Waldrand. Sie betraten einen Raum nach dem anderen und machten dem Immobilienmakler vor, dass Geld keine Rolle spielte. »Hier kommt das Sofa hin, hier die Konsole, da der Waffenschrank.« Der Makler stutzte. »Mein Mann ist Jäger«, sagte Myriam. Sie hatten ein falschen Namen angegeben. Herr und Frau Jacobi. »Schwarzwild«, hatte Kuhn gesagt, und als der Makler die Augenbrauen gehoben hatte: »Wildschwein.« Ihre Schritte knarzten auf dem Parkett. Die Flügeltüren waren raumhoch, der Ausblick in den Park atemberaubend. »Und hier kommen die Trophäen hin«, sagte Myriam. Dutzende Geweihe. Zwölfender. Sie hatte Philipp zuvor erklärt: »Frau Jacobi ist das genaue Gegenteil von mir. Du wirst sie hassen. Ich tue es bereits.«

Es klopfte leise an der Tür. Tamara steckte den Kopf durch die Tür. »Ich dachte, du möchtest vielleicht – « Sie hielt ein Glas Wasser in der Hand.

»Danke«, sagte er. Er hatte tatsächlich Durst.

Sie sah ihm dabei zu, wie er trank.

»Stört es dich, wenn ich noch eine rauche?«

»Aber nein, das ist doch dein – ich bin doch bei euch zu Gast.«

»Du bist der Gast des Gastes des Gastes.«

Sie lachten. Tamara setzte sich auf die Matratze und zündete die Zigarette an. Ein süßlicher Duft verbreitete sich im Raum.

»Na, komm schon«, sagte sie. »Hier ist Platz für uns beide.« Sie hielt ihm die Zigarette entgegen. Er nahm einen Zug. Er hatte ewig nicht mehr gekifft, aber das verlernte man nicht.

»Ich mache mir Sorgen um Marius, weißt du. Die Stadt hat ihm ein Atelier vermittelt, in dem er malen kann. Aber irgendwie geht nichts weiter. Keine Entwicklung. Das Drama des begabten Kindes. Nachher kam nichts mehr. Pluff.« Mit der Hand ahmte sie eine zerplatzende Seifenblase nach.

»Und du?«, fragte er.

Sie lachte. »Keine Sorge, ich male nicht.«

»Sondern?«

»Ich bin keine Künstlerin. Kein Talent, zu nichts. Und komm mir jetzt nicht mit: Jeder hat ein Talent. Das ist Bullshit.«

Er legte sich zurück, streckte die Beine aus. Fühlte sich wie zu Gast in seinem Teenagerkörper.

Plötzlich lag sie neben ihm. »In Ordnung für dich?«, flüsterte sie.

»Klar«, sagte er.

Sie seufzte. »Ich muss dir etwas gestehen.«

»Aha«, sagte er.

»Ich habe –. Du hast geschlafen, dein Handy hat geblinkt. Im RAUM DER STILLE, weißt du. Ich hab's genommen und aufgeladen.«

»Ich weiß.«

»Das war nicht alles.«

Er wartete.

»Ich habe nachgeschaut, ob es lädt. Du hattest deine SMS geöffnet, da habe ich die Nachrichten gelesen, unabsichtlich. Klang so, als würdest du jemanden vermissen?«

Kuhn schwieg.

»Hast du sie gefunden?«

»Wäre ich dann hier?«

»Keine Ahnung. Bist du wütend?«

Kuhn spürte keine Wut, nur unendliche Erschöpfung.

»Ich weiß, wie du dich fühlst«, sagte sie nach einer Weile.

Auf dem *Traumschiff* sprachen sie solche Sätze. Er hoffte, sie wäre jetzt still. Aus dem Augenwinkel sah er, wie sich ihr Brustkorb hob und senkte. Er wandte ihr den Kopf zu.

»Meine Mutter«, sie sprach zur Decke. »Sie ist gegangen, weißt du. Ohne ein Wort. Doch, etwas hat sie gesagt. *Ich bin immer bei dir. Du musst nur richtig hinsehen.* Dieses *richtig* hat mich krank gemacht. Ich dachte, es sei mein Fehler, dass sie nicht mehr da war. Weil ich nicht richtig hinsehe. Mit fünfzehn hab ich Castaneda gelesen. Die Lehren von diesem mexikanischen Schamanen, der sagt, dass der Tod nur eine Armlänge von dir entfernt ist. Er sitzt hinter deiner linken Schulter und beobachtet dich die ganze Zeit. So lange, bis er dich berührt. Und wenn du nicht weiter weißt, kannst du ihn befragen. Also dachte ich, dass meine Mutter hinter der rechten Schulter sitzt, wenn die linke schon besetzt ist. Ganz oft habe ich mich plötzlich umgedreht, um sie zu überraschen. Ich habe versucht, vorher nicht daran zu denken, weißt du. Aber auch das hat nicht geklappt.«

Er war ohne Vater, Tamara ohne Mutter. Gemeinsam waren sie vollständig verwaist.

Sie streckte die Hände in die Luft, spreizte die Finger. Gänsehaut auf ihren Armen.

»Ist dir kalt?«, fragte er.

Sie schüttelte den Kopf. »Manchmal verschwinden Menschen, und es ist, als hätte es sie nie gegeben.«

Kuhn hatte das Bedürfnis, etwas Tröstendes zu sagen, aber er wusste nicht, was. Als sie ihren Kopf hob, schob er seinen Arm unter ihren Nacken. Nur eine kleine Bewegung aus der Schulter heraus, absichtslos. Und doch veränderte sie alles. Tamara erstarrte. Sie schien die Luft anzuhalten.

Sie fühlte sich anders an als Myriam. Straffer, härter, kühler. Sie war sehr schlank, beinahe dünn. Wie hatte Vera sich angefühlt? Er wusste es nicht mehr.

»Deine Mutter bleibt für immer jung«, sagte er.

Ihr Nacken entspannte sich etwas. Sie drehte ihren Kopf zu ihm, ihr Atem dicht an seinem Ohr. Ihr Haar roch nach Farbe.

»Komisch«, flüsterte sie. »Es gibt nur ein Sein. Aber Nichtsein kann man auf so viele Arten. Der Mann, der in dieser Wohnung gelebt hat, hatte ein schönes Leben und ist gestorben. Ein anderer wird nie geboren. Meine Mutter ist verschwunden. Alle drei sind nicht da. Jeder auf seine Weise.«

»Nie geboren?« Darunter konnte er sich nichts vorstellen.

»Eine Freundin von mir hatte eine Fehlgeburt. Ein Sternenkind. Sie wollte es begraben lassen, aber man hat ihr nur eine Sammelbestattung angeboten. Das Baby war zu leicht für eine Sterbeurkunde. Die muss man sich erst verdienen.«

Wenn er Solaks Elixier hier hätte, würde er Tamara jetzt davon anbieten. Sie würde das Erinnerungstheater besuchen und vielleicht würde sie finden, was sie suchte.

Er hörte, wie ihr Atem regelmäßiger wurde. Ihr Kopf kippte zur Seite.

»Tamara?«

Sie antwortete nicht. Er lag da und starrte in die Dunkelheit.

7

Er erwachte durch das ohrenbetäubende Jaulen eines Laubsaugers und fand sich allein auf der Matratze wieder. Es war kurz vor acht. Die Sonne warf kreiselnde Lichtpunkte an die Wand. Er setzte sich auf. Abends hatte er das Muster der Tapete nicht erkennen können, jetzt sah er, dass es sich um detailreiche Wüstenszenerien handelte. Kamele, kaum größer als ein Fingernagel, wanderten über goldene Dünen. Er beugte sich vor, um die Details zu erfassen. Oasen, Palmen, Menschen in bunten Gewändern, alles eingebettet in kunstvolle Rhomben.

Als er in dic Küche kam, standen Tamara und Marius mit einem Mann und einer Frau zusammen. Sie verstummten, als sie ihn sahen.

»Kaffee?«, fragte Tamara. Sie löste sich von den anderen, ging zum Herd, erwärmte Wasser in einer Kasserolle, löffelte gemahlenen Kaffee in einen Filter, goss das kochende Wasser darüber.

Der Mann, der neben Marius stand, hatte eine Glatze, er war groß, athletisch und stellte sich als Konfuzius vor. Die dritte war Irmi.

»Gut geschlafen?«, fragte Marius. Er sah aus, als hätte er kein Auge zugetan.

»Konfuzius heißt nicht wirklich so«, sagte Tamara. »Er hat nur viele gescheite Sprüche auf Lager. In Wirklichkeit heißt er Karl.«

»In welcher Wirklichkeit?«, fragte Konfuzius.

»In der Wirklichkeit, in der es keine Milch gibt«, sagte Tamara und reichte Kuhn eine Tasse. »Vorsicht, heiß.«

»Ihr seid so furchtbar prosaisch«, murmelte Konfuzius.

Sie rauchten mit einer Hingabe, als gäbe es dafür Haltungsnoten, und sprachen über ihr Projekt. Kuhn lehnte sich an den Kühlschrank und trank den Kaffee in kleinen Schlucken. Ein zufälliger Gast. Irgendwann stellte sich Tamara zu ihm. »Bitte sehr«, sagte sie. »Der innere Kreis der SUHOS.«

Tamara malte Gänsefüßchen in die Luft. »Suddenly Homeless. Konfuzius hat den Namen geprägt.«

»Klingt dramatischer als es ist«, sagte Konfuzius. »Wir sind Idealisten.«

»Idealisten ohne Frischmilch«, warf Tamara ein.

»Idealismus entsteht im Mangel, nicht im Überfluss.« Konfuzius griff in eine Tüte mit Mini-Croissants. »Auch ich hätte lieber Müsli statt dieser Weizenpampe mit Transfetten.«

»Wünsche haben die Eigenschaft, endlos zu sein.«

»Meine nicht«, sagte Marius.

Alle lachten.

»Marius ist der Maßloseste von allen«, erklärte Tamara.

»Ach was.« Marius machte eine wegwerfende Handbewegung. »Ihr seid ja nur neidisch.«

»SUHO kann jeder werden«, sagte Irmi, als sie später auf der Matratze im Wohnzimmer saßen. Sie sagte das, als sei das eine Auszeichnung. »Zumindest theoretisch.« Sie schnippte mit den Fingern. »So schnell geht das. Juristen, Programmierer, Blumenhändlerinnen sind dabei, ein ehemaliger Banker, zwei Schriftsteller, mehrere Künstler, sogar eine Physikerin. Das sind Leute, die alle eine gute Ausbildung haben, und dann: eine falsche Entscheidung, die Zeichen der Zeit nicht erkannt oder zu spät, und hopp, Beziehung zu Ende, Wohnung weg. Alle mit guter Ausbildung. Aber das reicht nicht mehr. Das wird nie mehr reichen. Keiner von denen ist offiziell obdachlos. Und bei uns hat jeder etwas zu tun, denn Arbeit wird es immer genug geben.«

Kuhn hatte sich über seinen eigenen Status noch keine Gedanken gemacht. An Obdachlosigkeit hatte er jedenfalls keinen Gedanken verschwendet. Das war doch absurd. Das Wort, das ihm auf der Zunge lag, war *Improvisation*. Darum ging es doch im Leben: wendig zu sein. Sich anpassen zu können. Die Fledermaus hatte ein Ortungssystem entwickelt, das ohne Licht auskam, also würde er ein paar Tage ohne festen Wohnsitz auskommen. Sobald er einen Job hatte, würde er ohnehin wieder eine Wohnung mieten. Die winzige Lücke im Lebenslauf würde niemandem auffallen, sie würde sich schließen wie eine leichte Wunde. Nur an Tamara würde er sich erinnern, dachte er. Tamara würde bleiben.

Wenn er zu ihr schaute, sah sie schnell weg. Einmal schien sie rot zu werden. Sie wandte sich ab, presste ihre Handflächen gegen die Wangen. Sie hatte die Angewohnheit, den Ausschnitt ihres Sweatshirts bis über die Nase zu ziehen. Wie ein Tier, das aus seinem Bau hervorlugt. Dabei entging ihr nichts. Wenn sie lachte, musste er mitlachen, selbst wenn er nicht wusste, warum. Sie war auf angenehme Weise präsent. Alles andere hier schien ihm unwirklich.

Kuhn ließ sich treiben. Der Tag kam und ging, dann ein nächster und noch einer. Während die anderen noch schliefen, setzte er sich vor die Tapete wie vor einen Bildschirm. Jeden Tag entdeckte er Details, die ihm noch nicht aufgefallen waren: einen Krummsäbel, eine Wolke in Form eines Elefanten, ein in den Dünen vergessenes Gepäckstück.

Er nahm regelmäßig seine Tabletten. Er wischte jeden Gedanken an Myriam beiseite. Er trank viel Wasser. Er half Marius in der Küche. Mittags brachten Irmi und Tamara etwas zu essen. Brötchen, manchmal Suppen in Vorratsboxen, Kuchen und Torten in allen Variationen. Er fragte nie, woher sie das alles hatten. Sie lehnten entrüstet ab, wenn er ihnen Geld anbot. Hin und wieder hatten sie Besuch.

Nach und nach verstand er, was bei den SUHOS vor sich ging: Tamara, Irmi, Marius und Konfuzius waren der organisatorische Kern dieser neuen Arbeitsnomaden. Sie vermittelten Wohnraum an Arbeits- und Wohnungslose – unter der Bedingung, dass dieser renoviert wurde. Die Maßnahmen wurden im Vorfeld genau mit dem Eigentümer abgesprochen, der die Wohnungen zur Verfügung stellte. Konfuzius war das Alphamännchen, schlief nicht in der Feilgasse, sondern renovierte mit einer anderen Kleingruppe eine Wohnung im Seniorenstift WHITE PEARL. Er war Vordenker der Bewegung, er hatte die Idee geboren und sah sich auch für die Weiterentwicklung verantwortlich. Irmi war der organisatorische Kopf, Marius ein Visionär, Tamara die Netzwerkerin, die Nabelschnur zwischen Drinnen und Draußen. Sie war erst in der zweiten Phase dazugestoßen.

Kuhn hörte genau hin, wenn sie diskutierten, um zu erfahren, was sie antrieb. Sie kommunizierten mithilfe der modernen Technik, plädierten aber für eine neue Bescheidenheit. Man müsse nicht alles besitzen, was man nutze, lautete ihr Credo. Und nicht für jede Arbeit Geld bekommen.

Einmal hatte Kuhn versucht, sie zu provozieren. »Habt ihr von dem Meteoriten gehört, der auf die Erde zurast?«

Sie hielten inne, sahen ihn verdutzt an.

»Natürlich«, sagte Konfuzius. »Für den Fall einer Kollision haben wir einen Bunker im Programm.«

Irmi lachte. »Keine Ahnung, warum alle den Weltuntergang überleben wollen. Was machst du denn, wenn du der einzige bist, der noch da ist?

»Du hilfst bei der Erschaffung der neuen Welt«, sagte Konfuzius.

»Bist du gläubig?«, fragte Kuhn.

»Natürlich«, erwiderte Konfuzius. »Das kann doch nicht alles sein: Zwei Ehen, eine Geliebte, zwei Kinder, ein Hund, und wenn du endlich alles überstanden hast, kannst du nicht mehr richtig pinkeln. So viel Humor kann nur ein Gott haben.«

An einem Nachmittag, er hätte nicht sagen können, ob Dienstag, Mittwoch oder Donnerstag, saß er neben Tamara. Es würde um die Sache mit den Türen gehen, die sie schon so oft angedeutet, aber nie richtig ausformuliert hatten. Tamara öffnete ihren Laptop und zeigte ihm ein Ensemble mehrstöckiger, weiß getünchter Häuserensembles, beinahe ein kleines Dorf auf parkähnlichem Grund.

»Der Weidenhof am Wienerwald. Übergangswohnungen für junge Familien, voll möbliert. Und wahnsinnig teuer, jedenfalls zu teuer für Familien. Konfuzius und sein Team haben in den letzten Wochen dort mehrere Wohnungen auf Vordermann gebracht. Der Weidenhof ist eine Luxusanlage, wenn eine Familie auszieht, muss alles erstklassig renoviert werden, sonst zieht die nächste nicht ein.« Kuhn nickte. Soweit hatte er verstanden.

»Aber jetzt gibt es ein Problem, weißt du. Die Gruppe der SUHOS wächst, der Bedarf an Arbeits-Wohngemeinschaften ist enorm. Zufällig haben wir erfahren, dass hier einige der Wohnungen nach wie vor leer stehen. Was für eine Verschwendung. Wir haben beschlossen, dort auch nach der Frist reinzugehen, bis ein neuer Mieter einzieht. Das kann doch niemanden stören. Jetzt kommst du ins Spiel. Die Türen werden nämlich über eine App gesteuert.«

Das System kannte er natürlich, doch SECURELLA hatte sowas nicht im Angebot. Im ersten Augenblick war er erleichtert, aber er spürte auch eine Enttäuschung, vor allem über sich selbst, er würde Tamara keine Hilfe sein.

»Es geht darum, den Zugangscode zu verlängern. Wahrscheinlich müsste man ihn manipulieren.«

»Dafür braucht ihr einen Hacker«, sagte er. »Nicht mich.« Er hatte mit mechanischen Sicherheitskonzepten zu tun gehabt. Mit Kartensystemen. »Unser Produkt ist immer noch in erster Linie die Tür«, sagte er. »Das Ding, das man auf- und zumachen kann.« Als er bemerkte, dass er tatsächlich *unser* gesagt hatte, musste er unwillkürlich den Kopf schütteln.

»Möchtest du es dir einmal ansehen?«

»Das ist eine Straftat«, sagte er.

»Halb so wild«, erwiderte sie. »Was soll schon passieren? Wir haben das breit diskutiert. Es gibt eine ganze Liste an Argumenten: Dass ein Werkzeug vergessen wurde, eine Arbeit nicht rechtzeitig fertiggestellt werden konnte. Aufgrund der hohen Fluktuation wird niemand Verdacht schöpfen ... Und es geht hier nicht um Gesetzestreue, Philipp.«

»Sondern?«

»Um Gerechtigkeit.« Tamara klappte den Laptop zu. »Es geht ums Teilen. Wir wollen nichts geschenkt. Es ist ein Gegengeschäft, weißt du. Unsere Währung ist die Arbeit. Ich warte nicht, dass jemand die Welt repariert. Ich bau mir meinen Traum selbst zusammen.«

Sie lächelte. Sie spielte ihm nichts vor. Sie glaubte daran.

»Tut mir leid«, sagte er. Er stand bereits.

»Was ist los?« Sie sah zu ihm hoch.

»Ich kann euch nicht helfen.«

8

Kuhn streifte durch die Stadt. Im Kierkegaard-Park setzte er sich auf eine Bank. Ein Mann mit Aktentasche nahm neben ihm Platz, wickelte einen Apfel aus einem Stofftaschentuch, betrachtete ihn eine Weile und wickelte ihn dann wieder ein. In dem

Augenblick der Unentschlossenheit fühlte sich Kuhn dem Fremden nahe. Er wollte ihn ansprechen, wusste aber nicht, was er sagen sollte.

Als der Mann gegangen war, hörte er die Nachrichten auf seiner Mobilbox ab. Sein Versicherungsmakler hatte drei Mal angerufen und zwei Mal auf Band gesprochen. Seine Krankenversicherung lief in wenigen Wochen aus, wenn er sich nicht beim Arbeitsamt melde, müsse er sich dringend privat versichern, *hörst du, Phil, ich meine es ernst. Damit ist nicht zu spaßen.* Er rief nicht zurück.

In der Paulgasse betrat Kuhn eine Bäckerei. Im Kühlregal befanden sich Milch, Joghurt, Butter, Salatmischungen in durchsichtigen Polypropylen-Verpackungen, Wellness-Mineralwässer mit Rosen- und Ingwer-Aroma. Wer trank sowas? Er kaufte ein Croissant. Auf einer öffentlichen Toilette schluckte er zwei Digestopax.

In der Iwan-Bloch-Gasse studierte er den Aushang der PENSION DROBESCH. Ein Zimmer kostete 35 Euro. Das konnte er sich leisten. Wenigstens für eine Nacht. Ein schmaler Stiegenaufgang führte zur Rezeption, hinter der ein Mann stand und rauchte. Kuhn fragte nach einem freien Zimmer. Der Portier blickte auf den Bildschirm. Über dem Schlüsselbrett hing ein Schild.

Nichts hören
Nichts wissen
Nichts erinnern

»Die Zimmer Mon Cheri und Avignon sind frei«, sagte er. »Wie lange bleiben Sie?«

»Eine Nacht.«

»Tut mir leid, aber wir berechnen den Preis nach Stunden. Drei Stunden kosten 35 Euro, jede Extra-Stunde plus drei Euro. Whirlpool plus zehn Euro. Sekt ab 25 Euro, Zimmerservice laut Karte.«

Ein Stundenhotel. Egal.

»Sieben Stunden«, sagte er, »nein, warten Sie – sechs.« Sechs Stunden Schlaf mussten reichen.

»Wen darf ich eintragen?«

»Philipp Kuhn.«

»Keine Namen«, sagte der Portier. »Wir garantieren Anonymität.«

Kuhn wusste nicht, was er sagen sollte, suchte im Blick des Rezeptionisten nach einem Hinweis.

»Lassen Sie sich etwas einfallen. *Bonnie und Clyde*, *Magnolie und Sandmännchen* sind schon vergeben.«

Ihm fiel nur Idiotisches ein.

»Spock«, sagte Kuhn.

»Spock?«

»Spock. Der mit den Ohren.«

Der Portier notierte den Namen, ohne mit der Wimper zu zucken. »Ihre Kreditkarte, bitte.«

Kuhn händigte ihm die Karte aus. Ein Paar schob sich an der Portiersloge vorbei zum Aufzug. Von seiner Position aus konnte er in die kleine Bar sehen, die links vom Eingang lag. Roter Plüsch. Jazzmusik. Eigenartig, das alles.

Er war bereits am Treppenabsatz angelangt, als ihn der Portier zurückrief.

»Herr Spock!«

Er drehte sich um.

»Ich darf Sie bitten, zurückzukommen.«

Er ging zurück.

»Es tut mir leid, aber Ihre Kreditkarte ist nicht autorisiert.«

»Das ist nicht möglich.«

Er holte die Karte aus seiner Geldbörse und sah sie von allen Seiten an, als suche er den Defekt.

»Ich kann den Betrag nicht blockieren. Haben Sie eine andere Karte für mich?«

Hatte er nicht.

Kuhn ging durch den Volksgarten und bog in die Sonntagstraße ein. Mit Myriam hatte er sich ein einziges Mal in einem Stundenhotel getroffen. Im GOLDENEN HORN, einem Hotel, das an der Stadtbahn lag. Das Zimmer war überheizt, auf dem Bett lagen Kissen, es gab weder Decke noch Schrank. Es war ein Bett mit Wänden drum herum. Kein schmückendes Beiwerk. Die Reduzierung auf das Wesentliche. Er war so nervös gewesen, dass er Schwierigkeiten hatte, sein Hemd aufzuknöpfen. Bevor sie gingen, legte Myriam einen M&P-Stein aufs Fensterbrett.

Kuhn rief Bruno an.

»Hey, Kuhn, was ist los mit dir? Kündigt sich an und kommt dann nicht.«

»Ist etwas dazwischengekommen. Heute Abend, bitte.«

»Was ist heute?«

Es war Kuhn unangenehm, um etwas zu bitten. »Wenn dein Angebot immer noch gilt, würde ich gern heute bei euch übernachten.«

»Hör mal, wir sind am Abend eingeladen. Aber Devi will ohnehin nicht lange bleiben. Irgend so ein Wohltätigkeits-Schmarrn. Komm doch um zehn, da sind wir sicher wieder zu Hause.«

Er war erleichtert. Den Nachmittag verbrachte er im FLOW. Saß an der Rudermaschine und sah hinauf zu den Bildschirmen. Der Sportkanal übertrug die Schachweltmeisterschaft. Zwei Männer fläzten sich auf Drehstühlen. Der Tisch, auf dem das Schachbrett stand, wirkte erstaunlich schäbig, die Namen der Spieler waren seitlich drangeklebt. Nach jedem Antippen der Schachuhr trugen sie ihren Spielzug in ein Formular ein. Der junge Norweger, den sie den »Mozart des Schachsports« nannten, gewann. Danach signierte er das Brett. Kuhn gefiel das, sehr gut sogar, sodass er aus dem Rhythmus kam und von vorn beginnen musste. Auch er hatte Schach gespielt, gar nicht mal schlecht. Eine Zeitlang hatte er so häufig gespielt, dass ihm die Figuren im Traum erschienen waren. Sein Trainer hatte gesagt, er sei talentiert. Mehr trainieren, hatte er geraten. Das war's dann. Er verlor die Motivation. Wenn er nicht sofort Ergebnisse sah, strauchelte er.

Später schlüpfte Kuhn wie gewohnt in den RAUM DER STILLE. Er platzte in einen Kurs hinein. Loredana hielt sich ein Nasenloch zu und atmete hörbar durch das andere ein und aus. Vier Frauen, die in einem Halbkreis um Loredana herum saßen, machten es ihr nach. Er nahm sich eine Matte vom Stapel, legte sie in die Ecke, wo er niemanden störte und nicht gestört wurde. Er hatte ein Bett für die Nacht organisiert, das war das Wichtigste. Um die Kreditkarte würde er sich später kümmern.

Gegen halb zehn stieg Kuhn in die U-Bahn, fuhr bis zur Endstation und stieg in einen Bus ein. Die anderen Fahrgäste beäugten ihn misstrauisch. Von der Bushaltestelle waren es noch gute zehn Minuten zu Fuß zu Brunos und Devis Haus. Diese Siedlung funktionierte, wie so viele andere am Stadtrand, nur mit einem Auto; sie war nicht geplant für Menschen, die auf den öffentlichen Verkehr angewiesen waren.

Immerhin konnte man als Gast der öffentlichen Verkehrsmittel jederzeit Alkohol trinken. Bei einer Tankstelle hatte er zwei Fläschchen Kräuterlikör gekauft und eines noch zwischen den Zapfsäulen getrunken. Der Alkohol hatte ihn in einen angenehm entspannten Zustand versetzt, und so wurde der Fußmarsch zu einer Anstrengung, auf die er gerne verzichtet hätte.

Es war eine klare, kalte Nacht. Kuhn konnte das erste Mal in diesem Jahr seinen Atem sehen. Er setzte einen Fuß vor den anderen.

Von der Landstraße führte der Weg leicht bergauf, vorbei an einem Bauernhof, den er bisher immer nur vom Fenster seines Wagens aus gesehen hatte. Es gab keinen Gehsteig, Fußgänger waren hier nicht vorgesehen. Wenn ein Auto vorbeifuhr, musste er in den Graben steigen.

Brunos Haus war dunkel, die Garage versperrt. Er klingelte kurz, dann ein zweites Mal länger. Sie waren noch nicht da. Er sah auf die Uhr. Es war Punkt zehn.

Er ging vor dem Haus auf und ab. Er stampfte mit den Füßen auf, rieb sich die Hände. In der Siedlung war es vollkommen still, hinter den Gardinen flackerten die Fernsehschirme. In den Vorgärten standen kleine Mühlen und Häuschen, in denen Gartenzwerge wohnten. Man hörte das Rauschen der Stadtautobahn. Ein Idyll, der kleinste gemeinsame Nenner häuslichen Glücks.

Um viertel elf rief er Bruno an. Bruno ging nicht ran und hatte keinen Anrufbeantworter, auf den man sprechen konnte. Kuhn schrieb ihm eine Nachricht: *Bin schon da. Warte auf euch.*

Um halb elf waren seine Hände klamm, er fror. Er wählte erneut Brunos Nummer, schrieb eine zweite Nachricht. Versuchte es jede Viertelstunde weiter.

Um elf Uhr machte er sich auf den Weg. Der letzte Bus in die Stadt fuhr um halb zwölf. Er folgte der Landstraße zurück bis zur Kreuzung. Wenn ihm jetzt ein Auto entgegenkam und ihn mit den Scheinwerfern einfing wie ein Reh, sprang er erst im letzten Augenblick zur Seite. Einmal wartete er so lange, bis der Fahrer mit quietschenden Reifen bremste.

Er war der Einzige an der Bushaltestelle. Im Bus war es warm. Er döste.

Kuhn legte seine Mitgliedskarte auf den Scanner und wartete auf das grüne Licht, dann ging er durch das Drehkreuz. Es war eigenartig still im FLOW. Vor dem RAUM DER STILLE schlüpfte er aus seinen Schuhen. Er war allein. Alles war an seinem Platz, die Matratzen lagen gestapelt in der Ecke. Er nahm die oberste vom Stapel und legte sie auf den Boden. Er streckte sich aus.

Das Wesen der Erkenntnis ist ihre Unbarmherzigkeit. Sie befällt einen wie ein Parasit, ein Wurm, der durch die Blutbahn gespült wird und seine Eier in den Organen ablegt. Ist sie erst einmal da, kann man nicht mehr zurück in den alten Zustand. Kuhn fühlte sich betrogen. Er hatte sich geirrt.

Er war immer der Meinung gewesen, dass Glück etwas war, das ihm zustand. Dass er ein Recht hatte auf loyale Freunde, auf einen besonderen Job, der seine Talente unterstrich, auf eine außergewöhnliche Frau, und er fragte sich jetzt, woher er diese Sicherheit genommen hatte. Er war der festen Überzeugung gewesen, in Myriam endlich eine Frau gefunden zu haben, die seinen Wert erkannt hatte. Die Belohnung für Jahrzehnte voller Kompromisse.

Nun lag er hier und hatte nichts. Glücklos war das falsche Wort. Er war unbegabt für das Leben. Er hatte nicht mehr geheult, seit er ein Kind war. Er durfte Schwäche nicht zulassen, sie würde ihn verschlingen.

Er schluckte und spürte einen Widerstand in seinem Hals, einen kleinen Hügel, eine Beule, die im Weg war, ein Knoten. Er tastete seinen Hals ab, den Bereich um den Adamsapfel. Bis wann lief seine Krankenversicherung noch? Bis jetzt waren ihm die Krankheiten vom Leib geblieben. Bis auf die Sache mit seinem Magen. Der Magen war seine Schwachstelle, ansonsten aber war er derjenige mit der eisernen Konstitution, während Vera immer Schmerzen hatte, jeden Tag litt sie an etwas anderem. Kopfschmerzen, Rückenleiden, Blasenschmerzen, er konnte nicht verstehen, wie ein einzelner Mensch so viele Leiden auf sich vereinen konnte. Sie hatte ihm zu verstehen gegeben, dass er keinen unwesentlichen Anteil daran trug, er war gewissermaßen der Schmerzauslöser gewesen, derjenige, der den Schalter betätigte, also dürfe er sich nicht wundern, wenn die Schmerzen über sie herfielen. Und vielleicht hatte sich nun, da er und Vera getrennt waren, das Leiden bei ihm eingenistet, um einen relativen Ausgleich zu schaffen. Und so hatte er in dieser Nacht gleich zwei Erkenntnisse, die unwiderruflich schienen: Er war ein Idiot. Und er war verwundbar.

Beißendes Licht. Kuhn blinzelte. Er war so müde, dass ihm übel war.

Katrin und Loredana standen in der Tür.

»Du musst gehen, wir sperren jetzt«, sagte Katrin.

»Aber ich medi–« Er fand das korrekte Wort nicht.

»Um sechs kannst du wiederkommen. Sorry, aber die Öffnungszeiten wurden gekürzt.«

Sie blieben an der Türschwelle stehen und sahen ihm dabei zu, wie er sich erhob und die Matratze zurück auf den Stapel wuchtete.

»Alles in Ordnung mit dir?«, fragte Loredana, als er an ihr vorbeiging.

»Alles bestens«, sagte er.

Als er durch das Drehkreuz wollte, zog ihn Katrin in ihr Büro. Sie schloss den Schrank auf und holte sein Bild hervor. »Der Arme braucht auch einmal Tageslicht, meinst du nicht? Oder Mondlicht. Je nachdem.«

Er nahm Adam entgegen, schaute ihn kurz an, und Adam schaute zurück. Er war froh, wieder in Gesellschaft zu sein.

Kuhn ging durch das Parkdeck auf die Hauptstraße. Die Straße war menschenleer. Er weigerte sich, den Blick zu heben. Seine Füße gingen wie von allein. Er hatte kein Ziel. Und dann stand er auf einmal in der Feilgasse.

Er betrat das Foyer der DIAMOND LODGE. Unter dem Kruzifix schimmerte eine elektrische Kerze. Er blieb stehen. Der Gekreuzigte machte keinen Mucks. Kuhn hielt ihm das Bild hin.

»Adam, das ist Jesus. Jesus, das ist Adam.«

Er rief den Lift, der ohne Verzögerung kam. *Türe schließt. Fünfter Stock. Türe öffnet.* Der Lift sprach immer die Wahrheit. Immerhin einer.

Er klopfte an die Tür von Appartement 23. Klopfte lauter. Hörte Schritte. Schöpfte Hoffnung. Die Tür ging auf. Tamara. Zum Glück war sie noch wach. Er war so erleichtert.

»Hast du Tee?«, fragte er.

Sie ließ ihn herein. Er folgte ihr in die Küche. Sie setzte Wasser auf, griff in eine Dose und warf ein paar trockene Blätter in eine Glaskanne. Dann drehte sie sich zu ihm um. Er lehnte am Fenster.

»Du bist doch nicht hier, um mit mir Tee zu trinken«, sagte sie.

»Und wenn doch?«

»Und der hier?« Sie deutete auf das Bild.

»Das ist Adam. Euer Christus hat Adam zugeflüstert, dass er heute hier schlafen darf.«

»Unser Christus«, sagte sie.

»Ich werde mithelfen«, sagte er leise. Er hätte alles versprochen.

In der Kammer hatte jemand die Tapete heruntergerissen. Da und dort klebte noch ein schmaler Streifen. Der Kopf eines Kamels. Eine halbe Sonne. Palmblätter.

Er schlief in dem Moment ein, als sein Kopf die Matratze berührte.

9

Vogel?«

»Kuhn.«

Er hatte das Gespräch nicht länger hinausschieben können. Frau Vogel war seine persönliche Beraterin der Vienna Credit. Seit seinem Auszug hatte er keinen Fuß mehr in eine Bank gesetzt und nicht mal eine Ahnung, wie es um sein Konto bestellt war. Er befürchtete das Schlimmste.

»Wunderbar, dass Sie sich melden«, sagte Frau Vogel jovial. Bis jetzt war sie es gewesen, die angerufen hatte, meist um ihm die Beteiligung an einem Fonds schmackhaft zu machen.

Er hatte die Tür zum großen Zimmer geschlossen, damit die anderen nicht mithören konnten. Seine Lage war dramatischer als gedacht. Keine Rede von Fonds. Er hatte seinen Überziehungsrahmen beinahe bis zum Anschlag ausgereizt. Die Kreditkarte war präventiv gesperrt worden.

»Wir haben keinen Gehaltseingang mehr feststellen können«, sagte Frau Vogel.

Er schluckte, stammelte etwas von einem »momentanen Engpass«. Ob sie den Überziehungsrahmen nicht vorübergehend erweitern könne? Für drei Monate vielleicht? Er benutzte die Formulierung »unerwartete persönliche Schieflage«. Versuchte, sie zu beschwichtigen. »Freilich kommt alles wieder in Ordnung. Demnächst. Schon sehr bald.« Sie lehnte ab, lud ihn aber zu einem persönlichen Gespräch in die Filiale ein.

Nachdem er aufgelegt hatte, trank er das zweite Fläschchen Kräuterlikör, dazu schluckte er ein Digestopax.

»Du bleibst fürs Erste bei uns«, sagte Tamara, als er aus dem

Zimmer trat. »Keine Widerrede.« Sie drückte ihm Schleifpapier in die Hand. »An die Arbeit, Herr Kuhn. Die Fensterrahmen müssen abgeschliffen werden.«

Die monotone Tätigkeit beruhigte ihn. Tamara hatte einen Lautsprecher an ihr Handy angeschlossen. Sie hörten Pink Floyd. Die Sonne leuchtete in den Raum wie ein Scheinwerfer. Tamara stand auf einem Schemel. Er bemerkte erst jetzt, wie geschickt sie war, sie arbeitete ohne die kleinste Unsicherheit.

Als er fertig war mit einem Fensterflügel, begutachtete sie seine Arbeit. Sie fuhr mit der Handfläche über das aufgeraute Holz.

»Gut gemacht«, sagte sie.

Kuhn spürte einen Anflug von Stolz.

Später kam Irmi vorbei. Sie war aufgeregt. Irmi sprach über Marius, als handelte es sich um den neuen Picasso. Ihre Bewunderung war aufrichtig. Sie sagte Sachen wie: »Er trifft den Ton unserer Zeit« und »In seinen Bildern kulminieren das Schöne und das Grausame«.

Kuhn wurde erst jetzt klar, dass Irmi und Marius ein Paar waren.

»Und wie viel?«, fragte er.

»Wie viel was?«

»Für wie viel verkauft er seine Bilder?«

»Gar nicht«, sagte Irmi. »Sie sind unverkäuflich.«

»Unverkäuflich?«

»Er bringt es nicht übers Herz, sie in den Kreislauf des Kapitals zu schleudern. Das würde sie vernichten.«

»Was ist das für ein Kreislauf, wenn einer, der das Bild mag, es kauft, um es zu Hause aufzuhängen?«

Irmi zuckte mit den Schultern. »Ich muss nicht alles verstehen«, sagte sie. »Aber alles respektieren. Darauf haben wir uns geeinigt.«

Sie zeigte ihm Fotos auf ihrem Handy. Marius und der Galerist Petermann. Marius vor einem seiner Gemälde. Marius bei der

Biennale von Venedig. Er hatte dort zwar nichts ausgestellt, durfte aber einmal im Werkstattteam des Künstlerkollektivs *BruttoNetto* mitarbeiten. Auf einem anderen Bild waren sie mit einem älteren Paar zu sehen.

»Meine Eltern«, sagte Irmi. »Sie sind nicht glücklich mit ihm.«

Kuhn zuckte mit den Schultern. »Eltern«, sagte er.

»Und mit dir sind sie es?«, fragte Tamara.

»Natürlich nicht.«

Irmi wollte immer mit einem Genie zusammenleben, für das sie Muse sein durfte. Eine solche Karriere hatten sich ihre Eltern, die beide Unternehmer waren, für ihre Tochter freilich nicht vorgestellt. Für Irmi, das dritte von vier Kindern und die einzige Tochter, war eine juristische oder medizinische Laufbahn vorgesehen gewesen. Sie hatte den ersten Studienabschnitt mit Auszeichnung absolviert. Und dann folgte *die Episode*, wie sie sagte. Eine Zäsur. Kuhn verstand nicht genau, was passiert war, offenbar hatte sich etwas in ihrer Gehirnchemie verschoben. Sie verbrachte zwei Monate in der Psychiatrie und war noch jetzt, zehn Jahre später, in ambulanter Behandlung. Sie sprach nicht von einer Zeit der Krankheit, sondern von einer Zeit der Genesung. »Krank war ich vorher. Krank war das, was meine Eltern von mir wollten.«

Die Stunden flossen dahin. Kuhn half Irmi beim Putzen. Sie reinigten die Regale in der Küche, die Türen samt Türstöcken, dann das Bad. Sie schrubbten die Boden- und Wandfliesen mit Essigreiniger und polierten sie mit Microfasertüchern glänzend. Sie lüfteten ausführlich, damit es nicht mehr nach Rauch roch.

Um sechs wollten sie sich im Foyer treffen, um gemeinsam zu Marius' Vernissage zu fahren. Tamaras Verwandlung war erstaunlich, sie trug ein schwarzes, langes Kleid und hatte eine rote Spange im Haar.

Kurz darauf erschien auch Konfuzius, und er brachte eine Frau mit, die viel kicherte und dabei das Zahnfleisch entblößte. Sie hieß Barbara Ertl, *die* Barbara Ertl, sagte Tamara, als sie wenig später in Zweierreihen das Haus verließen, doch bei Kuhn fiel kein Groschen.

Ertl war die Kulturredakteurin eines angesagten Online-Magazins, von dem er noch nie gehört hatte. Konfuzius kannte sie aus seiner Prä-SUHO-Ära, in der er selbst Kunstkritiken verfasst hatte. Man munkelte, die beiden hätten etwas miteinander, was laut Tamara nicht verwunderlich wäre. »Er versucht's bei jeder, die nicht bei drei auf dem Baum ist.«

»Bei dir auch?«

»Ich bin schon bei eins auf dem Baum.«

Sie fuhren zu einer alten Seidenspinnerei, in der sich die Kreativszene breitgemacht hatte. Die Vernissage fand im LOFT statt, einer Ausstellunghalle, die vor allem für ihre ungewöhnlichen Performances bekannt war. Er war mit Vera bereits zwei Mal hier gewesen. Die SECURELLA hatte die Events gesponsert. Diesmal würde er weder mit Champagner, noch vom Kulturstadtrat empfangen werden.

Marius stand vor dem Eingang und rauchte hastig. Er küsste Tamara auf die Wange und ließ sich von Konfuzius drücken. Er roch nach Schweiß, seine dünnen Finger zitterten. Er hatte die letzten Monate gemeinsam mit drei weiteren Künstlern einen Schuppen hinter dem LOFT als Atelier benutzen dürfen. Diese Ausstellung war Ende und Höhepunkt der Kunstförderungsmaßnahme. Irmi hatte einen Pulk Freundinnen mitgebracht, die gemeinsam eine beachtliche Rauchwolke erzeugten.

Kuhn sah sich nach Bekannten von Vera um, doch die Mehrzahl der Besucher schien sich aus den jungen Unternehmen zu rekrutieren, die sich rund um das LOFT niedergelassen hatten. Er fühlte sich alt, er war ein Fossil, ein Überbleibsel aus einer vergangenen Ära.

Sie betraten die Halle, ein eindrucksvolles Gebäude voller Stahlelemente und unverputztem Mauerwerk. Scheinwerfer hingen an Seilen, die quer durch die Halle gespannt waren. Barbara Ertl tat so, als würde sie jeden zweiten Abend hier verbringen. »Wir werden uns sofort unseren Lieblingsplatz reservieren, nicht wahr, Karli«, sagte sie zu Konfuzius. Sie war offenbar die Einzige, die ihn bei seinem Vornamen nannte. »Von dort aus überblickt man das Geschehen *ganz fabelhaft*.«

Kuhn zog es vor, sich in der Nähe des Ausgangs zu postieren, damit er im Notfall verschwinden konnte.

Es wurde dunkel. Jemand umfasste seinen Ellenbogen. Irmi. Und dann setzte die Musik ein, ein dumpfes Dröhnen, begleitet von einem Herzschlag-Beat, der in den Eingeweiden wummerte.

Irmi versuchte, ihm etwas zu sagen. Er beugte sich hinunter zu ihrem Mund. »WAS?«

Er verstand kein Wort.

Plötzlich zuckten Blitze durch die Halle, die sich im Takt der Musik zu einem orenbetäubenden Crescendo steigerten. Und dann war mit einem Schlag alles vorbei. Stille. Ein Spot beleuchtete die freie Fläche, in deren Mitte eine nackte Frau kauerte. In Kuhns Ohren sirrte es.

Langsam richtete sich die Frau auf, in ihrer Hand hielt sie ein Ding, das er erst identifizierte, als das Licht darauf fiel: Es war ein Hühnerschenkel. Die Frau ging ein paar Runden. Sie war auf eine unattraktive Weise dünn. Ihre Brüste waren zwei leere Beutel, die von ihrem Oberkörper herabhingen.

Irgendwann war sie des Herumgehens leid. Sie bückte sich und tauchte den Hühnerschenkel in einen Topf mit Farbe. Kuhn konnte zunächst nicht erkennen, was sie damit machte, doch als sich ein Spalt zwischen zwei Köpfen vor ihm auftat, sah er, dass sie sich mit roter Farbe bemalte. Der Hühnerschenkel diente ihr als Pinsel. Sie fuhr sich damit über die Arme, dann über den Bauch und zwischen die Beine. Kuhn hoffte, dass es nicht zum Äußersten käme. Das Publikum war vollkommen gebannt. Irmi hielt die Luft an.

»Was soll das?«, flüsterte er.

»Das sieht man doch«, zischte sie. »Feministische Kapitalismuskritik.« Eine zweite Nackte trat zur ersten, eine attraktive Dunkelhaarige. Sie vollführte einige ungelenke Pirouetten. Die beiden umkreisten einander. Musik setzte ein, ein archaisches Trommeln, in das sich eine klagende Frauenstimme mischte. Wenn die Performance Untergangsstimmung hervorrufen wollte, hatte sie ihr Ziel erreicht.

Die Frau mit dem Hühnerschenkel legte sich auf den Boden und spreizte die Beine. Die zweite kniete sich dazwischen, und an den verzweifelten Bewegungen der Liegenden erkannte er, dass hier wohl eine Geburt dargestellt wurde. Schließlich schrie die Liegende ganz fürchterlich auf, ein Raunen ging durch die Menge, die zweite Nackte fuhrwerkte zwischen den roten Oberschenkeln herum und tat so, als zöge sie ihr etwas aus dem Leib. Triumphierend hielt sie etwas hoch. Es war ein in Plastik eingeschweißtes Huhn.

Das Licht ging an. Frenetischer Beifall. Irmi war ganz aus dem Häuschen. »Das sind Daphne Alpha«, sagte sie. »Die beiden sympathisieren schon lange mit der SUHO-Szene. Ich kenne sie persönlich.«

Kuhn sah sich nach dem Buffet um. Er war hungrig, hatte seit Tagen nichts Ordentliches mehr gegessen.

»Bekommt man hier auch was zu trinken?«, fragte er, um nicht allzu gierig zu wirken.

Marius trat zu ihnen. »Es geht gleich los«, sagte er, seine Stimme zitterte, die Selbstsicherheit des Vorabends war wie ausgelöscht. »Ihr müsst jetzt kommen«.

Pech. Das Buffet würde warten müssen.

Ertl erkundigte sich nach dem Titel der Ausstellung.

»Die Zerschlagung des Augenblicks«, sagte Marius.

Sie verzog den Mund, als hätte sie etwas gekostet, das ihr nicht schmeckte.

Die Bilder waren mit Seilen vor dem nackten Mauerwerk aufgespannt und wurden von Spots beleuchtet. Viele waren es nicht, drei großformatige Gemälde, vier kleinere Bilder, die wie Vorstudien zu den großen wirkten. Grauschwarze Tunnel und am Ende kein Licht. Eindeutig keine Gurkenfarbe.

Kuhn hatte mit Vera regelmäßig Vernissagen besucht, allerdings fehlten ihm sowohl das Sensorium als auch die Kriterien, um zu beurteilen, was er sah. Es gelang ihm nicht – das musste er sich eingestehen – Kunst von Kunsthandwerk zu unterscheiden. Er würde immer der Sohn eines Sportartikelverkäufers und einer Hausfrau bleiben, die mit der Arroganz der Banausen jede künstlerische Hervorbringung nach 1910 vom Tisch gewischt hatten. Daher rührte wohl auch seine Vorliebe für die Phantastischen Realisten wie Rudolf Hausner, die ihm die Welt, die er kannte, nicht wegnahmen, sondern ihr etwas Magisches, Übernatürliches hinzufügten. Wie anders war da Vera, die keine Kunst gelten ließ, die vor mehr als zwanzig Jahren entstanden war. Sie war in der Gegenwart verhaftet, fuhr zur Biennale nach Venedig, zur Documenta nach Kassel, und es war vollkommen klar, dass Adam das erste war, das sie loswerden musste, denn Adam war der Inbegriff dessen, was sie an der Kunst, an Philipp und an der Welt im Allgemeinen nicht ausstehen konnte.

Auf einem improvisierten Podium stand ein Jüngling mit Vollbart und in karierten Hosen.

»Das ist der künstlerische Leiter des LOFT«, soufflierte Irmi.

Daphne Alpha wurden für ihren Mut gelobt, die Dinge beim Namen zu nennen, für ihre starke, unbeugsame Position, die nicht ohne das Mittel der Ironie auskäme und sich damit wohltuend von ähnlichen Positionen unterschied. Er zitierte Harriet Taylor Mill, die das Konzept der bürgerlichen Autonomie kritisierte, die Freiheit nicht als Abgrenzung gegenüber anderen verstand, sondern als Pflege intensiver wechselseitiger Bindungen. Die Geburt des Suppenhuhns schließlich spitze eine Beobachtung zu, nämlich die Tatsache, dass Produkten großer Respekt gezollt werde, wohingegen die Reproduktion von Leben und die Aufrechterhaltung lebendiger Systeme nur geringen Status hätten.

Kuhn horchte auf. Der Kurator schlug eine inhaltliche Brücke zum zweiten Höhepunkt des Abends, Marius' Malerei. Offenbar war der Typ ein Absolvent einer Kunstkritikerschule, denn er sprach von Augenblicks-Spasmen, die sich in der Unendlichkeit verlören, von der Erotik des Ungegenständlichen, Farb- und Formempfindung. Er nannte Marius' Bilder »brüsk« und »verstörend«, sie hievten den Betrachter aus der Zeit und gleichzeitig in sie hinein.

Kuhn verstand wenig, doch es fühlte sich gut an, so als sei er Zeuge von etwas, das über sein mickriges Leben hinausreichen würde. Dann war es vorbei. Applaus.

Er würde die Bilder später eingehend betrachten. Das Buffet war schwarz von Menschen. Als er endlich an die Reihe kam, gab es nur noch Süßes, Mandelcreme in winzigen Glasbehältern, Brownies und Mousse au Chocolat. Er stapelte auf seinen Pappteller, was er erwischen konnte und aß im Gehen. Ihm war flau im Magen, seit Tagen aß er ausschließlich, was ihm verboten war, aber er hatte keine Ahnung, wie er das ändern sollte.

Irmi hielt ihn auf. Sie stand mit den Tänzerinnen zusammen, die mittlerweile einen Bademantel trugen.

»Nina, ich möchte dir Philipp vorstellen«, sagte sie zum gebärenden Teil von Daphne Alpha. »Philipp ist unser Türspezialist.«

Sie redete über ihn, als würde er seit Jahren den SUHOS angehören. Nina lächelte. Jetzt, im Licht, erinnerte sie ihn an jemanden. Dieses Gesicht, wo war ihm das schon einmal begegnet? Er wischte die Hand an der Serviette ab, bevor er sie ihr reichte.

»Freut mich«, sagte er.

Diese Augen.

»Kennen wir uns?«

»Ich wüsste nicht«, sagte Nina. Dann hellte sich ihr Gesicht auf. »Adam«, rief sie und zeigte mit dem Finger auf ihn. »Der Mann mit dem Turban!«

Es war die Frau, die die Möbel ihrer toten Tante verkauft hatte. Die auf Adam aufgepasst hatte. *Daphne Alpha*. Sie war Künstlerin, Performerin. Kuhn hatte keine Ahnung, wie man das nannte, was sie machte. Er fühlte sich bemüßigt, sie zu loben. »Toll, wie Sie tanzen«, sagte er. »Sehr ungewöhnlich.«

Sie nickte, stolz. »Wir haben lange geprobt, nicht wahr, Nelli? Nelli ist Absolventin der School of Music and Dance.«

Nelli war die Brünette, die den Part der Hebamme übernommen hatte. Er hätte auf den ersten Blick nicht feststellen können, wer von den beiden der Profi war.

Und Ihr Flohmarkt? Haben Sie alles verkauft?«

Sie lachte. »Der Cord-Fauteuil ist immer noch da. Wollen Sie ihn haben?«

Er hob die Hand. »Derzeit hätte ich keine Verwendung dafür.«

»Ach was, Sie kriegen ihn geschenkt. Wirklich. Ich hab das Gefühl, der ist bei Ihnen gut aufgehoben. Nelli? Hast du –?«

Nelli hatte verstanden. Sie reichte Nina eine Visitenkarte, die sie Kuhn weitergab.

»Melden Sie sich, wenn es soweit ist.«

DAPHNE ALPHA
Danceart
Nina Flausch – Nelli Puinbrock
Studio Azuré, Atelier für Körperkunst
www.daphnealpha.com

Tamara gesellte sich zu ihnen, hakte sich bei Kuhn wie selbstverständlich unter. »Wie ich sehe, habt ihr schon unseren Frischling kennengelernt«, sagte sie.

»Wo ist er eingeteilt?«, fragte Nelli.

»Im Moment bei uns in der Lodge«, sagte Tamara.

Tamara winkte einen Mann herbei. »Hey, Nafis, hier sind wir!« – »Der Freund von Nelli«, sagte sie zu ihm. Den hatte Kuhn auch schon mal gesehen. Es war der Typ mit den Dreadlocks, der kalt rauchte. Nafis ließ eine Flasche Dessertwein herumgehen.

Kuhn wollte nichts trinken, doch als die Reihe an ihm war, nahm er trotzdem einen Schluck.

Er fühlte sich verdammt wohl in dieser Runde, das war die Wahrheit. Manchmal, wenn sie lachte, lehnte sich Tamara an seinen Oberarm, und er spürte die Wärme ihres Körpers. Die Musik wurde lauter, stampfender Bass, der in seinem Bauch vibrierte, das Stroboskop zerhackte die Welt in kalte Bilder, er bewegte sich im Rhythmus, mein Gott, er *tanzte*, wie lange hatte er nicht mehr getanzt, und mit einem Mal verstand er, was Marius mit seinen Bildern möglicherweise hatte ausdrücken wollen.

10

Als er erwachte, hatte die Sonne das Zimmer geflutet. Der Holzboden knisterte. Irgendwo sang eine Frau. Wasser rauschte durch die Rohre. Er stand auf, faltete die Decke zusammen.

Irmi war in der Küche. Sie hatte das Radio aufgedreht. Sie bot ihm Kaffee an, diesmal sogar mit Milch. Er schluckte eine Tablette und dann zur Sicherheit noch eine zweite. Es würgte ihn kurz, als sie die Engstelle im Hals passierten.

Marius, sagte Irmi, sei noch nicht zurückgekommen. Er war am Vorabend nach der Vernissage in den *Schwarzen Engel* gefahren, wo Daphne Alpha und der Kulturmanager mit der karierten Hose gegessen hatten. Aus ihrer Erzählung schloss Kuhn, dass Irmi nichts trank, keinen Tropfen, während Marius öfter über die Stränge schlug und erst am nächsten Morgen heimkehrte, manchmal erst nach Tagen, und keiner wusste, wo er war. Wenn er dann zurückkehrte, verlor er kein Wort darüber, und man durfte ihn auch nicht fragen, weil er sonst wütend wurde und wieder verschwand.

Irgendwann am Nachmittag tauchten Marius und Konfuzius auf.

Marius war euphorisiert. Die Kulturjournalistin Barbara Ertl hatte eine Lobeshymne verfasst, der Text war bereits online. Marius reichte sein Tablet reihum, jeder musste den Artikel lesen. Er stand daneben und kontrollierte die Augenbewegungen. Wenn man kurz wegsah, rief er: »Fertig lesen, du bist noch nicht durch!«

Der Titel lautete: *Im Geröll der Gefühle.*

Vorspann: *Marius Danzig begeistert im LOFT mit einem düsteren Abgesang auf den Turbokapitalismus.*

Kuhn las den Artikel und fragte sich, was diese Barbara Ertl gesehen hatte.

Besonders überwältigt war Ertl von der »Ehrlichkeit der Bilder«, die keinen Zweifel daran ließen, »wo diese Welt hinsteuerte«. Da Danzig, wie sie schrieb, auf einen ästhetisierenden Blick gänzlich verzichtete, entblößte er den Todestrieb dieser Gesellschaft. Insgesamt sei die Ausstellung »ein Muss für jeden, der sich den kritischen Blick bewahren und in den Abgrund depressiver Farben tauchen möchte«. Allerdings dürfe man »kein Happy End« erwarten, keine »vorgezeichnete Exit-Strategie«: Vom »Geröll der Gefühle« sei noch jeder erschlagen worden, der versucht habe, seinem Schicksal zu entkommen. Da kam keiner lebendig raus.

»Jetzt verstehst du, warum es mir so schwer fällt, die richtige Wandfarbe auszusuchen«, sagte Marius. »Ich bin immer noch der Meinung, dass Kunst die Welt verändert. Verändern *kann*. Unter bestimmten Bedingungen. Wandfarbe kann das nicht.«

Er kaute versonnen auf einem Zahnstocher herum.

»Unterschätze mal nicht die Wandfarbe«, sagte Konfuzius.

Später betrat ein untersetzter Mann die Wohnung, er hatte drei Frauen im Schlepptau. Eine von ihnen war Frau Grasmück. Irmi führte die Delegation durch die Räume. Der Dicke hielt die Hände hinter dem Rücken verschränkt und sprach mit Irmi, während die Frauen herumgingen und jeden Winkel inspizierten. Nach zehn Minuten war alles vorbei, und Irmi sagte: »Sachen packen, wir ziehen hinunter in den zweiten Stock.«

Für den Abend war ein letztes Treffen in Appartement 23 anberaumt. Sitzkreis im großen Zimmer. Es herrschte Rauchverbot, wie immer, kurz bevor ein Appartement geräumt wurde. Konfuzius hatte eine Frau mitgebracht, die Kuhn noch nicht gesehen hatte. Eine robuste Mittfünfzigerin mit Bäuerinnenhänden und einem breiten Kreuz.

Konfuzius entfaltete einen Zettel, den er aus der Innentasche seines Sakkos gezogen hatte und setzte eine schmale Lesebrille auf. Die SUHO-Dichte im LOFT sei erfreulich gewesen, sagte er. Die Kommunikation habe diesmal funktioniert, selbst aus dem WEIDENHOF waren drei Gruppen anwesend.

Die App namens SNACK CHAT, an deren Entwicklung einige Aktivisten im Umfeld der AZURÉ-Körperkunstwerkstatt großen Anteil hatten, habe überdies die Testphase erfolgreich bestanden.

Marius legte sein Tablet in die Mitte und öffnete eine Website. Es handle sich um ein Forum, sagte Konfuzius, in dem sich die Mitglieder – »also wir« – über aktuelle Kulturausspeisungen austauschen können.

Kulturausspeisung. Was für ein Wort! Kuhn musste lachen.

Konfuzius nahm die Lesebrille ab und deutete mit dem Bügel auf ihn.

»Das mag amüsant klingen, ist aber ein wesentlicher Eckpfeiler unserer Bewegung«, sagte er. »Eine durchaus ernste Angelegenheit. Jeder teilt den anderen mit, wo es ein Buffet geben wird. Filmpremieren, Vernissagen, Preisverleihungen, Lesungen und so weiter. Wir freuen uns über jeden Hinweis. Selbstverständlich muss es sich um öffentliche Veranstaltungen handeln, die man ohne Einladung oder Eintrittskarte besuchen kann. Wir teilen uns dann auf die verfügbaren Veranstaltungen auf und achten darauf, uns abzuwechseln. Denn selbstverständlich fällt es auf, wenn immer dieselben Leute zu denselben Veranstaltungen gehen. Das ist der Sache nicht dienlich. Wir halten uns dezent im Hintergrund. Bisher haben wir Nahrungsmittel zu einem großen Teil getauscht, aber dem Tausch sind natürliche Grenzen gesetzt. SNACK CHAT wird dabei helfen, unsere wachsende Gemeinschaft abwechslungsreich zu ernähren.«

Er war voll des Lobes für den Programmierer der App, der Johannes hieß und in einem WEIDENHOF-Appartement wohnte.

Zustimmendes Kopfnicken. Einige klatschten.

»Nun zu den Zahlen«, fuhr Konfuzius fort. »Die gestrige Veranstaltung im LOFT wurde 24 Stunden vorher im Forum angekündigt, 96 SUHOS sagten zu, von denen dann 79 tatsächlich auf der Veranstaltung auftauchten.« Er sah in die Runde.

»Enorm«, sagte Tamara.

»Was geschieht, wenn wir zu viele sind? Wenn ein Veranstalter nicht mit so vielen Gästen rechnet?«

»Bestimmt ist jeder froh, wenn viele Leute zu einem Event kommen«, sagte die Neue, sie hieß Josephine. »Das beschert auch dem Veranstalter eine gewisse Publicity.«

»Und wenn es nichts mehr gibt?«, fragte Irmi. »Zu essen, meine ich. Was ist, wenn das Vorbereitete nicht ausreicht?«

»Dann ziehen die SUHOS weiter«, sagte Konfuzius. Er sah auf den Zettel. »Für den gestrigen Abend waren noch vier weitere Veranstaltungen angelegt. Da hatten wir also freie Wahl.«

Kuhn beugte sich über das Tablet.

In der linken Spalte waren die Veranstaltungen für den nächsten Tag gelistet: Eine Autobahnteilabschnitt-Eröffnung um 11 Uhr Vormittags – in der Spalte »Buffet« stand *Brötchen, Salzgebäck, Sekt*, eine Buchvorstellung in der Hauptbibliothek (*Frühlingsrollen, Canapés, O-Saft, M-Wasser*), eine Teeladen-Eröffnung (*Tee, Salzgebäck, Kekse, A-Saft*). Bei einigen Veranstaltungen stand ein V dabei.

»Was bedeutet das?«, fragte Kuhn.

»Für Vegetarier geeignet.«

»Und woher wisst ihr das alles? Die Sache mit den Buffets und was es zu essen geben wird, woher habt ihr die Infos?«

»Viele SUHOS, die das Forum bespielen, sind ehemalige Mitarbeiter im Kulturbetrieb, die können das ganz gut einschätzen«, sagte Konfuzius. »Andere pflegen immer noch enge Verbindungen zu ihren ehemaligen Kollegen. Zudem haben wir auch unter den Veranstaltern nicht wenige Sympathisanten.«

»Was haben die davon, wenn ihr Leute hineinschleust, die das Buffet leerfressen?«, fragte Kuhn.

Konfuzius lehnte sich zurück und lachte herzlich.

»Der war gut«, sagte er. »Natürlich müssen sie profitieren. Natürlich, und das sage ich ganz dezidiert, müssen sie positiv aussteigen. Sonst kooperieren sie nicht. Wir sorgen dafür, dass ihr Event gut besucht ist. Das ist das eine. Zum zweiten sorgen wir dafür, dass Presse vor Ort ist und berichtet.«

So war das also. Diese Barbara Ertl war Teil des Systems. Sie schrieb Gefälligkeitskritiken, um Konfuzius zu gefallen, und Konfuzius und die SUHOS gefielen damit dem Veranstalter. Ein in sich geschlossenes System.

Kuhn schielte hinüber zu Marius, um zu beobachten, wie diese Neuigkeit bei ihm ankam. Seinem seligen Gesichtsausdruck war abzulesen, dass er andere Schlüsse aus dem Berichteten zog.

Josephine in der Latzhose hatte Kuchen und Orangensaft mitgebracht. Als die Besprechung vorüber war, setzte sie sich zu Kuhn und Tamara.

»Ich habe losgelassen«, sagte sie. »Ein Mann, zwei Kinder, zwei Hunde, eine Katze, eine Hütte am Hochkönig, ein Audi A3 Coupé, ein Bungalow mit S-Bahn-Anschluss.« Sie warf den Kopf in den Nacken und sog die Luft tief ein. »Alles aufgegeben«, sagte sie.

Kuhn wusste nur zu gut, dass man all dies verlieren konnte, weshalb man es freiwillig aufgab, konnte er nicht nachvollziehen.

»Und deine Kinder?«, fragte Tamara.

»Was soll mit denen sein? Die sind beim Vater geblieben.«

»Ist das nicht traurig?«

»Für wen?«

»Für dich? Für sie? Wieso bekommt man Kinder, wenn man sie dann verlässt?«

»Sie besuchen mich. Hin und wieder.«

Als alles vorbei war und sie gemeinsam die Kisten im Flur stapelten, zog Tamara ihn in die Küche.

»Ich halte diese Frau nicht aus«, sagte sie. »Diese Selbstgerechtigkeit. Sie ist so wahnsinnig egoistisch.«

»Könnt ihr sie nicht rauswerfen?«

»Rauswerfen gibt's nicht. Das hat Konfuzius beschlossen. Die SUHOS sind kein Club, sondern eine Wertegemeinschaft. Wer solidarisch ist, darf bleiben.«

Sie öffnete das Fenster, schloss die Augen, blieb einfach so stehen, ganz ruhig.

»Was ist los?«

»Ich lasse das Chi sinken.«

»Was?«

»Komm her, stell dich neben mich.«

Sie zog ihn am Arm heran. Die kalte Luft ließ ihn frösteln. Es hatte zu schneien begonnen, auf den Fensterbrettern lag eine dünne Schneeschicht von einem vollkommenen Weiß.

»Und was ist mit mir? Darf ich bleiben?«

Sie sah ihn an. »Du musst sogar«, sagte sie. »Wir brauchen Hilfe. Dringend. Das neue Appartement hat ein zusätzliches Zimmer. Wir kommen gut aus mit dem Platz.«

Wie sich manchmal alles fügte. Er tat so, als würde er nachdenken und seinen inneren Kalender überschlagen. Dann nickte er.

»Ich bleibe«, sagte er.

Als hätte er eine Wahl.

11

Was da vom Himmel kam, war der misslungene Versuch des Herbstes, den Winter zu imitieren. Ein mit Regen vermischter Schnee, der einen rutschigen Film auf der Straße hinterließ. Kuhn hatte die Hände in den Jackentaschen versenkt und stemmte sich gegen den Wind. Er ging die Feilgasse hinunter und bog auf den Maria-Riedl-Platz ein, als neben ihm ein Wagen bremste und einige Meter weiterschlitterte. Das Fenster ging runter. Es war Bruno, der sich über den Schaltknüppel beugte.

Der letzte, den er sehen wollte. Er hätte ihm ins Auto spucken, mit der Faust aufs Dach schlagen sollen, stattdessen machte er kehrt und ging. Als er sich nach zwei Blocks umdrehte, sah er, dass Bruno das Auto geparkt hatte und ihm nachlief. Eine von Brunos hervorstechendsten Eigenschaften war immer schon die Hartnäckigkeit gewesen.

»Kuhn, jetzt bleib doch stehen, verdammt!«

Kuhn beschleunigte seinen Schritt.

»Ich muss mit dir reden, es ist wichtig!«

Idiot.

Er hörte Bruno einen Namen rufen. Es klang wie »Myriam!«

Kuhn blieb abrupt stehen, drehte sich um. Er hatte ihren Namen Bruno gegenüber nie erwähnt.

»Was ist los, was willst du«, zischte Kuhn, als Bruno ihn eingeholt hatte. Bruno deutete auf ein Café auf der anderen Straßenseite »Lass uns reden. Bitte.«

»Hast du eine Ahnung, wie lange ich vor eurem scheiß Bungalow gewartet habe?« Kuhn hatte noch nie das Bedürfnis gehabt, jemanden zu schlagen, aber in diesem Moment hatte er große Lust dazu.

»Es ist wichtig«, flehte Bruno.

Der Niederschlag änderte seine Konsistenz. Aus dem Regen wurde Schnee, dicke Flocken, die auf Brunos Halbglatze schmolzen.

»Ich lade dich ein«, sagte Bruno. »Na los.«

Sie überquerten die Straße und betraten das Café, setzten sich an die Bar. Bruno drängte ihm die Karte auf. »Bestell, was du willst. Von mir aus alles.« Kuhn bestellte Toast Hawaii und ein Spezi.

»Devi ist nicht mehr sie selbst, seit sie schwanger ist. Sie ist verrückt. Komplett verrückt.« Bruno schlug sich an die Stirn. »Zwei Nächte, habe ich gesagt. Er bleibt nur zwei Nächte. Es war ihre Idee, dich nicht hereinzulassen.«

Kuhn spürte, wie die Magensäure seinen Rachen hochkroch. Er flüsterte. »Sag mir nicht, dass das wahr ist. Sag mir nicht, dass ihr zu Hause wart. Dass ihr alles verdunkelt und euch unter dem Sofa verkrochen habt. Bruno, was bist du für ein ...?« Das Wort »Arsch« blieb ihm im Hals stecken.

»Ich versichere dir, ich trenne mich von ihr, wenn das so weitergeht. Aber eine Frau in der Schwangerschaft zu verlassen, das macht keinen schlanken Fuß, wie du dir vorstellen kannst. Außerdem spricht sich das im Unternehmen herum, und das kann ich mir im Moment nicht leisten.«

Was interessierten ihn die Faxen der verrückten Devi? Er verachtete sich, weil er sich von Bruno hatte überreden lassen, mit ihm in dieses Café zu gehen, das ihm von der ersten Sekunde an verhasst gewesen war.

Der Toast kam, und er schlang ihn in drei Bissen hinunter. Er war scheußlich, die Ananas kam aus der Dose, sie war viel zu süß und ihr Saft hatte das Brot durchtränkt.

Er schob den Teller weg und griff nach seinem Schal.

»Kuhn«, sagte Bruno. »Da ist noch was.«

»Kein Bedarf.«

Bruno räusperte sich. Er spielte mit einem Kork-Untersetzer. »Weißt du, wer jetzt deinen Job hat?«

Darüber hatte er sich keine Gedanken gemacht.

»Wenn du schon so fragst, wahrscheinlich du selbst.«

Bruno als Veras Assistent. Und wenn schon. Das ging ihn nichts mehr an.

»Bist du wütend?«

»Ist mir scheißegal.« Kuhn stürzte das Spezi hinunter.

»Sollte es aber nicht.«

»Was soll das heißen?«

»Dass es dir nicht egal sein kann. Ich bin dabei, eine heikle Sache aufzuklären. Und eine Spur führt zu dir.«

»Wovon sprichst du?«

»Wir haben Anzeige erstattet. Es sind Unterlagen verschwunden. Interna. Verträge und Ähnliches. Wir sind dabei auf einen Namen gestoßen. Myriam Kobalt. Sagt dir der Name etwas?«

»Interna? Was für Interna?«

Er dachte an seinen Laptop, den er in Myriams Wohnung getragen hatte.

Er winkte dem Kellner. »Noch ein Spezi.«

»Wir haben die Polizei drauf angesetzt. Und unsere IT-Security ist dabei, die Spuren dieser Frau nachzuzeichnen. Da kommst du ins Spiel. Wir haben Mails gefunden, die ihr euch geschrieben habt.«

»Bin ich verhaftet oder was?«

Bruno klopfte ihm auf die Schulter. »Ich habe gesagt, ich lasse dich nicht im Stich, und genauso ist es. Auf mich kannst du dich verlassen. Wo wohnst du überhaupt im Moment?«

»Ich wohne nirgendwo. Ich übernachte. Wie und wo, das willst du nicht wissen. Mach's gut.«

»Wir vermuten, dass sie Konkurrenzunternehmen die Daten anbieten wird. Industriespionage, wenn du so willst.«

»Hat sie euch gedroht? Erpresst sie euch?«

»Noch nicht. Aber wir müssen schneller sein. Ist eine Zeitfrage. Wir versuchen herauszufinden, wo sie sich im Moment aufhält.«

»Ich weiß weniger als ihr.«

»Du weißt nicht, wo sie ist?«

»Ich habe keinen blassen Schimmer.«

Bruno tätschelte Kuhns Oberarm. »Du hast sie geliebt, stimmt's?«

Kuhn riss sich los.

Das neue Appartement im zweiten Stock der DIAMOND LODGE roch, als sei es noch bewohnt. Als hätte die Bewohnerin nur für einen Sprung die Wohnung verlassen. Ein Geruch nach Seife und Blumen, die zu lang im Wasser gestanden hatten... Drei kleine Zimmer, helle Möbel, viel Buchenholz. Bestickte Kissen, Kohlezeichnungen an der Wand.

Zuerst trugen sie die Wohnzimmereinrichtung auf den Flur. Die Enkelin würde heute noch kommen, um die Couch, den Tisch und die beide Vitrinen mitzunehmen. Sie rollten den Teppich ein, nahmen die Bilder von den Wänden. Sie wickelten Gläser und Geschirr in Zeitungspapier und verstauten es in Umzugskartons. Frau Grasmück besprach mit Marius die Farbe der Wände. Der nächste Mieter wünschte eine Pastellfarbe, ein blasses Rosé. Sie legte ihm ein Farbmuster vor.

»Fleischfarbe«, sagte Marius.

»Lachs«, sagte Irmi.

»Dieser Lachs ist aber schon lange tot«, sagte Marius.

»Nude«, sagte Tamara.

»Was?« Marius hatte das Wort noch nicht gehört.

»Nude. Wie nackt.«

»Und was sage ich dem Farbenverkäufer? Bitte fünf Liter Nacktfarbe?«

Sie trugen die Matratzen vom Appartement 23 ins Appartement 12. Tamara wies ihm die kleine Kammer hinter dem Wohnzimmer zu. Das Schlafzimmer war für Irmi und Marius vorgesehen, im Wohnzimmer würde Tamara schlafen. Für Kuhn fühlte es sich beinahe schon wie Routine an. Sie brachten die Pinsel, die Farbeimer und das ganze Handwerkszeug in Position. Der Holzboden war soweit in Ordnung, weil er immer mit Teppichen bedeckt gewesen war.

Am Abend stießen sie mit Sekt an, den sie im Kühlschrank gefunden hatten. Konfuzius und Barbara Ertl tauchten auf und brachten Kuchen mit.

Kuhn wollte wissen, woran die Frau gestorben war. Keiner wusste es.

»Darüber reden wir nicht«, sagte Irmi.

»Warum nicht?«

»Das geht uns nichts an. Jeder kümmert sich um seinen Dreck. So ist das hier.«

Kuhn trug Adam in seine neue Kammer.

»Hier schlafen wir jetzt«, sagte er zu Adam.

Auf seiner Matratze lag ein Umschlag. Er nahm ihn in die Hand. Auf der Vorderseite standen seine Initialen. P. K.

Zuerst schien der Umschlag leer, auf den zweiten Blick erst entdeckte er die Papierschnipsel. Er ließ sie auf die Matratze rieseln. Schnipsel in unterschiedlichen Größen, auf jedem stand etwas. Das war seine Schrift, zweifellos. Er setzte die Teile zusammen wie ein Puzzle. Er staunte.

Du bist mein Sehnen, meine Tränen
bist Grund, der Anfang und das Ende
bist das Ziel von allen Plänen
leg mich stumm in deine Hände

Das Gedicht, das er für Myriam geschrieben hatte. Stundenlang hatte er darüber gesessen, gefürchtet, sie würde es in der Luft zerreißen. Wo kam das her? Vielleicht verlor er langsam den Verstand. Vielleicht legte es jemand genau darauf an. Vielleicht war es nur ein merkwürdiger Zufall.

12

Wenn er nicht einschlafen konnte, hörte Kuhn Musik. Diesmal war es *Schafe können sicher weiden*. Bach, gespielt von Leon Fleisher.

Fleishers Lebensgeschichte ließ Kuhn nicht los. Ein Wunderkind am Klavier. Große Erfolge. Ein geglücktes Leben. Als er Mitte dreißig war, trat plötzlich eine Lähmung seiner rechten Hand auf. Fokale Dystonie. Die kommenden dreißig Jahre konnte Fleisher die Hand kaum bewegen. Ein anderer hätte aufgegeben. Zehn Mal. Hundert Mal. Und Fleisher? Wurde zum linkshändigen Konzertpianisten. Zwar gab es dafür nicht so viel Literatur, doch die, die es gab, spielte er. Später kam eine neue Therapie auf. Botox. Es trat ein, womit keiner gerechnet hatte. Die Lähmung verschwand. Nach dreißig Jahren als Einhandpianist konnte er wieder mit beiden Händen spielen. Die Aufnahme von *Schafe können sicher weiden* war danach entstanden. Ein glasklares Spiel, es ließ das Licht herein. Vielleicht würde es in einigen Jahren auch eine Therapie geben gegen das, was ihn heute lähmte, dachte Kuhn. Vielleicht war die Geschichte mit der wundersamen Heilung auch nur ein Bild dafür, dass es sich lohnte, durchzuhalten.

Es musste nach eins gewesen sein, als Tamara in der Tür stand. Er setzte sich auf, zog die Ohrstöpsel heraus.

»Ich werde nie Kinder haben«, sagte sie, verschränkte die Arme hinter dem Kopf. Sie trug einen übergroßen Pyjama, das Oberteil reichte ihr bis zu den Knien. »Weil ich genau so wäre wie meine Mutter. Ich weiß es einfach. Ich würde mein Kind verlassen müssen, weißt du. Das geht nicht anders.«

Nach einer Weile sagte sie: »Ich habe mich noch nicht entschieden, ob mich das traurig macht oder nicht.« Und dann: »Was hörst du da?«

»Bach.«

»Darf ich auch?«

Sie setzte sich zu ihm auf die Matratze. Er reichte ihr einen Ohrstöpsel. Gemeinsam hörten sie *Schafe können sicher weiden.*

»Kannst du damit besser einschlafen?«

»Nicht wirklich«, sagte er. »Es hält mich wach. Aber es erinnert mich daran, dass meine Probleme klein sind im Verhältnis zum Universum.«

»Bach ist das Universum?«

»So in etwa.«

»Ich mag lieber Radiohead«, sagte sie. Sie summte *Karma Police.*

»Die sind gut«, sagte er.

»Ist die hinter dir her?«

»Die Karma-Polizei? Vermutlich.«

»Ich bin längst verhaftet, siehst du meine Handschellen?«

Sie legte die Handgelenke übereinander. »Schlechtes Karma, ganz schlechtes Karma. Manchmal wünsche ich mir, dass jemand mich zu einer Entscheidung zwingt. Hierzubleiben oder woanders hinzugehen. Einen Job anzunehmen. Einen Weg bis zum Ende zu gehen.«

»Wenn ich nicht weiter weiß, dann fotografiere ich mein Gesicht zwei Mal. Das erste Mal denke ich an die eine Möglichkeit, das zweite Mal an die andere. Dann vergleiche ich die Fotos und entscheide mich für die Option, die mir weniger Falten bereitet.«

Das hatte er gerade erfunden.

Tamara lächelte.

»Bei dir würde das übrigens nicht funktionieren«, sagte er. »Du hast keine Falten.«

»Innen drin habe ich ganz viele«, sagte sie.

Es entstand eine Pause. In einem anderen Leben hätte er jetzt mit ihr geschlafen. Nicht, weil er sie begehrte. Einfach, weil sie da war. Aber irgendwas war kaputtgegangen.

»Übrigens hieß die Frau Margarete«, sagte Tamara. »Margarete Deubler. Zwölf Jahre hat sie hier gelebt, in diesem Appartement. Sie ist an etwas gestorben, an dem man normalerweise nicht stirbt. Zumindest nicht in unserem Alter. Sie ist gestürzt. Hier, in der Wohnung. Über die Schwelle. Irgendwann bist du so alt, dass es keinen sicheren Ort mehr gibt.«

»Ich weiß nicht, ob es den vorher gibt«, sagte er.

»Gib mir mal dein Handy.«

Sie öffnete die Kerzen-App. Die Flamme züngelte auf dem Display.

»Rest in Peace, Margarete«, sagte sie.

Sie legte ihren Kopf an seine Schulter.

»Als wir von den Arten des Nicht-Seins gesprochen haben – « Sie hielt inne.

»Ja?«

»Wir haben eine nicht erwähnt.«

Er wartete.

»Meine Mutter ist nicht gegangen. Also nicht *so*. Sie hat sich das Leben genommen.«

Er legte den Arm um sie, streichelte ihre Schulter, ihren Oberarm. Spürte ihr Gewicht, als sie sich an ihn lehnte.

»Du bist da«, sagte er. »Jetzt bist du da.«

Er küsste sie. Haut auf Haut, Lippen auf Lippen. Ein Trostkuss. Er streichelte sie wie ein Kind. Ohne Verlangen. Er wollte sie nicht besitzen, er hatte sie doch schon.

Er rückte von ihr ab, aber sie schlang ihre Arme fest um ihn, zog ihn mit sich auf die Matratze. Sie weinte. Er wischte ihre Tränen aus dem Gesicht.

Er spürte ihre Hände, die unter sein Shirt schlüpften. Sie strich mit langen Bewegungen über seinen Rücken.

Er berührte ihr Haar, ihren Hals, ihre Brust. Sie zog sich das Pyjamaoberteil über den Kopf. Er betrachtete ihren schmalen Körper.

Er küsste ihre Brustwarzen, sie waren klein und rosa wie die eines Mädchens. Warzenhöfe ohne Warzen. Eine unschuldige Brust. Er küsste den Teil des Körpers, unter dem der Magen verborgen war, dann ihren Nabel.

Er war wütend auf sich. Es gab keinen Grund, diese Frau nicht zu begehren, nicht einen einzigen. Aber etwas in ihm sperrte sich. Da war nichts, das er ihr bieten konnte. Es würde nicht funktionieren.

Die kahle Wand reflektierte den Schein der digitalen Flamme. Tamaras Blick sagte: Du bist nicht hier. Du bist nicht vorhanden. Nicht in diesem Raum. Nicht jetzt. Nicht mit mir.

»Tut mir leid«, sagte er. Er ließ von ihr ab. »Tut mir leid.«

Sonst nichts.

»Verstehe«, sagte sie. Sie stützte sich auf ihren Ellenbogen, sah ihn an. Dann zog sie sich an, stand auf, schloss lautlos die Tür.

In dieser Nacht wurde er mehrmals angerufen. Er hörte die Vibrationen des Telefons, bevor er einschlief. Er träumte, er hätte zehn Finger an jeder Hand, und er war glücklich über diese Laune der Natur. Bis er bemerkte, dass er keinen einzigen dieser Finger bewegen konnte. Alle hingen nutzlos herab, und er weinte wie ein Kind.

Im Morgengrauen las er die Nachricht. Sie war von Andrea.

Mom ist im Krankenhaus! RUF SOFORT ZURÜCK.

13

Kuhn hatte sich ihnen anvertraut. Einmal hatte er sein Herz auf der Zunge getragen und seine Sorge mit den anderen geteilt. Er war froh darüber. Sie waren da für ihn. Konfuzius bot an, ihn mit dem Auto mitzunehmen, er müsse sowieso zurück zum Weidenhof, da läge das Zentralkrankenhaus auf dem Weg. Tamara strich ihm über den Unterarm und sagte Dinge wie *Das wird schon* und *Mütter sind zäh*. Er ließ sie gewähren, war dankbar für jeden Trost, der ihm angetragen wurde und möglicherweise konnte er auf diese Weise die Enttäuschung der letzten Nacht vergessen machen. In einer Art vorauseilender Trauer hatte er, so legte er es sich zurecht, den mütterlichen Zusammenbruch vorausgefühlt; sein Körper war gewissermaßen schon Stunden vorher nicht mehr imstande gewesen, korrekt auf Tamaras Angebot zu reagieren.

Als Kuhn mit Konfuzius auf die Straße trat, war es, als hätte in der Nacht die Jahreszeit gewechselt. Es war überraschend warm, in den Cafés saßen die Leute auf Schaffellen und hielten bleiche Körperteile in die Spätherbstsonne. Konfuzius trug seine Lederjacke in der Hand, sie gingen die Feilgasse hinunter und bogen in die Friedemanngasse ein.

Konfuzius blieb vor einem alten Citroën stehen, er steckte den Schlüssel in das Türschloss, öffnete die Tür, setzte sich auf den Fahrersitz und beugte sich über den Schaltknüppel, um die Tür der Beifahrerseite zu entriegeln.

Sie sprachen über die LODGE und Frau Grasmück. Kuhn konnte Konfuzius anmerken, wie sehr er sich mühte, ihn abzulenken, doch je näher sie dem Zentralkrankenhaus kamen, desto schwieriger wurde es für Kuhn, Konfuzius' Ausführungen zu folgen und er sagte nur noch *hmm* und *interessant*.

Er hatte Andrea nicht erreichen können, was nichts Gutes bedeutete, denn sie war immer erreichbar, und wenn sie es einmal nicht war, rief sie umgehend zurück. Möglicherweise war er in der Zwischenzeit bereits ein Sohn ohne Mutter, dachte er plötzlich, womit er binnen weniger Wochen alles verloren hätte, was er hatte verlieren können. Möglicherweise aber stellte sich die Lage auch anders dar. Er neigte nicht zur Schwarzmalerei, grundsätzlicher Pessimismus war ihm fremd, und doch verließ ihn an diesem Vormittag ein weiteres Quäntchen jener Zuversicht, die er für Notfälle reserviert hatte.

Als Konfuzius fragte, wie alt seine Mutter sei, konnte er es nicht sagen.

»Fünfundsiebzig«, sagte er. Eine Zahl, die ihm gerade so einfiel, genauso gut hätte er fünfundachtzig sagen können, und es wäre ihm nicht weniger falsch vorgekommen. Wenn es um seine Eltern ging, hatte er jedes Zeitgefühl verloren.

Konfuzius erzählte von seiner Mutter, die mit den Jahren an Extravaganz gewonnen hatte. Nach dem Tod des Vaters speckte sie ab und begann einen neuen Lebensabschnitt als lustige Witwe. Dass ihr Sohn Frau und Familie verlassen und sich den SUHOS angeschlossen hatte, fand sie lobenswert, sie begrüßte seinen Mut und den gesellschaftspolitischen Einsatz. Wenn sie dreißig Jahre jünger gewesen wäre, gestand sie ihm, hätte sie ebenso gehandelt. Er besuchte sie regelmäßig. Sie lebte allein in einer 140 Quadratmeter großen Altbauwohnung und organisierte literarische Salons. Kuhn nickte, sagte *schön* und *großartig* und sah doch nur eine der Länge nach aufgeschnittene Mutter vor sich, und kein Peterle auf dem Kamin, der helfen konnte.

Konfuzius ließ ihn am Haupteingang des Krankenhauses aussteigen. Es war das größte Krankenhaus des Landes. Ein Hochhaus mit tausend Augen, die tagtäglich nichts anderes sahen als das Leid in Reinkultur.

Kuhn nannte seinen Namen und den Namen der Mutter, und eine Schwester an der Information antwortete mit Abteilung, Stockwerk und Zimmernummer. »Innere Medizin«, sagte sie, was alles bedeuten konnte, denn innen war ein Mensch größer und geheimnisvoller als außen. Er bemühte sich, alles im Kopf zu behalten.

Der Aufzug im Zentralkrankenhaus sprach in zwei Sprachen zu ihm.

Im zwölften Stock stieg er aus, da erst fiel ihm auf, dass er nichts mitbrachte, seine Hände waren leer, und er verfluchte sich für dieses Versäumnis. Er hätte zumindest daran denken können, ein paar der Blumen, die unter dem Kruzifix im Foyer der DIAMOND LODGE vor sich hinwelkten, zu entwenden. Sie waren zwar weder hier im Krankenhaus, noch im *Betreubaren Wohnen* zu irgendwas Nutze – den Sinn von Schnittblumen hatte er nie erfasst – aber zumindest wäre, so stellte er es sich vor, der Mutter ein Lächeln übers Gesicht gehuscht.

Alles hier war imposanter als draußen. Der Aufzug war größer, die Zimmertüren breiter, auch durch die Tür des Zimmers 4240 würde man problemlos mit einem rollenden Bett durchfahren können. Er überlegte, ob er klopfen oder gleich eintreten sollte, als jemand im Zimmer die Klinke drückte und die Tür aufsprang. Eine Delegation Ärzte und Schwestern verließ den Raum, allen voran ein weißhaariger Mann mit Dreitagebart, der Chef-Aroma ausdünstete. Kuhn machte ihnen den Weg frei und konnte durch den Spalt geradewegs zu Mutters Bett sehen.

Er hatte sie sich in allen möglichen Zuständen vorgestellt, still leidend, laut jammernd, an Schläuchen hängend, die zu piepsenden Maschinen führten; einbandagiert, Füße und Arme im Gips, den Kopf verbunden, blutige Krusten im Gesicht. Doch auf das, was er jetzt vor sich sah, war er nicht vorbereitet.

Sie saß aufrecht in ihrem Bett, trug ein weißes Spitzennachthemd, die Haare sorgfältig onduliert und schien sich prächtig zu unterhalten. Ein Mann saß an ihrem Bett, Kuhn konnte nur seinen Hinterkopf sehen, der hin und her schwankte, wenn er sprach. Auf dem Beistelltisch glitzerte eine Vase aus Bleikristall, darin befanden sich kraftstrotzende orange Blumen, die bestimmt teuer gewesen waren.

Die letzte Krankenschwester des Trosses, eine hübsche junge Aushilfsschwester, war gerade dabei, das Zimmer zu verlassen, als der Mann an Mutters Bett den Kopf zum Beistelltisch wandte, sodass Kuhn sein Profil sehen konnte. Der Bart. Die Brille. Das war doch dieser Viktor. Der Idiot. Viktor, der neue Ziehsohn, der mit diesem üppigen Blumenbouquet angetanzt war, um sie zu umschmeicheln – wahrscheinlich zog er die Kosten dafür auch noch von den dreihundertfünfzig Euro Miete ab. Kuhn trat einen Schritt zurück, und als die Schwester die Tür schloss und ihn fragte, ob sie ihm helfen könne, schüttelte er den Kopf. »Ich bin falsch hier«, sagte er. »Ganz falsch.«

Wenigstens sah Mutter nicht aus, als befände sie sich in Lebensgefahr. Im Gegenteil. Was er von ihr gesehen hatte, ließ vermuten, dass sie sich besonders wohlfühlte, sie wirkte deutlich gelöster als an jenem Nachmittag, an dem er sie in ihrer Wohnung besucht hatte.

Er würde warten, bis Viktor das Zimmer verlassen hätte. Um jeden Preis musste er es vermeiden, ihm in die Arme zu laufen, diesen Triumph durfte er ihm nicht gönnen. Allzu weit aber wollte er sich auch nicht entfernen, also trat er ins Treppenhaus und stieg in den dreizehnten Stock hinauf.

Dass er seine Mutter nun innerhalb einer Woche öfter gesehen hatte als in den vergangenen drei Jahren, machte ihn nachdenklich. Als er noch bei Vera in der Bernauer-Villa wohnte, war er in gewisser Weise vor seiner Familie geschützt. Veras Wohlstand, der laut seiner Mutter auf unlauteren Machenschaften fußte, entband ihn von seiner Herkunft.

Ein einziges Mal waren Vera und seine Mutter aufeinandergetroffen, es geschah im ersten Jahr ihrer Beziehung. Vera hatte ein Sommerfest gegeben und es sich nicht nehmen lassen, seine Eltern einzuladen, »um zu erkunden, wo deine Wurzeln liegen«, wie sie es formulierte.

Er hatte versucht, sie davon abzubringen – »schau nicht auf meine Wurzeln, schau auf meine Blätter« – aber vergeblich. Sein Vater lehnte die Einladung ohne Begründung ab, seine Mutter sagte zu seiner Überraschung ohne Begründung zu.

Er holte sie mit dem Auto von zu Hause ab. Sie saß auf dem Beifahrersitz wie eine beleidigte Monarchin und hielt sich trotzig an ihrer Handtasche fest. Sie sprach immerzu von *seiner* Vera. Was macht *deine Vera* mit dem ganzen Geld? *Deine Vera* ist doch hoffentlich keine Vegetarierin? Ihre schrecklichste Vorstellung war, dass er, der mit Tafelspitz, Schnitzel und Gulasch groß geworden war, »eine Vegetarische« heiratete, wie sie es nannte.

Während es im zwölften Stock ruhig gewesen war auf den Gängen, erwartete ihn im dreizehnten Stock ein regelrechter Menschenauflauf. Kinder trampelten die Flure entlang und an jeder Ecke steckten Besucher die Köpfe zusammen. Diese Menschen schienen glücklich, von Trauer und Entsetzen keine Spur, bis Kuhn verstand, dass es sich hier um die Geburtenstation handelte. Zufälligerweise war er auf die Station der Freude geraten, und es war ihm nur recht, so würde er wenigstens in guter Stimmung baden, bevor er in den zwölften Stock zurückkehrte.

Um nicht aufzufallen, ging er ähnlich beschwingt wie der Rest der Besucher durch den Gang, betrachtete die Babyfotos und Dankesbriefe, die an den Wänden hingen. Es waren zahlreiche Babys, die von den Wänden lachten. Sie lagen auf Decken und in Kinderwagen, manche noch auf den Bäuchen ihrer erschöpften Mütter. Hin und wieder konnte man eine Nabelschnur erkennen – das Telefonkabel, das die Geräusche der Ewigkeit übertrug.

Am Ende des Flurs gab es ein hohes Fenster, das in den Garten zeigte, der fahl und müde wirkte, alle Blätter waren von den Bäumen gefallen und die Erde war grau.

Die Tür zur Teestube öffnete sich, eine Krankenschwester kam heraus, sie trug eine mit Blumen verzierte Vase, und er konnte in den kleinen Raum spähen. Er sah eine Küchenzeile, auf deren Anrichte zahlreiche Vasen standen, manche leer, in anderen die üppigsten Blumensträuße mit Rosen und Tulpen – die einzigen Sorten, die er eindeutig identifizieren konnte. Hier wurden die Blumen ins Wasser gestellt, zurechtgezupft und arrangiert.

Kuhn fragte sich, ob das Krankenhaus eine eigene Fachkraft beschäftigte, die sich ausschließlich um eintreffende Blumen kümmerte, eine *Blumenschwester* gewissermaßen. Noch bevor er den Gedanken zu Ende geführt hatte, betrat er bereits die Teestube, nicht ohne vorher sicherheitshalber an die halboffene Tür zu klopfen. Das Zimmerchen war leer, er war alleine mit all den Blumen. Es duftete wie in einem Gewächshaus. Auf den Vasen waren Zimmernummer und Name der Empfängerin vermerkt. Er betrachtete die Vasen, eine nach der anderen.

Er folgte einem Reflex. Ergriff den farbenfrohsten Strauß, der für »Huber, Z. 5006« vorgesehen war, trocknete die Stiele an einem Geschirrtuch und verließ die Teestube mit Blumen und klopfendem Herzen. Nun würde er nicht mit leeren Händen am Krankenbett seiner Mutter erscheinen müssen.

Er redete sich ein, eine gute Tat vollbracht zu haben, die Luft der Geburtenstation war ohnehin schon schwer vom klebrigen Duft der Blumen, die zwei Tage später im Bio-Abfall landen würden, außerdem bewahrte er möglicherweise ein Neugeborenes vor einer Allergie.

In diesem Moment trat die Krankenschwester, die er zuvor in der Blumenküche gesehen hatte, auf ihn zu.

»Brauchen Sie eine Vase?«

Er wehrte ab. Er müsse schon wieder gehen, sagte er.

»Und die Blumen nehmen Sie mit?«

Er sah die Blumen in seiner Hand an, als wären sie soeben da hinein gezaubert worden.

»Wie heißt Ihre Frau?«, fragte die Schwester nach. »Ist sie verlegt worden? Sollen wir die Blumen nachliefern?«

»Huber«, sagte Kuhn. Zumindest hatte er damit die rechtmäßige Besitzerin der Blumen genannt.

»Huber Anita?«

»Huber Gudrun.«

Er nannte den Vornamen seiner Mutter, denn tatsächlich würden die Blumen ja nun beiden gehören.

»Soll ich im Computer nachschauen?«

»Nicht nötig«, sagte er. Gleich war er beim Ausgang. Noch fünf Schritte. Noch vier.

Eine Frau schob einen Kasten auf Rädern durch den Gang, in dem ein winziges, verschrumpeltes Baby lag. Er sah es kurz, als die Frau ihn überholte. Ein Wesen, das noch nicht wusste, worauf es sich da eingelassen hatte. Vielleicht aber war es ihm sehr wohl bewusst und es war deshalb so faltig und verkrampft.

Noch zwei Schritte. Die Frau bog mit dem Baby in das erste Zimmer ab.

Nie, noch nie hatte eine Frau zu ihm gesagt: *Von dir will ich ein Kind*. Er wusste nicht, was es brauchte, damit eine Frau einen derartigen Satz sagte. Vermutlich wurde dieser Satz ohnehin nur in Filmen ausgesprochen.

Er ging durch die automatische Tür. Dahinter gab es einen Warteraum, in dem eine Großfamilie saß. Auf einem Fernsehschirm, der knapp unter der Decke montiert war, lief ein alter Film. Kuhn blieb stehen und sah hinauf. Das Interieur einer großbürgerlichen Villa. Ein Telefon läutete. Ein Diener hob ab und sagte: »Bei Wessely?«

Das kannte er noch aus seiner Kindheit. Dass man fremde Telefone abhob und sich dann mit »bei« und dem Namen des Gast- oder Arbeitgebers meldete. Das gab es heute nicht mehr, diese Marotte wurde durch die moderne Technik ausgelöscht. Mit Aufkommen der Handys war jeder immer bei sich, es gab keine Apparate mehr, die von mehreren benutzt wurden.

In der Pumagasse hatten sie früher einen Viertelanschluss gehabt. Wenn jemand im Haus sprach, war die Leitung okkupiert und aus dem Hörer ertönte das Besetztzeichen. Dann mussten sie warten. Helenes Mann, ein Versicherungsmakler, war ein berüchtigter Vieltelefonierer gewesen. Er galt als schlechtes Beispiel im Haus. Mutter hatte ihnen beigebracht, wie man sich kurz hielt. »Immer gleich fragen, was der andere wünscht. Sich nicht einlassen auf Gespräche über das Wetter, die Politik oder – Gott behüte – die

Gesundheit.« Nach neunzehn Uhr war das Telefonieren billiger, da durfte er manchmal Freunde anrufen. Die Mutter pflanzte sich neben ihm auf und überwachte das Gespräch, damit er ja keines der inkriminierten Themen anschnitt. Als würde ein Zwölfjähriger mit einem anderen Zwölfjährigen über Politik oder Frauen reden.

Der Mann im Film beendete rasch das Gespräch und legte den Hörer wieder auf die Gabel. Kuhn war der Einzige, der auf den Bildschirm sah, ein paar Männer saßen auf Klappstühlen, die entlang der Wände angebracht waren, manche stützten den Kopf in die Hände, einer schlief. In einer Ecke saßen eine junge Frau und ein stilles Kind, das wie hypnotisiert auf seine Schuhspitzen starrte.

Mit dem Lift fuhr er wieder in den zwölften Stock hinunter. Er war allein, hob den Blick und betrachtete sich im Spiegel. Mit dem Blumenstrauß in der Hand wirkte er wie ein gut vorbereiteter Besucher, ein Krankenhaus-Profi. Der Strauß war wirklich prächtig, vier rote Rosen, um die herum alles andere Grünzeug gebunden war, kein Vergleich mit den traurigen Kruzifix-Blumen im Betreuten Wohnen, die selbst einer intensiven Betreuung bedurft hätten.

Diesmal klopfte er ohne zu zögern und öffnete schwungvoll die Tür. Viktor war bestimmt nicht mehr da, und falls doch, so hatte er nun einen Strauß, mit dem er ihn ausstechen konnte. Viktors Blumen würden im Vergleich mit seinem Strauß blass aussehen. Doch es war nicht nur Viktor nicht mehr da, auch Mutters Bett war leer, Blumen und Vase verschwunden, das Laken sorgfältig zusammengefaltet.

Auf der anderen Seite des Zimmers stand ein weiteres Bett, in dem eine Frau mit offenem Mund schnarchte. Sie konnte er nicht befragen. Also lief er auf den Flur und direkt an den Schalter, hinter dem eine dicke Krankenschwester saß.

Auf das Grüßen verzichtete er.

»Wo ist Frau Kuhn?«

Sie sah in ihrem Computer nach, dann betrachtete sie ihn: »Sie sind ein Verwandter?«

»Der Sohn.«

»Frau Kuhn ist verlegt worden.«

»Wohin?«

Sie tippte irgendwas ein, griff dann zum Hörer.

»Vicki, wo ist Frau Kuhn?«

»Gudrun«, sagte Kuhn. »Gudrun Kuhn.«

Sie sah zu ihm auf. Sein Herz raste. Was würde sie ihm ausrichten? Dass sie in die Pathologie verlegt worden war? Dass er den letzten Moment verpasst hatte, seine Mutter lebendig anzutreffen, weil er in der Zwischenzeit damit beschäftigt gewesen war, Blumen zu stehlen?

Die Schwester legte auf. »Sie ist auf der Neurologie. Routinetest. Aber das kann noch dauern. Wenn Sie Ihre Telefonnummer hinterlassen, rufen wir an, sobald sie zurück ist.«

Also doch. Irgendwas mit dem Hirn. Demenz. Alzheimer. Rollstuhl. Eine Mutter, die sich in ein Schreibaby zurückverwandelt. Ein Routinetest würde es nicht sein, wenn sie gleich mit Sack und Pack umziehen musste.

Er legte die Blumen ab und schrieb mit zittriger Hand seine Telefonnummer auf das Post-it, das die Schwester ihm hinschob.

»Wir melden uns dann, ja?«

»Ist es wirklich nur Routine oder hat man einen Verdacht?«

»Das kann ich Ihnen nicht sagen –«

»Können Sie nicht im Computer nachsehen?«

»Tut mir leid, das geht nicht. Wenn sie fertig ist, wird man Sie informieren.«

Er nahm die nutzlos gewordenen Blumen in die Hand und bedankte sich.

Kuhn überlegte, ob er nochmal zurückfahren sollte in die Geburtenstation, nur fürs Gemüt, mit dem Strauß in der Hand war das sicher keine gute Idee. Möglicherweise war die *Blumenschwester* bereits mit Nachforschungen betraut worden.

Er würde der Neurologie einen kurzen Besuch abstatten, dachte er, vielleicht traf er die Mutter ja dort, denn auch wenn das Krankenhaus groß war, so war es doch nicht unendlich groß, und kein Mensch konnte je darin verloren gehen.

14

Greise im Morgenmantel hangelten sich den Handlauf entlang. Auf dieser Station begann keine Reise, hier erreichte sie das Ziel, das Ende des Tunnels in Sichtweite, und wenn man Glück hatte, gab's auf der anderen Seite ein Licht aus tausend Neonröhren und eine Überraschung, die alles Irdische in den Schatten stellte.

Der Flur mündete in einen Warteraum, der beinahe so groß war wie ein Tanzsaal. Der Längsseite nach waren die Untersuchungskabinen angeordnet wie Umkleiden. Die Patienten warteten alle gemeinsam und wurden dann einzeln aufgerufen. Überall im Warteraum hingen Bildschirme, auf denen die Namen derjenigen verkündet wurden, die dran waren. Auf den Tischchen lagen bunte Blättchen, Gala, Bunte, Stern.

Kuhn setzte sich und beschloss, zu warten. Wenn seine Mutter hier nicht saß, so war sie vielleicht bereits in eine der Kabinen verschwunden. Umso besser – dann wüsste er bald Bescheid.

Auf dem Schalensitz neben ihm lag eine Tagespost. Er nahm sie zur Hand, blätterte darin. Obdachlose hatten ihre Zelte vor dem Parlament aufgeschlagen, sie protestierten damit gegen die Maßnahme der Regierung, die einen Baustopp für Sozialbauten verfügt hatte. Es war eingetreten, was der Sozialdemokrat Rutter vorausgesehen hatte: Auf dem überhitzten Wohnungsmarkt der Stadt wurden fast nur noch frei finanzierte Wohnungen angeboten. Langjährige Mieter wurden aus ihren Altbauwohnungen hinausgeekelt. Die Wohnungen wurden anschließend von illegalen Bautrupps auf Vordermann gebracht. Nach der Sanierung verschwanden sie aus dem Mietangebot und tauchten bald auf dem internationalen Markt als Kaufobjekte wieder auf.

Das Obdachlosenproblem in der Stadt hatte Kuhn zuvor nicht berührt, natürlich war ihm aufgefallen, dass abends im Eingangsbereich von Geschäften provisorische Schlafstätten errichtet wurden und Hilfsorganisationen vor den U-Bahn-Stationen die Obdachlosen mit warmen Mahlzeiten versorgten, doch es war immer eine Welt geblieben, die mit seiner nicht die geringste Überschneidung hatte. Er hatte dem Treiben zugesehen, als würde er eine Nachrichtensendung verfolgen – aufmerksam, aber ohne innere Beteiligung. Selbst als zwei Abgeordnete hinterrücks überfallen und mit Messerstichen verletzt worden waren (unter Verdacht standen drei ehemalige Beamte, die ihren Job verloren hatten), hatte er immer noch das Gefühl, in einer reichen Stadt zu leben, und wenn er abends in Veras Villa zurückkehrte, löschte der Anblick der prunkvollen Räume die Erinnerung an die Schlafsackkolonien in den geheizten Passagen der Stadt aus.

Mit Armut hatte er sich nie beschäftigt, und selbst jetzt, wo seine Geldquellen versiegt waren, wehrte er sich gegen die Vorstellung des Abstiegs. Er würde wieder einen Job bekommen (sobald er ernsthaft danach suchte), er würde bald in ein neues Domizil ziehen (sobald das mit dem Job der auf der Schiene war), er würde noch einmal von vorn beginnen. Vielleicht sogar mit einer Frau und einem Baby – der Gedanke kam ihm, als er an den dreizehnten Stock dachte, und an die glücklichen Gesichter, die er dort gesehen hatte. Die Sache mit Myriam warf ihn zurück, aber er durfte nicht zulassen, dass ein einzelner Mensch für sein Glück verantwortlich war. Wann immer sie in seinem Geiste erschien, blockte er ab.

Alle paar Minuten sah er von der Lektüre auf, vor allem, wenn Patienten die Kabinen verließen oder wenn sie aufgerufen wurden, doch von seiner Mutter keine Spur. Er nahm die Blumen, erhob sich und ging, vielleicht war sie ja mittlerweile schon in ein neues Zimmer gebracht worden.

Sein Telefon vibrierte. Es war Andrea. Statt einer Begrüßung sagte er: »Ich bin im Krankenhaus.«

»Hallo?«

»Ich suche sie gerade.«

»Was soll das heißen.«

»Dass ich sie noch nicht gefunden habe.«

»Wie? Das ist nicht dein Ernst.«

»Du glaubst nicht, wie –«

»Hör mal, das glaube ich jetzt wirklich nicht. Ich habe vor zwei Stunden mit ihr telefoniert.«

Jeder hatte offenbar schon mit ihr gesprochen, nur er nicht. Weil er unfähig war, seine eigene Mutter in diesem Haus zu finden.

»Was hat sie?«

»Das fragst du mich? Du bist doch dort!«

»Aber man hat mir nichts gesagt.«

»Was soll das heißen: *Man hat dir nichts gesagt?*«

»Was es eben heißt! Nichts anderes.«

Er wollte auflegen. Wahrscheinlich wusste sie längst, wo Mutter untergebracht war, welche Untersuchungen sie bereits absolviert hatte, vielleicht gab es sogar schon eine Diagnose, aber er fragte nicht nach.

»Sag ihr, dass ich ihr Heilenergie sende«, sagte Andrea.

»Wie – telepathisch?«

»Nein, auf dem Postweg. Mensch, Phil, ich hab den Eindruck, die Trennung von Vera hat dir nicht gutgetan.«

Nach dem Gespräch fühlte er sich schlapper als zuvor. Er wollte zurück in die DIAMOND LODGE, irgendetwas mit den Händen tun – und wenn es darum ging, Tapeten von den Wänden zu kratzen.

Kuhn ging die Bettenstation auf der Neurologie auf und ab, in der Hoffnung, dass sich eine Tür öffnen und er einen Blick in die Zimmer werfen könnte. Als er drauf und dran war, das Krankenhaus zu verlassen, schob ein Pfleger ein Krankenbett auf den Flur.

Zuerst dachte er, es handle sich um ein Kind, so klein und zart war dieser Körper, der reglos unter dem dünnen Laken lag, doch als er näher kam, sah er, dass der Patient einen beinahe kahlen Kopf hatte, dass es sich nicht um ein Kind, sondern um einen Greis handelte.

Als er auf Höhe der Füße des Patienten angelangt war, erkannte er, wer hier wie aufgebahrt lag: Es war Solak, Friedrich Solak. Er hatte seit ihrem Treffen in der Souterrainwohnung noch einmal an Gewicht verloren.

Kuhn wusste nicht, ob er ihn ansprechen sollte. Solak hatte die Augen geschlossen, seine Wangenknochen stachen spitz aus dem schmalen Gesicht hervor. Je länger er ihn ansah, desto überzeugter war er, dass kein Leben mehr in diesem Körper war. Warum sonst hätte man das Bett auf den Gang geschoben und ihn alleine gelassen?

Er ging ganz nah heran, beugte sich über das Eisengestänge an der Seite. Nachdem er sich vergewissert hatte, dass niemand ihn beobachtete, hielt er seine Handfläche ganz nah vor Solaks Lippen, um zu prüfen, ob er noch atmete. Er spürte nichts, nicht den leisesten Hauch.

Das ist er also, dein erster Toter, dachte Kuhn, der noch nie eine

Leiche gesehen und sich immer gefragt hatte, wie er sich dabei fühlen würde.

Plötzlich öffnete der Alte die Augen. Kuhn schrak zurück.

»Junger Freund!«, rief Solak aus. »Sie kommen mich besuchen? Was für eine Freude.«

Kuhn stotterte etwas von Zufall, der ihn hierher geführt hatte, doch Solak ließ das nicht gelten. »Kommen Sie her, kommen Sie zu mir!«, rief er. »Ich möchte Sie mir ansehen, ich will mir meine Besucher aus der Nähe ansehen! Wundervolle Blumen haben Sie mitgebracht, ich bedanke mich, oh, ich bedanke mich!«

Kuhn trat zum Bett. »Ich dachte schon. Ich hatte Angst. Um Sie.«

»Um mich?« Solak lachte laut. »Mir geht es blendend!«

»Und was machen Sie dann hier?«

»Ach, nur eine kleine Renovierung, ein paar Kratzer im Lack, was spielt das schon für eine Rolle.«

Jetzt erschien ein Pfleger und entriegelte mit dem Fuß die Bremse des fahrenden Bettes.

»Sie kommen doch mit mir, Sie müssen mein neues Zimmer sehen«, rief ihm Solak zu.

»Marco, bitte nehmen Sie dem Herren die Blumen ab, sie sehen aus, als ob sie dringend Wasser bräuchten.«

Solak gab Befehle wie ein Herrscher auf seinem Thron, seine Gebrechlichkeit war wie ausgelöscht, und Kuhn fragte sich, wo diese Kraft plötzlich herkam, ob einer für kurze Zeit wie tot sein konnte und im nächsten Moment über mehr Energie verfügen konnte als ein Gesunder.

Der Pfleger fuhr mit Solak in ein Zimmer, das deutlich kleiner war als das Zimmer, in dem Mutter gelegen hatte. Das Fenster ging auch nicht auf die Wiese mit ihrem getrimmten Rasen, sondern auf einen schmalen Innenhof, mehr Schacht als Hof.

Im Zimmer lagen bereits zwei Männer, beide schliefen.

»Das Problem an diesem Haus ist«, sagte Solak, »dass man jeden Tag in ein neues Zimmer kommt, jeden Tag, junger Freund, können Sie sich das vorstellen? Sobald Sie sich an eine Aussicht oder an einen Zimmernachbarn gewöhnt haben, werden Sie wieder hinausgerollt und keiner kann Ihnen sagen, wo Sie landen.«

»Das hat organisatorische Gründe«, sagte der Pfleger. Er war sehr jung, höchstens Mitte zwanzig, und von Nahem konnte Kuhn riechen, dass er geraucht hatte.

»Papperlapapp. Organisatorisch! Dass ich nicht lache. Organisations-Chaos, das ist der Grund. Ich frage mich, wann ich auf der Geburtenstation lande, lange kann es jedenfalls nicht mehr dauern.«

Der Pfleger lachte. Er drehte an der Jalousienstange. Einer Handvoll schmaler Sonnenstrahlen, die den Weg durch die Lamellen fanden, gelang es nicht, das Zimmer auf befriedigende Weise auszuleuchten.

»Meiner Mutter ist dasselbe passiert«, sagte Kuhn. »Sie wurde verlegt. Keine Ahnung, wohin.«

Der Pfleger verließ das Zimmer mit den Blumen.

»Verwirrungstaktik«, sagte Solak. »Anders kann ich es mir nicht erklären.«

Er setzte sich ohne Mühe auf und nahm einen Zettel zur Hand, der auf seinem Beistelltisch lag.

»Nudelsuppe, Naturschnitzel mit Pfefferrahmsauce, Süße Liebe.«

Er lachte. »Süße Liebe«, wiederholte er. »Und das in meinem Zustand.«

»Wann kommen Sie hier raus?«, fragte Kuhn. Er dachte an das Getränk, das er in Solaks Wohnung getrunken hatte, an das Erinnerungstheater, an die Infusionsnadel, die er ungerührt aus seiner Vene gezogen hatte, als handelte es sich um ein Kabel, das man aus einer Steckdose zog.

»In den nächsten Tagen checke ich wieder aus. Das Prozedere ist mir wohlbekannt, leider, leider. Alle zwei Monate werde ich für drei Tage in diesen Kerker verfrachtet. Sie glauben nicht, wie lange mir die Zeit hier wird. Wie ich das HOTEL KRONE vermisse! Und meine kleine Höhle, die kennen Sie ja. Hier ist man ausgestellt mit seiner ganzen Misere. Nur der Körper zählt und welche Streiche er einem wieder spielt. Das ist so –«, er suchte nach einem Wort – »so respektlos dem Geist gegenüber. Umso mehr freue ich mich über Besuch. Kommen Sie, setzten Sie sich!«

Mit einem knochigen Arm winkte er Kuhn herbei.

»Alkohol kann ich Ihnen leider nicht anbieten, und auch Lokum habe ich keines hier. Nun?«, fragte er, als Kuhn sich genähert hatte. »Wie steht es mit unserer Myriam? Haben Sie etwas in Erfahrung bringen können?«

»Keine Neuigkeiten«, sagte Kuhn, der sich mit einem Mal so unendlich müde und erschöpft fühlte, dass er gerne unter das Leintuch des Alten gekrochen wäre. Nichts mehr hören, nichts mehr sehen, kühles Leinen auf der Haut, sonst nichts.

Die Familie Gupta, sagte Solak, besuche ihn regelmäßig, jeden Tag kämen sie angetanzt mit einem Teller Lokum, das er, sobald sich die Tür geschlossen hätte, in Windeseile verdrücke. »Was Sie einem hier servieren, ist ungenießbar.« Er seufzte. Tatsächlich aber hätte ihm Herr Gupta auch eine Neuigkeit mitgebracht. Seine Augen blitzten. »Möchten Sie hören?«

»Bitte«, sagte Kuhn.

»Nun, offensichtlich hält sich Myriam im Moment in Wien auf. Es gibt bereits eine Spur. Herr Gupta hat den Diebstahl selbstverständlich angezeigt – und Sie werden es nicht glauben: Die Polizei ist nicht untätig, es gibt erste Ermittlungsergebnisse.«

Eine Anzeige. Dass er daran noch nicht gedacht hatte. Falls sie tatsächlich geschnappt würde, wäre das eine Möglichkeit, an seine Sparbücher und den Laptop zu kommen. Wenigstens an den Laptop.

»Und wo ist sie?«

»Besser, Sie wenden sich direkt an Herrn Gupta. Arjun Gupta«, sagte er Alte. »Nun sind Sie ja so etwas wie eine Schicksalsgemeinschaft.«

Kuhn erhob sich.

»Ich hoffe, Sie kommen bald wieder auf die Beine«, sagte er. Ein Hohn, wenn man sich Solaks Beine ansah, aber das fiel ihm zu spät ein.

Der Pfleger kam zurück, in der Hand eine Vase mit den gestohlenen Blumen. Da war nichts mehr zu machen, von den Blumen konnte er sich ebenfalls verabschieden. Sollte er noch einmal hinauf in die Geburtenabteilung? Ein zweites Mal hatte er vielleicht nicht mehr so viel Glück, möglicherweise stand er schon auf der Liste der Blumendiebe, man wusste ja nie, über welche Überwachungsmechanismen ein modernes Krankenhaus verfügte.

»Bleiben Sie doch noch, junger Freund!«, sagte Solak. »Wissen Sie: Ich habe nachgedacht. Vor allem darüber, weshalb Ihre Myriam – ich darf das doch so formulieren? – also weshalb sie die Lakshmi-Statuette gestohlen hat. Nun, vielleicht fühlte sie sich mit der Göttin verwandt? Eventuell gibt es da ein Naheverhältnis?«

Er hielt einen Zeigefinger an den Nasenflügel.

»Lakshmi war die Göttin des Reichtums, doch jeder, der sie für sich reklamieren wollte, der versucht hatte, sie an sich zu binden, den verließ sie. Sie kennen sich ein wenig aus im hinduistischen Götterkosmos?«

»Myriam war nicht reich«, sagte Kuhn. Was für ein versponnener Gedanke. Wahrscheinlich hatte sie die Statue längt an einen Altwarenhändler verkauft, nicht ahnend, was das war.

»Lakshmi entstieg dem Milchozean, wissen Sie. Ah, der Milchozean. Danach sehne ich mich manchmal auch.« Er blickte sinnierend zur Decke.

»Ich muss leider gehen«, sagte Kuhn.

»Warten Sie!«, rief Solak und hob den Arm. »Ich bitte Sie um einen Gefallen, Sie müssen mir einen Gefallen tun, hören Sie? Ich vermisse ein Buch, ich vermisse es sehr, wären Sie so gütig, es mir ans Krankenbett zu bringen?«

»Ich soll ein Buch für Sie kaufen?«

»Aber nein, nein, ganz und gar nicht! Es steht in meinem Bücherregal, es ist das vierte Buch in der vierten Reihe. Das Mahabharata. Der beste Platz für das schönste Buch. Das große Epos. Marco, kommen Sie her!«

Der Pfleger musste in eine Jacketttasche greifen. Er förderte einen Schlüssel zutage.

»Nehmen Sie, junger Freund, nehmen Sie den Schlüssel mit. Darf ich Sie um diesen Gefallen bitten?«

Solak hatte ihm geholfen, also stand es ihm nicht zu, die Bitte abzuweisen.

Der Pfleger drückte ihm den Schlüsselbund in die Hand und zuckte mit den Schultern.

»Lassen Sie mich Ihnen noch eine Geschichte mit auf den Weg geben, mehr kann ich Ihnen heute nicht anbieten«, sagte Solak. »Wissen Sie, was die hinduistischen Götter und Dämonen gleichermaßen begehrten?«

»Keine Ahnung«, sagte Kuhn. Er stand da, die Schlüssel in der Hand, und wusste nicht, wie ihm geschah.

»Den Unsterblichkeitstrank. *Amrita*. Der lag tief im Milchozean verborgen. Tausend Götterjahre quirlten sie mit Hilfe einer Schlange den Ozean, um das Getränk zutage zu fördern. Doch bevor der Trank erschien, tauchten alle möglichen anderen Gestalten aus dem Ozean auf. Das wäre so, als suchten Sie in Ihrer Badewanne nach der Verschlusskappe einer Shampooflasche und finden statt dessen –«

»Eine Haarklammer«, sagte Marco.

»Einen Goldfisch«, sagte Kuhn. Er hatte schon lange nicht mehr in einer Badewanne gelegen und hatte keine Vorstellung davon, was darin auftauchen konnte.

Solak lachte. »Nicht schlecht, genau so war es! Statt des Unsterblichkeitstranks erschien der Mond, ein Baum, ein weißes Pferd, eine Kuh. Und plötzlich tauchte Lakshmi aus dem Milchozean auf. Sie stand auf einer Lotusblüte und war wunderschön. Sie verkörperte das vollkommene Glück.«

Noch während er sprach, schloss er die Augen.

»Jetzt ist es mal gut, genug geplaudert«, sagte Pfleger Marco und brachte das Bett von der Sitz- in die Liegeposition.

Einer der beiden anderen Männer im Raum war inzwischen aufgewacht.

»Lisl«, rief der Patient verzweifelt, »bist du es, Lisl? Woi, woi, woi!« Sein graues Haar stand wirr zu Berge.

»Alles in Ordnung«, sagte Marco, »schlafen Sie weiter.«

Kuhn wandte sich leise an den Pfleger: »Was passiert mit Herrn Solak?«

»Nur ein winziger Eingriff«, sagte Marco. »Sie sind verwandt?«

Kuhn schüttelte den Kopf.

»Amrita«, sagte Solak leise.

»Woi, Lisl, woi!«

»Schon gut«, sagte Marco.

Kuhn ging aus dem Zimmer, ohne Blumen, aber mit Solaks Wohnungsschlüssel und dem Vorsatz, im Milchozean herumzurühren. Wer weiß, was er zutage fördern würde.

15

Ihr Name?«

»Kuhn. Philipp Kuhn.«

Der Polizeibeamte hackte mit seinen Zeigefingern auf die Tastatur ein.

»Zwei P?«

»Drei.«

»Drei?«

»Eines ganz vorn und zwei zum Schluss.«

»Sie finden sich wohl lustig.«

»Nein.«

»Also zwei P?«

»Zwei.«

Der Beamte war locker fünfzehn Jahre jünger als Kuhn. Er sah aus, als trüge er die Uniform auch beim Schlafen und sprach mit ihm, als wäre er der Übeltäter. Er ließ sich von Kuhn den letzten Abend schildern, an dem er Myriam gesehen hatte, dann musste er die Gegenstände angeben, die sie mitgenommen hatte und ihren Wert schätzen.

»Warum haben Sie Sparbücher in der Wohnung der Verdächtigen deponiert?«

Wie das klang. Als hätte er es riechen müssen, dass mit ihr etwas nicht stimmte. Vor dem Bürschchen in Uniform stand er da wie ein Vollidiot, der sein Geld das Klo runterspült.

»Ich habe ihr vertraut«, sagte Kuhn. »Ich hatte keinen Grund anzunehmen, dass etwas nicht stimmt.«

Der Beamte verdrehte die Augen.

»Hat sie gesagt, was sie mit dem Geld machen will?«

Kuhn schüttelte den Kopf. »Wir wollten eine Firma gründen. Gemeinsam. Dafür war das Geld gedacht.«

»Was für eine Firma?«

»Was hat das mit dem Diebstahl zu tun?«

»Das lassen Sie meine Sache sein. Also?«

»Eine Küchenmaschine«, presste er zwischen den Zähnen hervor.

»Wie bitte? Ich kann Sie nicht verstehen.« Die Zeigefinger des Beamten schwebten über der Tastatur.

»Eine Küchenmaschine.«

»Genauer.«

»Küchen. Maschine. So ein Ding für die Küche eben!«

»Produktbezeichnung?«

Wie hieß das Ding noch einmal? Küchenfee? Kochprofi? Kochfee 3000?

»Irgendetwas mit Fee.«

»Fee.«

»Ja, Fee. Wie die Fee.«

»Doppel-E?«

»Doppel-E.«

Der Beamte tippte. Sobald es in einem Protokoll stand, klang das eigene Leben lächerlich.

Er beschrieb den Laptop, den Reader, seine Kleidungsstücke – alle Gegenstände, an die er sich erinnerte.

»Wann genau ist die Straftat passiert?«

»Das weiß ich nicht. Irgendwann nach, also, nach unserem letzten Treffen. Vielleicht war sie beim letzten Telefonat schon gar nicht mehr in der Stadt.«

So oft hatte er diesen Abend rekapituliert. Jetzt erschien ihm jede noch so kleine Geste verräterisch. Myriam hatte ein paar Mal seine

Hand genommen, um auf seiner Uhr die Zeit abzulesen. Oder hatte sie nachgesehen, ob es wert war, sie auch mitzunehmen?

»Sagt Ihnen der Name Doris Schleier etwas?«

»Nein.«

»Wir haben Grund zu der Annahme, dass es sich um ein und dieselbe Person handelt.«

Mehrere Namen, auch das noch.

»Wo haben Sie zum Tatzeitpunkt gelebt?«

Kuhn nannte die Adresse von Veras Villa.

»Und jetzt?«

Er zögerte, dann gab er die Feilgasse zu Protokoll.

Im Dienstzimmer war es stickig und düster. Von einem anderen Zimmer drang lautes Lachen herüber. Der Sessel, auf dem er saß, war unbequem und gab einen klagenden Laut von sich, wenn er sich bewegte. Er hatte keine Ahnung, wer Myriam war. Ob das überhaupt ihr Name war, von allem anderen ganz zu schweigen.

Der Beamte klopfte auf den Tisch. »Ich habe Sie was gefragt!«

»Was?«

»Ob Sie weitere Geschädigte kennen.«

»Die Guptas«, sagte Kuhn. »Die Hoteliersfamilie. HOTEL KRONE.«

Der Beamte wartete ab. Das wusste er offenbar schon, er erhoffte sich weitere Informationen.

»Sonst niemanden.«

Kuhn betrachtete seine Handrücken. Er fühlte sich schlapp, seine Kehle war ausgetrocknet. Er brauchte Wasser. Durfte er darum bitten? Besser nicht.

»Hat die Verdächtige andere Namen erwähnt? Komplizen?«

Er wollte schon sagen, dass Myriam nie einen anderen Namen erwähnt hatte, als ihm einfiel, dass das nicht stimmte. Sie hatte von einer Mascha gesprochen, einer Freundin, mit der sie in den

Urlaub fahren würde, Süditalien, Neapel, Vesuv, auf einen Vulkan wollten sie klettern.

»Sie hat einmal von einer Mascha gesprochen.«

»Wie noch?«

»Keine Ahnung.«

»Die Verdächtige hält sich möglicherweise bereits im Ausland auf. Sie war bis vor einem halben Jahr in einer Wohnung in Paris gemeldet. Wissen Sie davon?«

»N-nein«, stammelte Kuhn.

»Wir vermuten, dass ihre Komplizen Franzosen sind. Industriespionage.«

Industriespionage. Was kam als Nächstes? Mitglied einer Terrorzelle? Auftragskiller? Also hatte Bruno recht gehabt. Myriam hatte ihn nur verführt, um an SECURELLA-Informationen zu gelangen, die in seinem Computer gespeichert waren.

Ein Schlag in die Magengrube. Er sprang auf. »Wo –« stieß er hervor. Der Polizist kapierte. Er deutete auf eine Tür. Kuhn stürzte auf die Toilette, keine Sekunde zu früh. Kotzte alles raus. Seine Verzweiflung, seine Wut, seine Enttäuschung. Magen und Zwerchfell krampften sich immer wieder zusammen, auch als der Magen schon leer war. Er rang nach Luft. Die Säure brannte in der Speiseröhre, seine Augen tränten. Er schlug mit der Faust gegen die Wand. Spürte keinen Schmerz. Noch einmal. Noch einmal. Er spürte nichts.

16

Mutter?«

CHCHCHCHCHC.

»Mutter? Du musst ins Mikrofon hineinsprechen.«

»Ich kann dich nicht sehen, Mutter. Stell den Computer auf deine Knie.«

CHCHCHCHCHC.

»Da ist ein Störgeräusch. Stell den Computer irgendwohin und lass ihn in Ruhe. Und jetzt schau in die Kamera.«

»Hallo? Hallo?«

Ihr Kopf erschien am Rand des Bildschirms. Ein Krankenhausnachthemd. Die Haare zerzaust. Ihre Brust wie ein Wehrturm, hoch aufragend. Sie winkte. »Das ist der Computer von Viktor«, sagte sie. »Das ist furchtbar nett von ihm, findest du nicht?«

»Ah, da bist du ja. Wie geht es dir? Was sagt der Arzt?«

»Was?«

»Was der Arzt sagt.«

»Die sind alle sehr nett hier. *Sehr*. Und eine nette Schwester hat sich meinen Wecker angeschaut. Ihr Mann ist Juwelier, hat sie gesagt. Obwohl das komisch ist. Wieso muss die Frau von einem Juwelier im Krankenhaus arbeiten? Die kann doch zu Hause sitzen und Orchideen abstauben.«

»Der Arzt, Mutter. Was hat der Arzt gesagt?«

»Sie haben den Kopf angeschaut. Wegen des Schwindels.«

»Dir war schwindelig?«

»Aber ja, das weißt du doch.«

Das wusste er nicht. Und sie wusste wahrscheinlich nicht mehr, was sie Andrea erzählt hatte und was ihm. Am allerbesten informiert war wahrscheinlich ohnehin Viktor. Viktor, die Kröte.

Man konnte die Wand des Krankenzimmers erkennen. Irgendeinen Apparat neben dem Bett, an dem ein Beutel mit Flüssigkeit befestigt war.

»Bekommst du eine Infusion?«

»Was?«

»Ob du eine Infusion bekommst.«

»Also, das ist nur –« Sie drehte den Kopf zur Seite. »Kochsalz, glaube ich. Das Essen ist so lala. Helene hat mir einen Birnenkuchen vorbeigebracht. Wenn ich Helene nicht hätte.«

»Was ist jetzt mit deinem Kopf?«

»Mit meinem Kopf?«

Das Bild schwankte. CHCHCHCHCHC.

»Ich habe nur meine Beine bewegt, das muss man tun, wenn man lange liegt. Wegen der Thrombose.«

»Was sagt der Doktor? Wann kommst du raus?«

»Am Nachmittag kommt der Primar. Ein schöner Mann.«

»Ich soll dir Heilenergie schicken. Von Andrea.«

»Was schickst du?«

»Heilenergie.«

»Was ist das?«

»Das musst du Andrea fragen.«

»Was?«

»Deine Tochter. Andrea.«

Die Mutter rutschte immer wieder aus dem Bild.

»Ich melde mich später wieder. Ja, Mutter?«

»Tu das.«

»Du kannst jetzt abschalten.«

»Was?«

17

Konfuzius berief einen psychosozialen Sitzkreis ein. Es sollte darüber gesprochen werden, wie man sich fühle, was man sich von den anderen erhoffe, wobei es nicht um Güter ging, sondern um aufrichtige Kommunikation, wenn Kuhn es richtig verstanden hatte.

»Philipp, von dir wünsche ich mir mehr Interaktion und mehr Interesse an unseren Aktivitäten«, sagte Marius.

Statt ihn zu verteidigen, nickten die anderen, nur Tamara enthielt sich des Urteils.

»Was möchtest du tun, um dich aktiver einzubringen?«, fragte Konfuzius, nahm die Lesebrille von der Nase und kaute an einem Bügel herum.

Kuhn wusste doch nicht einmal, ob er sich mehr einbringen *wollte*. Immerhin hatte er am Nachmittag Nacktschneckenfarbe angerührt und danach eine grobe Auswahl der abendlichen Buffet-Termine getroffen, weil Konfuzius ihn darum gebeten hatte. Er hatte eine Filmpremiere im Filmcasino rausgesucht und eine Vernissage, diesmal im Museum Moderner Kunst. Die umfangreichste Personale von Sergio Mellentau im deutschsprachigen Raum, sogar der Kanzleramtsminister hatte sich angesagt. Da würde es mit Sicherheit ein ordentliches Buffet geben, doch im Forum fanden sich dazu noch keine Einträge. Kuhn hatte recherchiert. Tatsächlich war es ihm gelungen, den Caterer des Buffets zu kontaktieren. Kuhn meldete sich mit falschem Namen. Er sei Fotograf von einem Foodblog und habe vor, das Buffet zu fotografieren. Ob man ihm vorab mitteilen könne, was es gäbe, damit er die richtigen Objektive mitnehmen könne. Also, ob etwa die Oberflächen des Fingerfoods besonders glitzern würden und so weiter. Er fand das sehr raffiniert, denn der Mitarbeiter des Caterers gab bereitwillig Auskunft. Es würde Mini-Toast mit diversen Aufstrichen geben, kalte Grütze im Espressotässchen, Fleischbällchen mit Limetten-Dip, Maisküchlein mit Gurkensalsa.

Kuhn trug die Gerichte sorgfältig in den Thread ein und ließ auch die Nachspeisen – Sacherwürfel, Mini-Mohr, Cupcakes – nicht aus. In seinen Augen hatte er seinen Soll erfüllt.

»Ich habe mich heute an der Jagd beteiligt«, sagte er. Wenn sie auf der Suche waren nach Kulturausspeisungen, nannten sie es »Jagd«.

»Er hat sich als Fotograf ausgegeben«, sagte Tamara. »Ein Fotograf, der das Buffet ablichten will.«

Die anderen lachten.

»Hast du überhaupt eine Kamera?«, fragte Marius.

»Wahrscheinlich eine Paranoid-Kamera«, sagte Josephine und lachte.

»Polaroid heißt das«, sagte Irmi. »Po-la-ro-id.«

»Mein Gott, das war ein *Witz*«, sagte Josephine. »Muss man hier vorher ein Ironie-Bällchen werfen?«

Kuhn beschloss, psychosozialen Sitzkreisen künftig fernzubleiben. Er hoffte, sie würden endlich von den Aufgaben der anderen sprechen, aber Marius war noch nicht fertig.

»Ich weiß, du bist neu«, sagte er, »aber gerade deshalb solltest du umso mehr fragen. Ich habe das Gefühl, du interessiert dich gar nicht für uns.«

»Ihr interessiert mich sehr«, sagte Kuhn und schaute in die Runde. Mit einem Mal musste er gähnen. Ein Verlangen, gegen das er nicht ankommen konnte. Er hielt sich die Hand vor den Mund, aber es war schon zu spät, alle hatten es mitbekommen.

»Der Körper lügt nicht«, sagte Marius.

»Seine Mutter ist im Krankenhaus«, sagte Tamara. »Da darf er wohl erschöpft sein.«

»Wann werden wir mehr wissen?«, fragte Konfuzius, so, als sei sie ihrer aller Mutter.

Kuhn zuckte mit den Schultern.

»Deine Mama ist dir wichtig, gell«, sagte Josephine, als spreche sie mit einem Zweijährigen.

»Was denkst du denn«, fauchte Tamara.

»Es ist wichtig, dass jedes Mitglied bei uns einen produktiven Beitrag leistet«, sagte Konfuzius. »Täglich. Sonst kippt das System.«

Kuhn stand auf. In seinem Mund hatte sich Speichel gesammelt. Zu viel Speichel.

Er lief in die Küche, drehte den Hahn auf, hielt das Gesicht unter das kalte Wasser. Als er sich wieder aufrichtete, stand Tamara vor ihm.

»Das da drin ist idiotisch«, sagte sie. »Ein Demütigungsritual. Ich hasse es auch.«

Er trocknete sich mit einem Geschirrtuch das Gesicht.

»Ich muss aufpassen«, sagte er. »Ich hätte vorhin beinahe einen Polizisten geschlagen.«

Sie lachte auf. »Das sieht dir gar nicht ähnlich.«

»Ach so? Was sieht mir denn ähnlich?«

»So hab ich das nicht gemeint.«

»Sondern?«

Er schmeckte die Bitterkeit der Wut auf der Zunge. Wie ihn das alles hier ankotzte. Er wollte sein Leben zurück. Selbst entscheiden, was er wann machte. Er hasste Sitzkreise, er hatte sie schon im Kindergarten nicht ausstehen können. Konfuzius war ein Aufschneider und dieses Leben auf Abruf eine Farce. Dass er von der Villa direkt in ein Seniorenwohnheim ziehen würde, das hätte er sich in seinen schlimmsten Albträumen nicht ausgemalt. Es war Zeit, zurückzukehren.

Er öffnete den Kühlschrank. »Gibt es was Hochprozentiges?«

»Da drin sicher nicht«, sagte Tamara und holte eine Flasche Gin aus einem Umzugskarton. Aus Mangel an anderen Gefäßen schenkte sie den Gin in Kaffeetassen ein. Sie stießen an.

»Ich habe heute eine Beinahe-Leiche gesehen«, sagte er. »Ich hätte schwören können, er ist tot. Dieses Unruhige war nicht mehr da. Nur Frieden. Und plötzlich hat er die Augen aufgerissen. Manche üben scheinbar, bevor es richtig losgeht.«

»Darauf trinken wir.«

Sie stießen an.

»Was ist los mit dir?«, fragte sie.

»Ich hab das Gefühl, dass sich mein Leben von mir entfernt.«

Sie lachte. »Du meinst, dass es draußen ohne dich herumläuft?«

»Ich bin irgendwo falsch abgebogen.«

»Ob richtig oder falsch, das wirst du erst in zehn Jahren sagen können.«

»Vielleicht hast du recht.«

Tamara beugte sich zu ihm. »Ein Gedankenexperiment. Mal angenommen, jemand nennt dir den Tag, an dem du sterben wirst«, sagte sie. »Gleich darauf trinkst du ein Getränk, das dich alles wieder vergessen lässt. Die einzige Erinnerung, die bleibt, ist das Gefühl, das du hattest, als man dir das Datum nannte. Kannst du mir folgen?«

»Ich glaube schon.«

»Möchtest du das?«

»Was? Das Datum wissen oder es sofort wieder vergessen?«

»Mit dem Gefühl herumlaufen, das Datum *gesehen* zu haben. Für den Bruchteil einer Sekunde, weißt du. So nah wirst du der Wahrheit dein ganzes Leben lang nicht mehr kommen.«

»Das ist grausam, Tamara. Wer denkt sich sowas aus?«

»Ist es nicht grausamer, es nicht zu wissen?«

»Das ist keine Wahrheit für Menschen. Wir können nur leben, weil wir es nicht wissen.«

»Keine Wahrheit für Menschen? Für wen dann? Gibt es eine Wahrheit, die nicht für Menschen ist?«

Er schenkte ihr nach, um Zeit zu gewinnen. Gab es für einen Baum so etwas wie eine Wahrheit? Oder war in der Natur das, was war, zugleich auch immer wahr? »Die größte Angst«, sagte er, »ist doch nicht, dass du selbst stirbst. Sondern, dass die sterben, die dir was bedeuten.«

»Ist das nicht dasselbe?«

»Bist du ich?«, fragte er.

»Manchmal schon.«

»Erzähl mir von dem Polizisten.«

»Er war ein Idiot.«

Sein Handy läutete. Er warf einen Blick darauf. Es war Bruno. Er ließ es läuten.

»Ich mag dich«, sagte Tamara. Sie lehnte am Kühlschrank. »Du bist so erschreckend normal, weißt du.«

»Erschreckend. Das *normal* kannst du weglassen.«

»In einem Punkt haben sie recht, die da drinnen.«

»Und zwar?«

»Wir wissen nichts von dir.«

»Wer kein Geheimnis hat, ist tot.«

Der Gin war ein gutes Heilmittel. Der Knoten im Hals wurde weicher, nachgiebiger, der Kopf saß leicht auf den Schultern.

»Eines möchte ich wissen«, sagte sie.

Er hob den Blick. Sie zupfte an ihrem Schopf. »Ob du einer von uns werden möchtest.«

»Ich bin kein Vereinstyp«, sagte er und dachte an Schrebergärten und an Heaven's Gate, die beiden Extremformen bedingungsloser Unterwerfung. »Ich möchte ein Zuhause«, sagte er. »Irgendwann.«

»Wir bieten dir ein Dach über dem Kopf. Zu Hause kannst du ohnehin nur bei dir sein.«

»Ich überleg es mir.«

»Aber nicht zu lang.«

Im anderen Zimmer war eine heftige Diskussion entbrannt. Er

konnte Josephines schnatternde Stimme heraushören, ihren rechthaberischen Ton.

»Da drüben gibt's gleich ein Handgemenge, du kannst schon mal deine Paranoid-Kamera herausholen«, sagte Kuhn.

Tamara kicherte.

Diesmal war sie es, die das Küssen begann.

Sie schmeckte nach Gin und einer Leichtigkeit, die er an ihr noch nicht bemerkt hatte. Sein Körper war durstig. Er presste sich an sie.

»Ich muss mit dir allein sein«, flüsterte er.

»Schwierig«, flüsterte sie. »Geht jetzt nicht.«

Konfuzius rief nach ihr, ein herrisches Bellen. Tamara löste sich langsam, erst ihre Lippen von seinen Lippen, dann ihre Hände von seinem Körper, zuletzt ihren Blick von seinem Gesicht.

Als sie gegangen war, stellte er sich ans Fenster. Er trank den Gin aus der Flasche. Er hörte Gemurmel, das hin und wieder von einem spitzen Lachen unterbrochen wurde. Niemand rief nach ihm. Er war ein Anhängsel, ein Mitesser, ein Mitschläfer, ein Beiboot, das sinnlos im Wasser trieb.

Er griff nach dem Handy. Bruno hatte ihm eine Nachricht geschrieben. Er musste sie drei Mal lesen, bis er ihren Sinn erfasste.

Scheiße, wo bist du? Wir haben Myriam gefunden.

Seine Hand zitterte, als er das Handy auf das Fensterbrett legte. Er sah hinaus in den Innenhof. Der hagere Alte stand wieder am Fenster, sah zu ihm hinauf, formte die Lippen zu einem Wort.

3

STILL ALIVE

1

Er kämpfte sich durch eine Felswand, aus der Geröll bröckelte. Atmete Staub ein. Hustete. Rang nach Luft. Blickte nach oben. Überhängender Felsen. Er steckte in der Wand fest. Hundert Meter über der Ebene. Seine Finger loderten. Er trug Anzug, weißes Hemd, rahmengenähte Schuhe. Alles staubig. Das Sakko an den Ellenbogen zerrissen. Ein falscher Griff, und es war vorbei. Ein falscher Tritt, und er brauchte sich nie mehr Sorgen zu machen. Ein Raubvogel kreiste über dem Felsenkamm und stieß einen kehligen Laut aus. Er löste eine Hand aus der Felsspalte. Der Zeigefinger blutete. In diesem Moment drückte jemand die Mute-Taste. Stille. Nur noch dieses Sirren in den Ohren, das Rauschen des Blutes durch die Gefäße.

Er ließ los.

Fiel.

Glitt durch die Luft. Lautlos. Seine Hosenbeine flatterten. Keine Angst, nur grenzenloses Erstaunen. Der Blick eines Kindes. Wie schön war diese Welt.

Ein unendliches Wunder.

Er erwachte von einem gepressten Jammern, das aus seiner Kehle drang. Jemand berührte ihn an der Schulter, ein fester Griff. Er zitterte.

»Hast du geschlafen? Gut so. Schau, hier, dein Tee. Aber nur kleine Schlucke, er ist heiß. Geht's? Soll ich dir aufhelfen? Warte mal. Langsam. Wir haben Zeit. So. Du schwitzt, lass mal – ja. Fieber. Nicht sehr hoch. Wird dich bestimmt nicht umbringen. Brauchst du sonst noch was?«

Die Grippe war über Nacht gekommen. Irmi hockte vor ihm und

flößte ihm Tee ein wie die Mutter einem Kleinkind. Würde er sich nicht so miserabel fühlen, müsste er lachen.

Später kam Tamara. Er hörte, wie sie etwas Schweres in der Küche abstellte. Auf Zehenspitzen schlich sie ins Zimmer. Er war wach, öffnete die Augen aber erst, als er ihren Atem spürte.

»Wie geht es dir, Phil? Ich hatte Dienst im FLOW. Heute keine Zwischenfälle. Bis auf den Idioten, der alle Zettel mit FUCK, FUCK, FUCK vollgekritzelt und in den Zettelkasten geschmissen hat. Was ist los mit den Menschen, weißt du das?«

Er hatte keine Ahnung.

Es wurde Nacht und wieder Tag und wieder Nacht.

Einmal landete ein Rabe auf seinem Fensterbrett.

Einmal hörte er Musik, die aus einem geöffneten Fenster in den Innenhof drang.

Einmal las er in einem Buch, das Konfuzius ihm gebracht hatte.

Einmal zeigte ihm Marius auf seinem Smartphone sein neuestes Werk.

Einmal legte sich Tamara zu ihm, ohne Angst, sich anzustecken.

Einmal löffelte er eine reife Mango aus der Schale und war glücklich.

Einmal sah er, wie Adam die Augen geschlossen hielt, und konnte es nicht glauben.

Einmal vergaß er beinahe, zu atmen. Es war Neumond, er warf die Decke vom Leib, stürzte zum Fenster, riss es auf, streckte den Kopf in die stockdunkle Nacht.

Er dachte darüber nach, ob es ihn gab, den Kipppunkt seiner Existenz. Den Moment, der alles entschied.

Einmal erzählte er Tamara davon.

Der 15. Februar hatte begonnen wie alle Tage davor. Mit einem Druck im Schädel und einer leeren Betthälfte. Vera war vor ihm aufgestanden, und er hatte wieder nichts mitbekommen. Seit geraumer Zeit schlief er unruhig, nickte nur für wenige Minuten ein. Erst gegen Morgen fiel er in einen bewusstlosen Schlaf, aus dem er zerschmettert wieder erwachte.

Neben seinem Frühstücksteller lag ein Zettel. *Heute um 1 im* BUNTEN KEEFER. Veras Parfum lag immer noch in der Luft, es roch nach frisch gemähtem Gras. Am Morgen war sie stets auf elegante Weise gehetzt. Auch wenn sie wenig Zeit hatte, bestand sie auf Stoffservietten, Silberbesteck und schönem Geschirr.

Er setzte sich nicht, trank an die Bar gelehnt den Kaffee, den Vera übrig gelassen hatte und sah hinaus in den Garten, der noch im Winterschlaf lag. Mit einem Mal überkam ihn die Sehnsucht nach diesem perfekten Ort, und er wunderte sich, denn wie konnte man Sehnsucht haben nach etwas, das man doch schon besaß.

Bruno kam vormittags in sein Büro und legte ihm eine Reklamation auf den Schreibtisch. Ein gelber Zettel, irgendwer hatte ihn mit der Hand ausgefüllt.

Myriam Kobalt, Watzlawickgasse 53/5. *Farbabweichung.*

Das war alles. Ein nachlässiges, in Eile hingeschmiertes Memo.

»Das ist was für den Kundendienst«, sagte Kuhn.

»Kundendienst war damit schon befasst«, sagte Bruno. »Jetzt Chefsache. Geht um eine Inspektion vor Ort.«

Chefsache. Das war ironisch gemeint. Als Notfalldienst hatte er sich nicht gerade einen Namen gemacht.

»Mein Gott, dann wechselt ihr einfach die Tür aus«, sagte Kuhn.

»Die Farbe, die sie sich vorstellt, die gibt es nicht. Nicht mehr. Sie hat über einen Einzelhändler bestellt, der ihr alte Prospekte vorgelegt hat.«

»Dann soll der sich gefälligst was überlegen. Welcher war's denn?«

Bruno sah in den Unterlagen nach. »TÜR UND TOR. Er sagt, man hat ihm die falschen Prospekte geliefert.«

»Fahr du, Bruno. Bitte.«

»Sorry.«

»Dafür vertrete ich dich beim Meeting.«

Höhnisches Lachen. »Und du übernimmst meine Präsentation? Gebongt.«

»Scheiße«, sagte Kuhn.

Er hatte sich auf einen wenig ereignisreichen Tag eingestellt, zwei vormittägliche Kaffeerunden mit den Sekretärinnen und als Höhepunkt das Mittagessen im BUNTEN KEEFER.

Er sah aus dem Fenster. Es war ein Tag in der Grauzone zwischen Winter und Frühling. Missmutig bestieg er seinen Wagen und tippte die Adresse der Kundin ins Navigationsgerät. Wenigstens würde er um eins in der Innenstadt sein. Einer Intuition folgend rief er diese Frau an, bevor er das Gelände verließ. Wenn sie nicht zu Hause war, konnte er sich den Weg sparen.

Sie ging sofort ran. Und sie war tatsächlich nicht zu Hause. Sie dirigierte ihn um in ein Café. Sie könne nicht weg, hätte aber Fotos der Tür dabei. Fotos? Er verfluchte Bruno, dass er ihm diesen idiotischen Termin aufs Auge gedrückt hatte.

Sie winkte ihm zu, als er das Café betrat.

So hatte es begonnen. Mit einer Reklamation. So und nicht anders. Den Rest erzählte er Tamara nicht.

Er erzählte ihr nicht, dass sie über Watzlawick gesprochen hatten.

Interessant, wo Sie da wohnen ... Sie wissen schon, dass ... Er war froh, mit diesem Wissen auftrumpfen zu können, denn er hatte bei SECURELLA einen Kommunikations-Workshop besucht. Besser: Er wollte ihn schwänzen, aber Vera hatte ihn dazu gezwungen, worüber er jetzt froh war. Was heißt froh. Glücklich war er.

Myriam Kobalt tat so, als sei sie von seinem Wissen beeindruckt. Sie klemmte in Zeitlupe eine Haarsträhne hinter dem Ohr fest.

Kuhn sah ihr dabei zu wie hypnotisiert. Ihr Ohr war kein gewöhnliches Ohr, so wie ihre Finger keine gewöhnlichen Finger waren und ihre Wangen und ihre Augen nichts zu tun hatten mit dem, was man gemeinhin als Wangen und Augen bezeichnete. Es schien ihm, als müsste man für Myriams Körperteile neue Bezeichnungen finden.

Er erzählte Tamara nicht, dass die Sache in zwei Minuten und drei Sekunden geklärt war. Myriam behielt die aktuelle Tür, erhielt aber als Kompensation einen ordentlichen Rabatt. Kuhn schien es beinahe obszön, in ihrer Gegenwart über Geld zu sprechen, deshalb sagte er nur Minus und nannte den Betrag, auf diese Weise brauchte er das Wort Euro nicht aussprechen.

Ließ sich diese Faszination mit ihrem Äußeren erklären? Damals hätte er geantwortet: Es war ihre Aura. Physis und Metaphysik.

Natürlich vergaß er die Verabredung mit Vera im BUNTEN KEEFER.

Sie sprachen, und es hatte absolut keine Bedeutung, was sie sagten. Watzlawicks zweites Axiom zur Kommunikation lautet: *Jede Kommunikation hat einen Inhalts- und einen Beziehungsaspekt*. In diesem Fall regierte ausschließlich der Beziehungsaspekt. Kuhn sprach und wusste nicht, worüber. Er brabbelte vor sich hin wie ein Säugling, der süchtig war nach der Zuwendung seiner Mama, ein unreifer, vollkommen einsichtiger Akt der Beziehungsanbahnung – obwohl es ihm vorerst um nichts Gewichtigeres ging als um die erste Berührung, darum, seine Hand auf ihre zu legen. Er hatte sich zum Affen gemacht, dachte er jetzt, zu einem Pavian, der mit geschwollenem Arsch um Aufmerksamkeit buhlte.

Und als er noch fieberhaft überlegte, unter welchen Umständen er es anstellen konnte, sie wiederzusehen, da sagte sie schon, sie würde ihn – da er so hilfsbereit gewesen war und das leidige Problem umstandslos gelöst hätte – gerne am nächsten Tag wiedersehen. Wo sie wohnte, das wüsste er ja bereits, sie würde nach der Arbeit an der Haustür auf ihn warten, sie könnten gemeinsam hochfahren. In diesem Moment schien es, als falle eine Tür ins Schloss, eine Sicherheitstür, die er sicherheitshalber immer offen gelassen hatte, sein ganzes Leben, um sich davonstehlen zu können.

Wenn ihn etwas hätte stutzig machen können, dann wäre es die Reibungslosigkeit gewesen, mit der sich alles entwickelt hatte. Sie hatte nie, wirklich niemals versucht, ihm ein SECURELLA-Geheimnis zu entlocken, hatte ihn nicht ein einziges Mal über seinen Job ausgefragt.

Ihre Wünsche waren handlich: Sie wollte mit ihm auf einen Berg fahren, wandern, in einen Almgasthof einkehren. Tiere im Stall besuchen. Milch trinken. Streichelzoo. Ihn interessierte die Natur nur als romantische Folie der Stadt, als Kulisse für Lustbarkeiten, die die Stadt nicht bereithielt, etwa die Möglichkeit, in einem Maisfeld zu vögeln, was er zwar nicht gemacht hatte, von dem er sich aber weiß Gott was erwartete.

Das alles erzählte er Tamara nicht.

In Gedanken spulte er sein Leben zum 15. Februar zurück. Er sah Bruno in sein Büro treten, den Reklamationszettel in der Hand. Gerade noch war Kuhn auf der Toilette gewesen, seine Hände rochen nach Schaumseife. Unwahrscheinlich, aber nicht undenkbar: Wäre er fünf Minuten später auf die Toilette gegangen, hätte Bruno möglicherweise nicht auf ihn gewartet und Ben, der im nächsten Büro saß, auf den Job angesetzt. Zweite Variante: Hätte die Kopfschmerztablette, die er in der Früh geschluckt hatte, nicht bis halb neun ihre Wirkung entfaltet – der Zeitpunkt, an dem er üblicherweise entschied, ob er fit genug war, um ins Büro zu fahren – wäre erst um halb eins aus dem Bett gestiegen und direkt in den BUNTEN KEEFER gefahren. Und selbst wenn in der Früh alles glatt verlaufen wäre, hätte er auf dem Weg zur Firma in einen Unfall oder von der Sekretärin am Empfang in ein Gespräch verwickelt werden können. Das alles war nicht passiert. So oft hatte er diesen Tag rekapituliert, dass er ihm damals als Verkettung glücklicher, heute als Verkettung unglücklicher Umstände erschienen war.

Auch davon erzählte er Tamara nichts.

Stattdessen erzählte er ihr von den Ausflügen, die er mit Myriam unternommen hatte, und als es ihm besser ging, sagte Tamara: »Ich will mit dir nach Sieghartsböll fahren.«

Sie nahmen die S-Bahn und spazierten zum Hauptplatz, der menschenleer in der Spätherbstsonne lag. Sie tranken einen Kaffee im einzigen Restaurant, das geöffnet hatte, und sahen auf den ruhenden Springbrunnen. Sie kauften eine Ansichtskarte, auf der die Kirche und die Kreissparkasse abgebildet waren. Sie spazierten durch die Siedlung westlich des Hauptplatzes. Sie gingen die Flan entlang, ein Bach, der zur Schneeschmelze anschwoll, jetzt aber nicht mehr war als ein kleines Rinnsal.

Kuhn erinnerte sich, dass Myriam einen ihrer M&P-Steine in eine Baumhöhle in der Nähe des Baches gelegt hatte. Er hielt nach dem Baum Ausschau, und als er ihn gefunden hatte, tastete er in der Höhle nach dem Stein. Zunächst fand er ihn nicht, dann aber spürte er etwas Glattes zwischen den Fingern. Er holte den Stein heraus und erwartete, die Buchstaben M&P zu lesen, aber da war nur ein P mit leuchtend rotem Nagellack auf den Stein gemalt. Ein einzelnes P.

2

Als es ihm besser ging, bekam er Besuch.

Bruno steckte den Kopf durch die Tür. »Darf ich, Maestro?«

Kuhn sagte nichts, trotzdem trat Bruno trat ein, schloss die Tür.

»Ich habe gehört, dass du krank warst. Na, da hab ich mir gesagt: Bruno, hab ich mir gesagt, da musst du doch vorbeischauen bei deinem alten Freund und sehen, wie es ihm so geht und was er treibt in seinem neuen – wie soll ich sagen: Biotop.«

Neugierig war er, sollte er's doch gleich sagen.

»Interessant«, sagte Bruno, nachdem er sich im Raum umgesehen hatte. »Spartanisch. Das ist das richtige Wort. Und hier fühlst du dich wohl?«

»Es geht nicht ums Wohlfühlen«, sagte Kuhn.

»Sondern?«

»Das ist nicht, wonach es aussieht.«

»Sagte der Mann, der in flagranti erwischt wurde. Wenn ich das geahnt hätte. Ist das ein Lager oder so etwas? Lebst du mit Drogensüchtigen zusammen?«

»Das hier ist eine Baustelle. Wir renovieren diese Wohnung.«

»Wir. Soso.«

»Wenn ich nicht krank bin, mache ich mit. Klar.«

»Ist das ein neues Hobby von dir? Du hast dich doch, soweit ich mich erinnern kann, nie so richtig für Instandhaltungsarbeiten interessiert?«

Kuhn war zu schwach, um sich auf Brunos Sticheleien einzulassen.

»Was willst du mir sagen? Spuck's aus.«

Bruno sah sich um. »Diese Wandfarbe, wessen Idee war das?«

»Das will der neue Mieter so.«

»Tut mir leid, wenn ich dich jetzt enttäusche, aber wenn ich meine Eier anhebe, sieht's darunter genauso aus.«

Aus Mangel an Sitzgelegenheiten lehnte er am Fensterbrett. Die Arme vor der Brust verschränkt. Das Hemd spannte über dem Bauch. Alles an ihm quoll über, wollte raus, sich breit machen.

Kuhn bekam das Bild nicht mehr aus dem Kopf. Brunos Eier.

»Den kenn ich doch«, sagte Bruno und nickte in Adams Richtung.

»Dem geht's gut«, sagte Kuhn.

»Ein wenig hohlwangig«, sagte Bruno.

»Er ernährt sich von Bewunderung.«

»Meine hat er«, sagte Bruno. »Aber mal im Ernst. Weißt du, was ich an *dir* immer bewundert habe, mein Freund? Dass du einerseits Realist bist und felsenfest auf dem Boden der Tatsachen stehst, andererseits aber zu seltsamen – ich weiß gar nicht, wie ich das ausdrücken sollte – Spinnereien neigst.«

Er machte eine kreiselnde Bewegung mit der Hand auf Höhe der Augen. »Wenn du mich fragst: Du musst hier raus. So schnell wie möglich.«

»Ich frage dich nicht.«

»Wenn du einen Job suchst: Du weißt, dass du dich immer auf mich verlassen kannst.«

»Such ich nicht.«

So ging das eine Weile hin und her.

»Sag mal, habt ihr Bier im Haus?«

»Du kannst Tee haben.«

»Der Sprit der Veganer. Du warst doch früher nicht so. Das hat Devi auch gesagt.«

»Was?«

»Dass du dich verändert hast. Du bist dünn geworden.«

Und wenn schon. Den sieben fetten folgen die sieben mageren Jahre. Wahrscheinlich sagte Bruno das ohnehin nur, um von seinen Gewichtsproblemen abzulenken. Wer zu viel isst, der will, dass alle um ihn herum ebenfalls zu viel essen. Naturgesetz.

»Komm mit, wir gehen ins FILIGRAN. Dort gibt's ein ordentliches Gulasch.«

Kuhn wollte nicht.

»Gut, dann nicht. Aber jetzt zu deiner Frau Kobalt.«

Zu *deiner*. Der Name verursachte sofortige Magenschmerzen. Sein Körper erinnerte sich besser als sein Kopf.

»Sie dürfte sich einige Male in der Nacht auf dem Firmengelände herumgetrieben haben. Wir werten gerade die Bilder von den Überwachungskameras aus. Hast du eine Ahnung, was sie dort gesucht haben könnte?«

Kuhn zuckte mit den Schultern. »Wir haben keinen Kontakt.«

Brunos Handy läutete. »Vera«, sagte er.

Er hob ab und sprach mit ihr, und Kuhn, der immer noch im Schneidersitz auf der Matratze saß, hörte Veras Stimme, die aus Brunos Handy drang, und es war beinahe so, als säßen sie alle drei in diesem Zimmer. Kuhn konnte einige Worte verstehen, »derselbe« und »Furnier« und »Katastrophe«, in Vera-Manier in vier Teile zerhackt. KA-TAS-TRO-PHE. Er erinnerte sich daran, dass sie gerne Katastrophen herbeiredete – egal, ob es um die Leistung von Mitarbeitern ging oder um Preisaktionen der Konkurrenz.

Bruno siezte Vera. »Sie können sich drauf verlassen«, sagte er jetzt, ganz der loyale Mitarbeiter, bevor er das Handy zurück in die Hosentasche steckte.

Tamara brachte Maronenherzen mit. Sie hatte am Vormittag eine Pressekonferenz zum Thema *Bürgerwehren* besucht. Daher stammten auch die Herzen, die sie für den Transport in eine Serviette eingewickelt hatte. Damit sie zu Pressekonferenzen eingeladen wurden, hatten die SUHOS einen Blog aus dem Boden gestampft, den sie NAAW nannten: *Neues Aus Aller Welt*. Nach jeder Pressekonferenz wurde ein lieblos zusammengewürfelter Beitrag online gestellt. Ob der gelesen wurde, spielte keine Rolle. Der Blog war ein Potemkinsches Dorf, das der Nahrungsbeschaffung diente. Alle gaben vor, etwas zu sein, das sie nicht waren, um an Dinge zu kommen, die nicht für sie bestimmt waren. Doch in dem Moment, als das Maronenherz auf Kuhns Zunge schmolz, waren alle Vorbehalte vergessen.

Sie saßen im Schneidersitz auf seiner Matratze, Tamara, Bruno und er.

»Wie in Studentenzeiten«, sagte Bruno. Er hatte das Sakko ausgezogen und die Ärmel hochgekrempelt. Er lachte laut.

»Ihr habt gemeinsam studiert?«, fragte Tamara.

»Ach was«, sagte Kuhn.

»Aber so hätte es sich abgespielt«, sagte Bruno. »Wir hätten bei dir auf dem Zimmer gesessen und gesoffen und geraucht. Vielleicht hätten wir auch gegessen. Aber nur Studentenzeug. Tiefkühlpizza, Fertigsuppen, chinesische Nudeln für die Mikrowelle.«

»Bruno hat keine Uni von innen gesehen«, sagte Kuhn. »Er phantasiert.«

»Das, was du fürs Leben brauchst, das lernst du dort sowieso nicht«, sagte Bruno. »Zum Beispiel, dass man sich nicht von einer schönen Verpackung blenden lässt. Sonst vergisst man, auf die Inhaltsstoffe zu schauen.«

»Was meint er?«, fragte Tamara.

Kuhn zuckte mit den Achseln. »Keine Ahnung.«

»Nehmen wir Rahmspinat«, sagte Bruno. »Auf der Packung sieht man, wie der im Topf köchelt. So schön grün. Was man nicht sieht, ist, dass irgendwer vorher den Eiweißgehalt der Charge gemessen hat.«

Er sah sie an. Schadenfroh. Wässrigblaue Augen. Wie ausgewaschen, dachte Kuhn, während Tamaras Augen dunkle Kiesel waren. Polierte Steine.

»Der Spinat wird mit Maschinen geerntet. Logisch. Die Maschine erntet aber auch alles, was sich zwischen dem Spinat bewegt. Mäuse und so. Das kommt alles da rein. Wenn der Eiweißgehalt zu hoch ist, also zu viele Tiere drin sind, wird die ganze Charge weggeworfen. Der Mausanteil muss unter fünf Prozent liegen. Für Vegetarier nicht geeignet, sage ich mal.«

»Moderner Mythos«, sagte Tamara. »Wie die Spinne in der Yuccapalme.«

Bruno lachte dröhnend. Er hatte Speichel im Mundwinkel.

»Da wär ich mir nicht so sicher, Prinzessin. Deshalb ist mir ein Steak lieber. Ein ehrliches Steak. Das macht keine Faxen. Da weißt du, was du hast. Null Mausanteil.«

Beherzt griff er nach dem letzten Maronenherz. Kuhn war nach einem schon übel geworden. Bruno soll nur essen und immer fetter werden. Sie würden ein dickes Baby bekommen, einen Baby-Buddha. Einen Bruno in Miniaturversion.

Tamara berichtete von der Pressekonferenz. In den letzten Monaten hätten sich zu den bestehenden Bürgerwehren in allen Bezirken weitere Wehren ausgebildet, die sich im Graubereich zwischen Volk und Exekutive bewegten. »Polizisten in Rente«, sagte Tamara, »ehemalige Richter und Anwälte.« Der Polizei sei das natürlich nicht recht. Aber was sollten sie tun? Sicherheit gehe vor. »Wobei es eher um das *Gefühl* von Sicherheit geht«, sagte Tamara.

»Seht ihr«, sagte Bruno. »Deshalb ist unser Geschäft krisenresistent. Eine Sicherheitstür erhöht das subjektive Sicherheitsgefühl.«

»Kriegsgewinnler«, sagte Tamara.

»Ach, übrigens.« Bruno deutete mit der Hand aus dem Zimmer hinaus. »Habt ihr Sicherheitstüren in euren Seniorenwohnungen?«

»Was soll man hier stehlen?«, sagte Kuhn. »Hässliche Wandfarbe?«

»Mich?«, sagte Tamara. Sie lachte. Kokett.

Brunos Blick sagte: *Keine Sorge, Mädchen, dich stiehlt keiner. In tausend Jahren nicht.*

Kuhn stand auf. Er wünschte, Bruno würde zur Hölle fahren.

»Ihm geht's nicht gut«, sagte Tamara zu Bruno. »Vielleicht gehst du besser.«

Kuhn schenkte ihr ein Lächeln. Das war alles, was er hatte.

3

Er steckte den Schlüssel ins Schloss der Stahltür. Ein Moment des Innehaltens. Der Zettel mit den schiefen Buchstaben klebte immer noch am Türrahmen.

SolAk

Erst wollte er klopfen, vielleicht war der Alte entlassen worden und würde erschrecken, wenn plötzlich ein Eindringling im Wohnzimmer stand, doch Solaks Mantel hing nicht in der Garderobe, und auch sein Hut war nicht da, also verzichtete Kuhn darauf.

Er hatte erwartet, eine kalte Wohnung vorzufinden, doch das Gegenteil war der Fall. Er legte die Hand auf den Radiator und zog sie augenblicklich zurück. Brennend heiß. Die Spitzenvorhänge vor den Kellerfenstern waren zugezogen. Er machte Licht.

»Hallo«, rief er, und seine Stimme klang so fremd, dass er erschrak.

Er lauschte, öffnete jede Tür, vorsichtig, spähte in die Räume, bevor er sie betrat. Er war allein.

Das Wohnzimmer war sorgfältig aufgeräumt. Nichts lag auf dem Couchtisch, selbst die Kissen bedeckten nach Farben geordnet die Couch. Die Pendeluhr tickte. Auf der Lehne des Fernsehsessels lag die Fernbedienung.

Da, das Bücherregal. Vierte Reihe, viertes Buch von links. Tatsächlich, da stand es.

Die große Erzählung von den Bharatas, in Auszügen aus dem Sanskrit übersetzt.

Mission erfüllt, er konnte gehen. Doch er ging nicht, sondern legte das Buch beiseite.

Er stand vor dem Regal, schloss die Augen, ließ die Finger über die Buchrücken gleiten, zählte bis zehn. Sein Finger ruhte auf dem Rücken eines großformatigen Bildbandes. *Konzeptkünstler des 20. Jahrhunderts.* Er nahm ihn aus dem Regal, schlug ihn auf.

On Kawara. Den Namen hatte er noch nie gehört. Ein Japaner. Seit 1966 malte er jeden Tag eine Tafel, und auf dieser Tafel war nichts anderes zu sehen als ein Datum. Das Format variierte mit dem Ort, an dem er sich befand. In Deutschland etwa schrieb er zunächst den Tag, dann den Monat, in den USA war es umgekehrt. Eine Übung, deren Sinn und Bedeutung in der Wiederholung lag. Jeder Tag war ein Heute, jedes Heute wurde zum Bild, jedes Bild zu einem unerlässlichen Teil der Chronik der Unendlichkeit.

Mar.22.1970
Mar.23.1970
Mar.24.1970
Mar.25.1970

Für Kawara war es die ideale Meditation, weil sie ihm dabei half, *das Ich auszulöschen*, wie er behauptete. Kuhn blätterte weiter. Auf dem Portrait wirkte der Künstler, als würde er gegen seinen Willen fotografiert. Er wusste, er saß in der Falle, denn jedes Foto würde sein eigentliches Ziel – zu verschwinden – torpedieren.

Vielleicht war es mit Myriam genauso gewesen, dachte Kuhn jetzt, und sein Herz wurde schwer. Schließlich hatte sie von ihm verlangt, sämtliche Fotos zu löschen, und indem er ihrer Aufforderung nachkam, wurde er zu ihrem Fluchthelfer. Er war sicher, dass es nicht Myriam war, die in das SECURELLA-Firmengebäude eingedrungen war. Myriam war längst über alle Berge.

Er blätterte weiter.

Kawara wurde 29 774 Tage alt.

Über dreißig Jahre lang schickte er über neunhundert Telegramme an seine Freunde, auf denen nur ein Satz stand: I AM STILL ALIVE.

Vielleicht war das Leben nicht groß, dachte Kuhn. Vielleicht bestand Lebenskunst in der Übung, es klein und gleichförmig werden zu lassen.

Kuhn schrieb eine Nachricht auf dem Smartphone. STILL ALIVE.

Er schickte sie an Tamara, Bruno und Andrea.

Wie war das, wenn man Friedrich Solak hieß und mindestens fünfundachtzig Jahre alt war? Wie fühlte es sich an, wenn das, was hinter einem lag, beinahe endlos war, und das, was vor einem lag, so unfassbar kurz? Vielleicht nur Tage, Stunden, Sekunden – wer konnte das wissen? Wie musste sich Kawara gefühlt haben, als er ahnte, er würde nur noch wenige Datums-Tafeln malen?

Kuhn dachte an das Gespräch mit Tamara zurück, an die Diskussion über das Sterbedatum. Für ihn stand es fest: Er wollte es nicht hören. Selbst wenn man das Datum gleich wieder vergaß, war es doch tief drin im Körper gespeichert und infizierte jede einzelne Zelle.

Kuhn beschloss, noch einen Blick ins Schlafzimmer zu werfen. Nicht, weil er neugierig war. Sondern, weil er sichergehen wollte, dass alles in Ordnung war. Solak vertraute ihm, er durfte dieses Vertrauen nicht enttäuschen. Er würde ihm ausführlich Bericht erstatten, sagte er sich. Und er würde nichts berühren, auf gar keinen Fall. Im Schlafzimmer war alles an seinem Platz und Kuhn wollte die Tür wieder schließen. Doch als er vor dem Erinnerungstheater stand, konnte er nicht widerstehen. Er beugte sich hinunter zum Guckloch. Nichts. Schwärze. Er schaltete das Lämpchen an, das das Innere des Kastens erleuchtete. Setzte sich. Näherte sich dem Guckloch.

Und er sah Solak. Friedrich Solak, der in seinem Krankenhausbett lag. Kein Zweifel. Jemand hatte von Solak ein Foto geschossen, und Solak hatte es in sein Erinnerungstheater eingebaut. Man sah ihn von der Seite, sein ausgeprägtes Profil. Er lag einfach nur da, die Augen geschlossen. Aber warum? Weshalb will sich jemand an seinen Krankenhausaufenthalt erinnern? Solak hatte ihm erzählt, dass er ohnehin regelmäßig einige Tage im Spital verbrachte, so etwas vergaß man doch nicht, und man musste es sich auch nicht in Erinnerung rufen.

Kuhn stand auf. Machte das Licht aus. Schloss leise die Tür.

Er konnte sich täuschen, aber er hatte das Gefühl, dass die Wohnung den alten Herrn vermisste.

Bevor er ging, ordnete er die Bücher im Regal neu, damit die Leerstelle nicht auffiel. Er strich über die Couch, über die Lehne des Fauteuils, über das mittlere Bücherregal, eine Geste, die ihn gleich darauf verwirrte, weil er sie von seiner Mutter kannte, dieses ziellose und dennoch konsequente Berühren der Möbel. Als legte man eine Spur und verwischte sie gleichzeitig.

4

Kuhn fuhr auf direktem Weg ins Zentralkrankenhaus. Das Mahabharata war unhandlich, mal hielt er es mit beiden Händen an den Bauch gedrückt, mal trug er es unterm Arm.

Das Titelbild zeigte vier weiße Pferde, die vor einen Streitwagen gespannt waren. Im Vordergrund war eine elegante Inderin im goldenen Sari zu sehen. Vor ihr kniete ein Mann. Die indischen

Frauen, stellte Kuhn fest, entsprachen dem westlichen Schönheitsideal, während die männlichen Inder wenig männlich wirkten: klein und schmalbrüstig, schütterer Oberlippenbart.

Während er auf die Straßenbahn wartete, holte er das Handy heraus.

Andrea hatte auf seine STILL ALIVE-Nachricht mit einem: *Don't bully me!* geantwortet. Tamara schrieb: *Same here.* Bruno schrieb: *Spinnst du jetzt völlig?*

Kuhn verzichtete auf den Lift. Als er im zweiten Stock angelangt war, bemühte er sich, sein Keuchen mit Husten zu übertünchen. Er ging an einem Spiegel vorbei und erkannte sich nur dank des Mahabharata. Er war unrasiert.

Er veränderte sich. Wurde ein anderer. Trotzdem er in letzter Zeit weniger gegessen hatte, war ihm ein Doppelkinn gewachsen. Wenn er sich beim Duschen einseifte, gab der Körper, die Haut unter seiner Hand nach, als könne er sie verformen, wie bei diesen Brownies, denen sofort der Abdruck der Finger eingeprägt war, wenn man sie zum Mund führte. Und davon hatte er auf den zahllosen Buffets, die er zuletzt geplündert hatte, einige verspeist. Brownies waren keine Nahrung für einen erwachsenen Mann.

Sogar hier auf dem Krankenhausflur entdeckte er sie: Die O-Bag-Automaten, hier enthielten sie Pflaster, Verband, Desinfektionsspray, Schmerztabletten.

Er stellte sich am Informationsschalter an. Bestimmt war Solak wieder verlegt worden.

Vor ihm wartete eine kleine Frau, die einen winzigen Hund in einem Korb mit sich trug. Die Augen des Hundes waren halb geschlossen, seine Zunge hing aus dem Mauls wie ein winziger rosa Lappen.

»Sie dürfen keine Tiere mitbringen«, sagte die Krankenschwester.

»Aber der Peter freut sich doch so auf den Lumpi«, sagte die Frau. »Er überlebt es nicht, wenn er ihn nicht zu Gesicht bekommt.«

»Hunde sind hier streng verboten.«

»Aber der Lumpi berührt doch gar nicht den Boden, sehen Sie doch, wie brav er da drin hockt!«

Die Schwester betätigte einen Schalter. Zwei Wachmänner kamen herbeigelaufen. Die Besucherin erstarrte.

»Die Herren werden Sie hinausbegleiten.«

Jetzt drehte sich die kleine Frau zu Kuhn um. »Was sagen Sie dazu?«

»Ich darf Sie bitten, mit dem Hund das Krankenhausgelände zu verlassen«, sagte der ältere der beiden Wachmänner.

Seit es regelmäßig zu gewaltsamen Übergriffen von Patienten und Angehörigen auf Krankenhauspersonal kam, war die Security ein Anblick, an den man sich gewöhnt hatte.

Der Wachmann ergriff die Frau am Arm. Sie riss sich los. Der Hund begann, in einer unerträglich hohen Tonlage zu kläffen.

Eine Zimmertür nach der anderen öffnete sich.

»Lassen Sie mich!«, rief die Frau.

»Lumpi!«, rief ein Patient im gestreiften Morgenmantel, der der Frau entgegenhumpelte. Er war barfuß.

»Sehen Sie, da ist er, da, da, da!« Die Frau zeigte mit dem Finger auf ihren Mann, der Hund drückte seinen Kopf gegen das Korbgeflecht.

Kurz bevor die beiden aufeinandertrafen, wurde die Frau am Arm zurückgerissen. Dann ging alles ganz schnell. Die Frau wurde in den Aufzug gebracht, ihr barfüßiger Ehemann von der Krankenschwester in sein Zimmer geleitet. Als die Schwester wiederkam, strich sie sich übers Haar und ordnete den Pferdeschwanz neu, aus dem sich einige Strähnen gelöst hatten.

Sie setzte sich und sagte: »Der Nächste, bitte.«

Kuhn lächelte, um Harmlosigkeit zu demonstrieren, klarzumachen, dass er alle Regeln befolgen würde. »Ich möchte zu Friedrich Solak.«

Sie schaute in ihren Bildschirm.

»Verwandter?«

»Bekannter.«

Sie tippte.

»Verstorben. Gestern um 11 Uhr 25.«

Er wartete darauf, dass sie lachte und sagte: *Stimmt gar nicht, jetzt haben Sie sich aber erschreckt, was?* Oder: *Tut mir leid, ich hatte Solkar verstanden, ach, Sie meinten Solak*, aber das sagte sie nicht.

»Nein«, sagte er, »das kann nicht sein.« Er zeigte ihr das Mahabharata. »Er wollte, dass ich ihm das Buch bringe.«

Die Schwester setzte eine Brille auf und sah sich das Titelbild an.

»Gefällt mir«, sagte sie. »So farbenfroh.«

»Was soll ich denn jetzt machen?«

»Sie könnten es der Krankenhausbibliothek spenden.«

»Nein, ich meinte –«

»Möchten Sie einen Seelsorger sprechen?« Ihr Zeigefinger schwebte über dem Knopf mit dem Kreuz. Er schüttelte den Kopf.

Kuhn ging zum Lift. Es schien ihm, als wiege das Buch eine Tonne. Er fuhr in den zwölften Stock. Mutter hatte ein neues Zimmer bezogen, sie saß aufrecht im Bett und trug Lippenstift auf. Helene hielt ihr einen Spiegel vors Gesicht. Der Spiegel zitterte in ihrer Hand.

»Jetzt wackle doch nicht so, Helene, ich verschmink mich noch! Philipp, du bist es«, sagte die Mutter. »Komm nur, komm rein, es ist noch Nachtisch übrig. Der von gestern ist in der Lade, der von heute steht auf dem Tisch.«

Der Lippenstift war dunkelrot. Sie presste Ober- und Unterlippe aufeinander.

»Oj!«, jammerte Helene. »Wie schön.«

»Prima«, sagte die Mutter. »Der Primar kommt heute noch.«

Aus einem Täschchen holte sie einen Stift hervor und zog die Augenbrauen nach.

»Deine Mutter ist eine Grazie«, sagte Helene.

Er setzte sich auf einen der Besucherstühle unter dem Schwenkarm des Fernsehbildschirms.

»Was ist los, warum küsst du deine Mutter nicht?«

Er stand auf, gab ihr einen Kuss auf die Wange. Sie hatte Parfum aufgesprüht. »Was hast du da mitgebracht? Ein Buch? Leg es auf den Tisch«, sagte sie, »auf den Tisch. Ich werde es später anschauen. Nachdem der Primar da war.«

»Oj, der Primar!«, rief Helene.

Er legte das Buch auf den Tisch. Stand am Fenster und sah hinaus in den Park. Leute spazierten herum. Einige standen neben einem Aschenbecher und rauchten. Ärzte lachten. Eine Frau fuhr mit dem Fahrrad über die Wiese. Als sei nichts passiert.

»Was ist los mit dir«, sagte die Mutter. »Bist du krank?« Sie sah ihn über den Rand des Spiegels hinweg an. »Du kommst doch sonst nicht so oft zu deiner alten Mutter.«

Er rang sich ein Lächeln ab.

»Du weißt ja, wie die Ärzte sind. Drehen dich durch die Mangel, und am Ende wissen sie noch weniger als vorher.«

Helene nickte.

»Wenn es der Herr Primar erlaubt, darf ich morgen raus. Viktor wird mich abholen und nach Hause fahren. Wir haben grad vorhin telefoniert. Auf dem Computer, und ich habe ihn sogar *gesehen*. Eine tolle Erfindung, was, Helene? Ich habe zu Andrea gesagt: Warum benutzt du das nicht? Aber sie wehrt sich, sie ist so altmodisch, das Mädel. Und dabei lebt sie in Amerika! Mein Gott, so wird sie nie einen Mann finden.«

»Nie, nie«, pflichtete Helene ihr bei.

Kuhns Mund war trocken. Er sah sich nach einem Glas um.

»In der Schüssel ist noch Pudding. Vanillepudding, den magst du doch.«

Sie nahm eine Puderdose und eine Quaste aus dem Täschchen.

»Ein Krankenhaus«, sagte sie, »ist immer so viel wert wie seine Ärzte. Und ein Wohnhaus ist immer so viel wert wie die Nachbarn. Höher, den Spiegel, Helene, höher, sonst sehe ich nichts.«

»Nichts, nichts«, echote Helene.

Eine Krankenschwester steckte den Kopf durch die Tür. »Der Primar kommt gleich«, zischte sie, als kündige sie den Erlöser an.

»Sind wir bereit, Helene?«

»Oj, bereit«, sagte Helene.

»Bereit«, sagte die Mutter und betastete ihre Locken.

Wie wunderlich und kapriziös die Menschen werden, wenn sie lange genug auf der Welt sind, dachte Kuhn. Er betrachtete sie, wie sie einen zufriedenen Blick in den Spiegel warf, dann den Mund öffnete, um mit dem Zeigefinger Lippenstiftspuren von den Schneidezähnen zu rubbeln.

Wenn einer stirbt, hinterlässt er Waisen, und das müssen keine Menschen sein, dachte er. Das konnte ein Spiegel sein, ein Buch, das man berührt, eine Pflanze, die man gegossen, eine Marotte, die man gepflegt hatte.

Seine Mutter atmete mit einer Selbstverständlichkeit, die ihn erstaunte. Solak würde nie wieder atmen. Nie wieder würde er Lokum essen, kein einziges Wort mehr sprechen, keinen Tropfen seines Elixiers mehr trinken. Er war ein einziges *nie wieder.*

»Du musst jetzt gehen«, sagte die Mutter.

Er ging.

Als er die Treppen zur U-Bahn hinabstieg, fiel ihm auf, dass er das Mahabharata im Krankenzimmer vergessen hatte.

An der Rezeption des HOTEL KRONE stand das Spangenmädchen. Es erkannte ihn nicht wieder, zumindest erweckte es nicht den Eindruck.

»Ich möchte zu Herrn Gupta.«

»Herr Gupta ist nicht da.«

»Dann zu Frau Gupta.«

»Kann ich Ihnen helfen?«

»Ich muss sie persönlich sprechen.«

»Sind Sie ein Gast?«

»Ich bin ein Freund des Hauses.«

Ein Freund der Guptas konnte er ja schlecht sein, weil er sie noch nie gesehen hatte. Und die Wahrheit – dass er ein Bekannter eines verstorbenen Freundes des Hauses war – war zu lang und zu kompliziert.

»Setzen Sie sich«, sagte das Spangenmädchen, und Kuhn, der keine Lust hatte zu warten, sagte: »Es ist dringend, jemand ist gestorben«, obwohl dieser Satz einen Widerspruch enthielt, denn wenn einer schon tot war, war nichts mehr dringend. Dennoch wirkte er belebend auf das Spangenmädchen, das hektisch zwischen Büro und Rezeption hin- und herlief. Ob er Herrn Gupta eine schriftliche Nachricht hinterlassen möchte, fragte sie ihn und reichte ihm einen Zettel.

Kuhn überlegte. Wenn es darum ging, eine schlechte Nachricht zu überbringen, war er ein Anfänger. Eine Situation, die er stets zu vermeiden versucht hatte.

In Großbuchstaben schrieb er: HERR SOLAK IST GESTERN VERSTORBEN. Er rahmte den Satz ein, damit es aussah wie eine Todesanzeige, doch es sah einfach nur aus wie ein eingerahmter Satz.

Sollte er noch den Todeszeitpunkt dazuschreiben? Er beschloss, dass das nicht wichtig war. Das machte man, wenn ein Mensch geboren wurde, aber doch nicht, wenn einer starb. Sterbehoroskop gab es keines. Wenn einer tot war, hörten die Sterne auf zu leuchten.

Das Spangenmädchen nahm den Zettel ehrfurchtsvoll entgegen.

»Bitte geben Sie das Herrn Gupta«, sagte er.

Das Mädchen nickte. »Möchten Sie Tee?«

»Danke«, sagte er, »ich muss los«.

Es war gelogen.

»Ihr Name?«, rief sie ihm nach, als er sich schon auf die automatische Tür zubewegte.

Er tat so, als hörte er nicht. Vor dem Eingang standen immer noch die Gips-Chinesen mit ihren Wimpeln und Fotoapparaten. Auf den Rücken einer Figur war mit Edding GO HOME gekritzelt.

5

T*amara.*

Ein großes T, abschreckend wie ein Galgen. Drei mal A, die die Härte des Anfangsbuchstabens abfederten und dem Namen Nachgiebigkeit verliehen. Das war Andreas Analyse, die sich als Expertin für Namenspsychologie verstand.

Er hatte immer darüber gelacht – über dieses esoterische Gestammel, das Weltengeist und Energieräume beschwor und dem Vornamen unbändige Kraft attestierte. Sogar die Macht, ein Schicksal zu prägen.

»Du brauchst eine Frau, die mindestens zwei As in ihrem Namen hat«, hatte Andrea ihm zugeflüstert, nachdem er sie mit Vera bekannt gemacht hatte. Das war nicht gerade das gewesen, was er erwartet hatte. Eine simple Gratulation hätte es auch getan. Aber Andrea hatte sich noch nie darum geschert, was andere von ihr erwarteten. Frauen mit zwei As, hatte sie behauptet, würden seine harten Is ausgleichen.

»Und drei As? Was ist damit?«, fragte er sie jetzt. Auf dem Rückweg vom Hotel in die LODGE wärmte er sich im Café HILDE auf.

»Wieso?« Sie horchte auf. »Fragst du mich das *konkret?*«

»Nein«, sagte er. »Theoretisch.«

»Du lügst. Gib's zu. Was ist überhaupt los mit dir? So oft hast du noch nie angerufen.«

Er wollte sagen: *Heute ist jemand gestorben, den ich gekannt habe.* Oder: *Ich weiß nicht, warum man auf der Welt ist, hast du eine Ahnung?* Oder: *Jetzt gibt es schon O-Bags in Krankenhäusern.* Stattdessen fragte er sie, ob sie schon einen neuen Job hätte.

Ganz zum Schluss sagte sie: »Phantastisch.«

»Was?«

»Drei As. Großartig.«

Das hatte er jetzt davon: Es war großartig. Dabei wusste er gar nicht, ob er sich auch in einer anderen Welt, zu einer anderen Zeit auf Tamara eingelassen hätte. Ihre Begegnungen waren immer noch distanziert. Als reichten sie einander ein Geschenk hin und her, ohne dass einer sich traute, es auszupacken. In einem kurzen Moment – er lag auf ihr, hatte den Kopf zur Wand gedreht – wollte er Myriam sagen, Myriam – ein Reflex, ein Echo aus dem Herzen, er wusste auch nicht, weshalb, doch der Name lag ihm auf der Zunge. Da bemerkte er Tamaras Blick. Er tat so, als sei nichts passiert, und sie tat so, als hätte sie nichts kapiert. Die Zusammenfassung seines Lebens.

Sie hatten nicht über ihre gemeinsame Nacht gesprochen und verhielten sich nicht wie ein Paar, wenn andere dabei waren. Sie taten es auch nicht, wenn sie alleine waren. Er hatte keinerlei Bedürfnis, ihre Hand zu ergreifen oder ihr Haar zu berühren. An ihr war so vieles, das er nicht ertrug. Und trotzdem fühlte er sich wohl, wenn sie da war. Es war ein Schweben im Ungefähren. Im Moment tat sie ihm gut, und das war nicht wenig. Das was mehr, als er von den meisten Menschen behaupten konnte.

Er wusste bereits einiges über sie: Dass, wenn sie schlief, ihre Arme neben dem Kopf lagen wie bei einem Kleinkind. Dass sie ursprünglich Journalistin werden wollte, raus aus dem Kleinstadtmief und in die Großstadt geflohen war, doch nach mehreren Praktika in Zeitungsredaktionen beschlossen hatte, keine *Berufslügnerin* zu werden. Dass sie ihre Großmutter geliebt hatte, die sie aufgenommen hatte, nachdem die Mutter fortgegangen war, und die sie O-Mutti nannte. Dass ihr Vater Teamleiter war in einem Betrieb für Metallverarbeitung und in der Krise mit knapp über fünfzig seinen Job verloren hatte. Dass sie lange davon ausgegangen war, lesbisch zu sein und sogar eine Beziehung hatte mit einer Frau, die jedoch zerbrach, als sie sich den SUHOS anschloss. Dass sie sich nicht festlegen wollte oder konnte; dass sie das Transitorische, die Übergangsexistenz liebte wie kaum etwas anderes.

»Das ist das, was ich unter Freiheit verstehe«, sagte sie. »Ich brauche kein Eigentum, mir muss nichts gehören. Auch wenn mir die O-Mutti alles gegönnt hätte«, fügte sie hinzu. Ihr allein fühle sie sich verpflichtet, und sie sei sich sicher, dass sie sie von dort oben beobachtete.

»Was würde sie sagen, wenn sie mich sähe?«, fragte er.

Tamara kicherte. »Sie hat dich doch schon längst gesehen.«

»Und?«

Sie zuckte mit den Schultern. »Wer drüben ist, urteilt nicht.«

Er bekam das Bild nicht mehr aus dem Kopf: Zwei Alte, die auf einem Wolkenbalkon sitzen und das Geschehen auf der Erde kommentierten. Und er stand in ihrer Schuld. Sie hatte es ihm ermöglicht, auf einer Matratze zu schlafen, jeden Tag zu essen. Das war nicht nichts. Als sie ihn darum bat, sie für eine Stunde im PARA-

DIES zu vertreten, sagte er daher sofort zu. Irgendwas mit Popcorn.

Es hieß PARADIES, aber es war die Hölle, die Einkaufshölle, vor der man sich zu recht fürchtete. Heiß, stickig. Spitze Kinderschreie hallten in der Glaskuppel wider, und je höher er fuhr, desto greller wurde das Geschrei. Er vermied den Gedanken an das Café im Erdgeschoss, wo er sich mit Myriam getroffen hatte. Es kam ihm so vor, als sei es in einem anderen Leben gewesen. Unwirklich.

Tamara hatte ihm den Weg beschrieben: Am Café YERETZIAN vorbei Richtung Kinderspielhalle, vis-à-vis der Drogerie WERNER mit den exaltierten Schaufensterpuppen. Polierter Steinboden, in dem sich tausend Lichter spiegelten. Flughafensauberkeit. Eine Putzfrau stand vor ihrem Wagen und stützte sich auf ihren Wischmop. Sie trug die orange Kutte, die sie als Mitarbeiterin des PARADIES auswies. Ein lächerliches Kleidungsstück, dachte er, außerdem ganz und gar ungeeignet für die Arbeit, die sie zu verrichten hatte. Andererseits hatte diese Frau einen Job, während er nichts hatte. Sie hatte eine Uniform, gehörte zu einem Team, während er den Anschluss verloren hatte.

Er folgte dem Toilettenschild, ging an den Pissoirs vorbei in eine Kabine. Aus einem Impuls heraus musste er alleine sein. Er streckte die Arme seitlich aus und berührte die Wände der Kabine. Er schloss die Augen. Wenn es ein Vorher und ein Nachher in seinem Leben gab – vor dem Auszug aus der Bernauer-Villa und danach – dann war Kennzeichen des Danach, dass er niemals mehr allein war. Alleinsein war Ausdruck von Luxus. Das verstand er erst jetzt. Allein sein, das musste man sich verdienen.

Er sah Tamara von Weitem. Sie trug einen lächerlichen, spitz zulaufenden Hexenhut, auf dem *Pollys Popcorn* stand. Der Wagen war ein Retro-Modell in Karmesinrot, in bauchigen Plastikbehältern rotierte rotes und grünes Popcorn. Hinter dem Wagen gab es einen Barhocker. Das war die gesamte Ausstattung.

»Welche Farbe darf's denn sein?«, fragte Tamara zur Begrüßung.

»Welche Farbe geht besser?«

»Grün.«

»Wieso?«

»Was weiß ich, vielleicht glauben die Eltern, dass grünes Popcorn gesund ist.«

Sie öffnete einen Behälter und schüttete Puffmais nach.

»Es ist ganz einfach«, sagte sie. »Hier kommt der Mais hinein, das ist alles. Dafür muss man nicht Raketenwissenschaften studiert haben.«

»Sondern? Wie man sich zum Idioten macht?«

»Ein Kurzstudium«, sagte sie, nahm den Hut vom Kopf, setzte ihn auf seinen Kopf und befestigte ihn mit einem Gummiband unter seinem Kinn. »Graduiert. Gratulation.«

Im Schaufenster der Drogerie konnte er sein Spiegelbild erkennen. Ein großgewachsener Mann mit einem Zauberhut. Er war unübersehbar, enorm, eine Art Kirchturm auf zwei Beinen. Ein Kind zeigte auf ihn. Die Mutter näherte sich mit misstrauischem Blick. In einem Fach lag eine Geldkassette, die man mit einem Miniaturschlüssel versperren konnte.

»Falls du kein Wechselgeld hast« – Tamara deutete in eine unbestimmte Richtung, »dort drüben ist die Bank. Ich bin in einer Stunde wieder da.«

Sie schulterte ihren Rucksack.

Er überlegte, ob er ihr vom Tod des Alten erzählen sollte, doch wenn es einen geeigneten Moment dafür gegeben hatte, war er verstrichen.

Der Kleine wollte grünes Popcorn. Kuhn faltete eine Box auf,

auf der Polly abgebildet war, eine kesse, junge Hexe. Mit Hexen kannte er sich nicht aus. Der Kleine nahm die Box in Empfang, als würde ihm der Heilige Gral überreicht. Die Mutter legte zwei 2-Euro-Stücke auf den Wagen und sagte: »Stimmt so.«

Das erste selbst verdiente Geld seit seinem Rausschmiss bei SECURELLA. Vier Euro. Zwanzig Cent Trinkgeld. Zwanzig Cent. Er musste lachen. Er setzte sich auf den Barhocker. Es war Mittag. Die Restaurants füllten sich. Ein Mädchen, lange Haare, enge Jeans, stand am Geländer und richtete das Handy auf ihn. Jetzt wurde er auch noch fotografiert. Er öffnete den Mais-Behälter, um nicht sinnlos herumzusitzen. Es war noch genügend Mais drin. Er schloss den Behälter wieder und hob den Blick. Sie stand immer noch da, mit dem Handy in der Hand und arrangierte eine Haarsträhne hinter dem Ohr. Jetzt erst verstand er, dass sie nicht ihn, sondern sich selbst fotografierte.

Der Popcorn-Verkauf lief schleppend. Er sah alle zwei Minuten auf die Uhr. Er kostete vom grünen, dann vom roten Popcorn. Beide Sorten quietschten zwischen den Zähnen und schmeckten nach gesalzenem Styropor.

Dann sah sie aus der Drogerie heraustreten. Sie musste ihn schon zuvor gesehen haben, denn sie ging zielstrebig auf ihn zu. Er versuchte, sich zu verstecken, tat so, als repariere er einen Popcornbehälter, schraubte ihn auf, dann wieder zu. Auf, zu, auf, zu.

Er hörte, wie sie sich näherte, ihre Absätze klackerten auf dem Steinboden.

»Philipp.«

Er richtete sich auf.

»Vera«, sagte er. »Ich helfe einer Bekannten«, sagte er und ärgerte sich. Er brauchte sich nicht zu rechtfertigen. Er füllte Mais nach. Schloss den Behälter, dann öffnete er ihn wieder und lugte hinein.

»Gib mir von dem Grünen«, sagte sie. »Wenn ich dir helfen kann – jederzeit.«

»Danke, das kriege ich gerade noch hin«, sagt er.

»Ich meinte weniger das Popcorn«, sagte sie. »Ich mag dich, Phil. Ich weiß nicht, warum es kaputtgegangen ist.«

Er überreichte ihr die Tüte. »Hier. Du kannst nachsalzen, wenn du möchtest.«

»Ich dachte, du würdest zurückkommen. Wir waren ein gutes Team.«

Hatte sie das wirklich gedacht? Er nahm den Hexenhut vom Kopf und drehte ihn zwischen den Fingern. Sie konnte so sarkastisch sein.

»Ja, das habe ich tatsächlich geglaubt. Ich dachte mir: Wo soll er denn hin? Zu seiner Mutter?« Sie lachte, und er lachte höflichkeitshalber mit. »Ich möchte, dass du weißt, dass wir die Villa umbauen. Deine Kleider stehen vor der Tür. In Müllsäcken. Ich wusste nicht, wohin damit. Hab darauf gewartet, dass du sie abholst. Morgen Nachmittag kommt die Caritas und nimmt sie mit. Also, falls du noch etwas davon brauchen kannst, kleiner Tipp – « Sie beendete den Satz nicht.

Kuhn sah dem Popcorn zu, das durch den Behälter wirbelte.

»Und die Geschäfte?«

»Bruno ist jetzt – «

Er schnitt ihr das Wort ab. »Ich weiß.«

»Außerdem eröffnen wir hier demnächst ein Geschäft«, sagte sie. »Unsere Kunden müssen das Produkt erleben. Das war Brunos Idee. Miserable Lage, aber ordentliche Frequenz.«

Im PARADIES? Er konnte es kaum glauben. Bruno war so ein Idiot.

»Du weißt schon, dass es hier keine Gondolieri gibt«, sagte er.

Sie lächelte und für einen Moment waren sie wieder Komplizen.

In Las Vegas hatten sie gemeinsam eine Shopping Mall besucht. Die Mall sah aus wie Venedig. Es gab einen Canale Grande mit Brücken und Gondeln, in die man einsteigen konnte. Die Fassaden der Geschäfte waren Palazzi nachempfunden. Es gab Sonnenauf- und -untergänge an einem künstlichen Himmel. Auf dem »Markusplatz« zeigten Artisten ihr Können. Alles dort war so falsch, dass es beinahe wieder echt war. Man konnte draußen Pizza essen, obwohl es kein Draußen gab, sondern nur ein Draußen im Drinnen, ein Pseudo-Draußen. Im tatsächlichen Draußen waren es 35 Grad im Schatten, wobei es kaum Schatten gab; in der Mall hingegen, dem künstlichen Venedig, war die Luft gefiltert und gekühlt. Es gab keine Taubenscheiße. Kein steigender Meeresspiegel, kein Gedränge auf den Vaporetti. »Diese Leute dürfen nie nach Venedig reisen«, hatte Vera gesagt, als sie in einem Café auf der »Piazza« einen Cappuccino tranken. »Sie würden glauben, dass es eine schmuddelige Kopie ist.«

Es wäre eine Lüge, wenn er behauptete, er würde Veras Scharfsinn nicht vermissen. Das Leben jenseits des Minimums; diese Selbstverständlichkeit, wenn es darum ging, seinen Platz in der Gesellschaft zu behaupten.

»In der Produktion ist was frei«, sagte sie. »Nur für den Fall, dass du einen Job suchst.«

»In Komi?«

Vera kaufte billiges Holz für die Vollholztüren im russischen Urwald ein und hatte einen Teil der Produktion in die sibirische Taiga verlagert.

Sie zuckte mit den Schultern.

»Danke«, sagte er. »Ich habe schon was in Aussicht.«

»Deine Entscheidung.«

Zwei Kinder bestellten eine rotgrüne Mischung, und Vera trat zur Seite. Kuhn setzte den Hexenhut auf. Vera stellte ihr restliches

Popcorn zurück auf den Wagen. »Ich denke, ich habe genug«, sagte sie.

Bevor sie ging, zückte sie ihr Handy und machte ein Foto von ihm. »Für's Familienalbum.«

6

Als er von der Straßenbahnstation Gropiusgasse den Hügel hinauf zur Villa ging, war sein altes Leben wieder da. Als hätte man einen Film gestoppt und nach einer langen Werbepause auf *Play* gedrückt.

Die blasierten Nachbarn mit ihren überzüchteten Kindern und Haustieren. Die Doppelgaragen, immer geschlossen, um die Sportwagen vor Staub und neugierigen Blicken zu schützen. Die Gärten, die nur angelegt waren, um gegenüber den Nachbarn aufzutrumpfen. Überhängende Äste, Blüten, die sich selbständig machten, Biotope mit seltenen Kröten, die die ganz Nacht über schreckliche Laute ausstießen. Jetzt war alles kahl, die Gärten hatten Glatzen und Frostbeulen. Hinter den Fenstern schimmerte kaltes, blasses Licht aus Designerlampen.

Die Nachbarn sagten Sätze wie *Wir fahren nicht in Urlaub, man nimmt sich ja immer selbst mit* oder *Der Schlaf vor Mitternacht ist der gesündeste*. Sie machten Nordic Walking, *weil dabei alle Muskeln trainiert werden* und lernten spät eine weitere Fremdsprache, *weil es dafür nie zu spät ist*.

Er ging am Bungalow der Feltenmayers vorbei. Feltenmayer war Dirigent gewesen, immer unterwegs, jeden Abend Applaus und Galadinner. Als er sich aus dem Betrieb zurückzog, lebte er noch genau zwei Monate. Er starb, während er eine Partitur las, über die Notenblätter gebeugt, er starb wie er gelebt hatte, konsequent –

und Frau Feltenmayer, frischgebackene Witwe, belegte Raku-Töpferkurse und tauchte jeden Abend in Veras Villa auf. Zum Aperitif – was nichts anderes war als eine Erlaubnis, sich zu betrinken.

Auch Vera und er hatten es sich angewöhnt, jeden Abend *einen Aperitif zu nehmen*, wobei die Einzahl für die Mehrzahl stand, also für eine erkleckliche Anzahl an Aperitifs. Wenigstens war es guter Whisky und nicht der Tankstellenfusel, auf den er vor Vera abonniert gewesen war. Und sie hatten immer einen Grund zum Trinken gefunden, weil immer irgendwer vorbeikam, und wenn es nicht die Feltenmayer war (die Vera in *Faltenmayer* umgetauft hatte), dann war es ein anderer Nachbar, der kurz vorbeischaute, um nachzufragen, *ob denn alles in Ordnung sei*.

All diese Geschichten poppten plötzlich auf, Gesichter erschienen und verpufften wieder. Das Leben hier ging weiter, ohne ihn. Alle hier arbeiteten die ihnen zugemessene Lebenszeit konsequent und ohne Murren ab.

Vera schien nicht zu Hause zu sein. Das Gartentor war versperrt, das Maul der Garage stand offen. Kuhn versuchte, einen Blick auf die Buchsbäume zu erhaschen. Nicht nur, dass die Königin immer noch ihre Krone trug – nein: Der Gärtner hatte ihr mittlerweile tatsächlich einen König zur Seite gestellt. Deutlich kleiner zwar (so ein König war ja auch mächtig empfindlich), aber stolz und schlank.

Er würde über den Zaun steigen müssen. Er blickte sich um. Bestimmt hatten ihn die Nachbarn bereits entdeckt und lauerten hinter den Gardinen. Die Villa lag stumm da, in sich gekehrt, arrogant. Sie genügte sich selbst und brauchte keine Bewohner.

Neben der Garageneinfahrt standen sie. Zwei pralle schwarze Säcke. Dort musste er hin. Er schwang sich über den schmiedeeisernen Zaun und wartete darauf, dass die Alarmanlage losgehen würde. Nichts passierte. In drei Schritten war er bei den Säcken, öffnete sie. Polohemden, T-Shirts, Kurzarmhemden, Achselshirts. Seine Sommerkollektion. Herzklopfen. Der zweite Sack enthielt seine Winterklamotten, Schals, Mützen, Handschuhe, er wusste gar nicht mehr, was er alles besessen hatte. Er würde beide Säcke mitnehmen müssen.

»Hallo, was machen Sie da?«

Er drehte sich um. Damit hatte er gerechnet. Die Feltenmayer und ihr Königspudel standen am Zaun, sie hatte bereits das Handy am Ohr.

»Ach, Sie sind das!« Ihr Erstaunen war echt. »Der Herr Philipp.«

So hatte sie immer zu ihm gesagt. *Herr Philipp*. Die schrullige Anrede war ihm ans Herz gewachsen, wie er jetzt bemerkte. Sie erfüllte ihn mit einer Sehnsucht.

Kuhn erfand eine Geschichte, in der die Worte »dringend«, »Entsorgung« und »Vera« (mehrfach) vorkamen. Es klang hochoffiziell, so, als sei er mit der Genehmigung ausgestattet, über sämtliche Zäune dieser Welt zu klettern.

Frau Feltenmayer lud ihn auf einen Aperitif in ihre Villa ein, die im Bildhintergrund im tausendjährigen Schlaf lag und der Zeit trotzte mit ihrer stoischen Fassade. Er sagte bedauernd ab. Am Himmel platzte etwas auf. Es begann zu regnen, ein böser, kalter Regen. Kuhn warf die Säcke über den Zaun und schleppte sie zur Straßenbahnhaltestelle. Beim Einsteigen verhedderten sich die Säcke. Er ächzte.

Beim Aussteigen dieselbe Prozedur. Man beobachtete ihn. Die Blicke sagten: Warum trägt der seinen Müll mit sich rum? Entsorgt er möglicherweise eine zerstückelte Leiche? Da stimmt etwas nicht.

Man ging ihm aus dem Weg.

Er blieb vor einem Geldautomaten stehen. Irgendwann würde kein Geld mehr aus der Wand kommen. Er musste es dennoch versuchen. Mit einem kleinen Betrag. Er stellte die Säcke ab und steckte die Karte in den Automaten. Zwanzig Euro. Er schluckte. Der Hals brannte. Er schwitzte trotz des Regens. Aus dem Inneren des Apparats drangen geheimnisvolle Geräusche, wahrscheinlich überlegte er. Seine große Furcht war, dass der Apparat kurzen Prozess machen, die Karte schlucken und nicht mehr herausrücken würde.

Früher hatte er sich vorgestellt, dass hinter dem Schlitz ein gelangweiltes Männchen in Uniform hockte und die Geldscheine in den Ausgabeschlitz steckte. Eine Vorstellung, die ihn immer zum Lachen gereizt hatte. Jetzt hoffte er, dass da kein Männchen drinnen saß, sondern dass die dumme Maschine einfach nur ihr elektronisches Tagwerk verrichtete.

Es ertönte ein – angesichts des bescheidenen Betrags – kurzes Geldscheingeraschel. Er atmete auf. Die Karte kam wieder ans Tageslicht. Er nahm die Scheine aus dem Automatenmaul. Vielleicht sollte er es gleich noch einmal probieren? Noch einmal zwanzig Euro. Er war mutig geworden. Aber besser das Schicksal nicht herausfordern. Er griff nach den Müllsäcken und machte sich auf den Weg in die Feilgasse.

»Da vorn ist es nass! Passen Sie auf, dass Sie nicht stürzen.«

Frau Grasmück war schlecht gelaunt. Der Boden des Foyers war verdreckt, die Besucher brachten Dreck in die DIAMOND LODGE, die so gar nicht mehr diamanten glänzte. Als er sich davonzustehlen versuchte in Richtung Lift, brüllte sie ihm nach: »Stehenbleiben, sofort! Bleiben Sie stehen!«

Er erstarrte, fürchtete, mit den Säcken eine neue Schmutzspur durch das Foyer gezogen zu haben.

»Sie müssen mir helfen«, rief sie. »haben Sie gehört? Bleiben Sie stehen!«

Sie verschwand in ihrem Glasverschlag.

Dann machte es *klick* und im Foyer gingen die Lichter aus.

»Sehen Sie was?«, rief sie.

»Nein.«

Es war stockdunkel. Kuhn roch das Seifenwasser, mit dem Frau Grasmück den Boden gewischt hatte. Vom Popcorn war ihm übel, er brauchte seine Tabletten.

»Und jetzt?«

»Nein.«

Etwas fiel zu Boden.

»Frau Grasmück?«

»JETZT?«

»Nein.«

»Kruzifix. Ich muss den Hausmeister rufen.«

Und dann passierte es. Eine Lichtergirlande, die um das Kreuz und den Gekreuzigten geschlungen war, leuchtete auf. Wobei: Von Licht konnte man nicht wirklich sprechen, die cherrytomatenförmigen Lämpchen glommen in der Dunkelheit wie erschöpfte Glühwürmchen und warfen verworrene Schatten das Gesicht der Christusfigur.

Mit einem Mal stand Frau Grasmück neben ihm.

»Und? Was sagen Sie?«

In ihrer Stimme schwang Stolz mit. Dieser Christus sah aus, als wolle er jeden Augenblick vom Kreuz steigen, um dem Spuk ein Ende zu bereiten.

»Ist es für Weihnachtsschmuck nicht noch ein wenig früh?«

»Mein Mann hat gesagt: Nimm die Lichterkette mit, sie wird sich gut machen auf dem Kreuz.«

»Da hat er recht gehabt, Ihr Mann.«

»Bis jetzt hing sie im Kinderzimmer, aber Wolfgang wohnt ja schon lange nicht mehr zu Hause, müssen Sie wissen. Außerdem kommt er kaum zu Besuch. So ist das mit den Kindern. Er ruft auch nur selten an, ich habe ja die Schwiegertochter im Verdacht. Sie will ihn von uns loseisen. Die gehört der besseren Gesellschaft an. Glaubt sie. Aber mich führt sie nicht hinters Licht, hoho, eine Liselotte Grasmück nimmt man nicht auf den Arm! Ich hab in seinem Zimmer alles gelassen, wie es war, wissen Sie, ich habe nichts weggegeben von seinen Sachen, sogar als der Josef eingezogen ist.«

Von einem Josef hatte er noch nicht gehört. Im diffusen Licht schien es, als ob Jesus ihm zuzwinkerte.

»Ihr zweiter Sohn?«

»Wir haben nur einen Sohn. Eileiterverklebung, wissen Sie. Josef ist unser Untermieter, den haben wir genommen, weil die anderen Nachbarn auch einen haben. Heutzutage braucht man so einen, um nicht blöd dazustehen, außerdem bessert er einem das Gehalt auf. Er studiert Abfallwirtschaft und will, dass wir den Müll trennen. Aber auf sowas lass ich mich nicht ein. Ich schmeiße den Müll, seit ich denken kann, in einen Eimer, Deckel zu, aus den Augen, aus dem Sinn. Die Container stehen im Innenhof.«

Sie deutete auf seine schwarzen Säcke.

»Wie? Oh nein, da ist Persönliches drin«, sagte Kuhn schnell.

»Unser Josef ist auch mit so einem Sack gekommen. Er fühlt sich sehr wohl bei uns. Das macht mich stolz.«

Kuhn dachte an Viktor. Josef war Frau Grasmücks Viktor. »Gibt es bei Ihnen auch Wunschtage?«, fragte er. »Also einen Tag, an dem er sich sein Essen wünschen darf?«

»Der Josef?« Sie schüttelte entrüstet den Kopf. »Also, da würde mein Mann aber Radau schlagen. Natürlich nicht! Der muss essen, was auf den Tisch kommt. Wie kommen Sie denn auf so eine Idee?«

»Nur so«, sagte Kuhn.

7

Der letzte Abend im nacktschneckenfarbenen Appartement. Die monatliche Neuzugangsbesprechung. Sie saßen zu zehnt auf dem Boden des größten Zimmers, rechts von ihm hatte Tamara Platz genommen, links Irmi. Ein Sitzkreis.

Konfuzius verlas die Namen der frisch beigetretenen SUHOS. Nach jedem Namen wurde kurz geklatscht. Dreiundzwanzig waren es insgesamt, fünfzehn von ihnen waren bereits im Weidenhof untergekommen. Weitere sieben bildeten eine Arbeits- und Schlafgemeinschaft im Karl-Marx-Hof. Einer würde vermutlich der Feilgassengemeinschaft zugeteilt werden.

»Wir sind voll«, sagte Marius.

»Voll gibt's nicht. Ihr rückt zusammen.«

»Wie wär's mit größeren Wohnungen?«, rief Irmi.

Vereinzeltes Klatschen. Unruhe.

Konfuzius stand auf. »Ihr haltet euch wohl für witzig«, sagte er. »Jetzt ist der Moment gekommen, von dem wir alle gewusst haben, dass er eintreten wird. Ich sage nur: Solidarität. Ihr habt das alle unterschrieben.«

Tamara beugte sich zu Kuhn. »Der hat gut reden«, flüsterte sie. »Lebt mit seiner Barbara in einem Luxus-Studio. Der muss sich nicht die Matratze mit einem Neuankömmling teilen.«

Konfuzius war noch nicht fertig. »Wir sind an einem Punkt angelangt, an dem wir uns neu organisieren müssen. Da gilt kein: *Aber früher war es anders* oder *Ich bin schon so lang dabei, ich habe Vorrang*. Bei den SUHOS gibt es keine Privilegien. Bitte vergesst das nicht. Außerdem«, jetzt wandte er sich an Marius, »ist dieser Jens von Beruf Klempner.«

Konfuzius wollte ihnen Jens schmackhaft machen. Sein Plan war so durchsichtig. Kuhn fragte sich, weshalb ein Klempner zum SUHO wurde. Der hatte doch Arbeit ohne Ende. Es sei denn, er war ein schlechter Klempner. Dann nützte er auch den SUHOS nichts. Wenn es um Nützlichkeit ginge, war er, Kuhn, ohnehin der erste, der in sich gehen musste.

»Es sollte sich ein jeder selbst befragen, ob er bei uns an der richtigen Adresse ist«, sagte Konfuzius jetzt. Als könne er Gedanken lesen. Er sah Kuhn einen Tick zu lange an.

Nächstes Thema: die Essensvorräte. Sie gingen zur Neige. Irmi war für zwei Pressekonferenzen im Bundeskanzleramt eingeteilt. Kuhn sollte gemeinsam mit Tamara zur Eröffnung des Coocoo-Kindermuseums gehen, um dort das Buffet abzuräumen.

Kuhn wechselte einen Blick mit Tamara. Sie grinste. »Das Kind borgen wir uns aus«, sagte sie. »Mach dir keine Sorgen.« Es gebe eine SUHO mit zwei Kindern, die regelmäßig für solche Veranstaltungen eingesetzt würden. »Wir nehmen das ältere Kind mit.«

Jetzt, inmitten dieser kuriosen Runde, erinnerte er sich plötzlich daran, wie er mit seiner ersten Freundin, er war sechzehn, voreilig Familienpläne entwickelt hatte. Sie saßen in ihrem Kinderzimmer, hielten Händchen (mehr passierte zunächst nicht). Anna, so hieß sie, sagte Dinge wie: »Ich hole dann die Kinder von der Schule ab, aber du musst mir versprechen, dass du in der Zwischenzeit die Wäsche bügelst und den Rasen mähst« oder »Wenn ich die Tageswickelphasen übernehme, musst du die Nachtschicht machen, versprich mir das«. Sie hatte einen flehenden Gesichtsausdruck aufgesetzt, als würde sie das Kind in den nächsten Stunden gebären, und dies wäre die letzte Möglichkeit, Organisatorisches zu besprechen. Noch bevor er ihre primären Geschlechtsmerkmale gesehen hatte, wozu es auch nicht mehr kommen sollte, einigten sie sich auf eine Kinderanzahl. Ein Junge, ein Mädchen. Anna wollte die Kinder Matthias und Julia nennen. Er sagte zu allem ja, war mit jedem Vorschlag einverstanden, wenn sie ihn nur unter ihren Pullover ließ.

Vor zwei Jahren hatte er im Badezimmer der Villa einen Schwangerschaftstest gefunden. Er konnte sich keinen Reim darauf machen, da er davon ausgegangen war, dass Vera die Pille nahm. Ganz kurz hatte er die Vision eines kleinen Menschen, der seinen Nachnamen und einen Teil seiner Erbsubstanz tragen würde. Es fühlte sich weder heroisch noch desaströs an. Als er Vera auf den Test ansprach, sagte sie: »Das ist ein Produktmuster«. Er hatte sich mit der Antwort zufriedengegeben, auch wenn er sie nicht verstand – warum sollte man ein Produktmuster verwenden, wenn man es nicht benötigte? Was war das für ein Argument? Tage später überraschte er sie, während sie auf ihrem Laptop Abtreibungskliniken nach Bewertungsergebnissen sortierte.

Der Umzug von der Feilgasse in den Karl-Marx-Hof würde am nächsten Tag vonstattengehen, Konfuzius las die Liste mit den SUHOS vor, die zum Schleppen der Kisten und Matratzen eingeteilt waren. Kuhn kam es so vor, als bestünde dieses SUHO-Leben nur aus Listen, einer Bürokratie, die man eher in einem Amt vermuten würde.

Die Sache mit der Abtreibung hatte er nie angesprochen. Er hatte da eine Blockade. Wenn er vermutete, dass es wehtun könnte, zog er sich zurück, er war ein chronischer Konfliktvermeider. Zu Hause wurde nichts *ausdiskutiert*, da waren die Dinge, wie sie waren, und sie waren so, wie die Eltern sagten, dass sie waren. Nur nicht anecken, nicht auffallen, auch nicht durch übermäßigen Einsatz.

Wenn er ehrlich war, musste er zugeben, dass er nie fleißig gewesen war in seinem Leben, während seine Freundinnen immer alles in den Beruf investiert hatten. Vera kannte keinen Feierabend, checkte noch um Mitternacht ihren Posteingang, während er stets um 17 Uhr abgemeldet war. Dass die SUHOS ihn nun verstärkt einsetzen wollten, passte ihm nicht.

Konfuzius raschelte mit seinen Zetteln. Er schien mittlerweile beim letzten Punkt seiner Liste angekommen zu sein. Ausblick.

»Demnächst«, sagte er, »treten wir in die dritte Phase ein. Es wird Zeit für NESTING.«

Betretene Stille.

»Jetzt schon?«, fragte Irmi schließlich. »Ich dachte, das startet erst im Frühling.«

»Im Frühling ist es zu spät«, sagte Konfuzius, »wir werden zu viele sein. Wir müssen ab sofort alternative Unterbringungsmöglichkeiten anbieten.«

NESTING. Kuhn stellte sich große Vogelnester in Baumwipfeln vor, in denen die SUHOS hockten und auf den Abwurf von Essenspaketen warteten.

»Johannes, dein Part«, sagte Konfuzius, und der Jüngling mit dem Ziegenbärtchen setzte sich in die Mitte und öffnete einen Laptop. Alle verrenkten die Köpfe, um einen Blick auf den Bildschirm zu werfen.

»Ich schlafe zurzeit bei Frau Trost«, begann Johannes. »Sie ist zweiundneunzig. Alzheimer, Vierundzwanzigstundenbetreuung.«

Er tippte auf den Bildschirm. Man sah einen kahlen Raum, einige persönliche Gegenstände. Ein einfaches, ein sehr einfaches Bett. Es hatte etwas von Gefängniszelle.

»Hier schlafe ich seit zwei Wochen«, sagte er. »Souterrain. Da geht niemand mehr hinunter. Frau Trost sowieso nicht, aber auch nicht die Pflegerin. Die ist aus Ungarn oder Tschechien, einmal wollte ich ein paar Worte mit ihr wechseln, sie versteht nichts.«

Man sah das Haus von außen. Ein Bungalow im Stil der sechziger Jahre. Schmale Fenster, Rauputz. Schmiedeeiserner Zaun. Die Nachbarhäuser schrecklich nah.

»Johannes ist unser *Alpha-Nister*«, sagte Konfuzius. »Er testet das System aus. Schwachstellen, Stärken, Lücken, all das. Unsere Quartiergeber sind unbeweglich, bettlägerig, auf Hilfe und Pflege angewiesen. In den meisten Fällen auch dement. Was in den anderen Räumen ihres Hauses passiert, interessiert sie nicht mehr. Viele sind nicht einmal mehr im eigenen Kopf zu Hause. Mehr hüben als drüben.«

»Wie war das noch einmal«, sagte Kuhn zu Johannes. »Nur zum Verständnis: Du schleichst dich in das Haus dieser Frau Trost, um in ihrem Keller zu schlafen?«

»Genau«, sagte Johannes.

»Und warum?«

Jetzt mischte sich Konfuzius ein. NESTING sei eine praktikable Alternative zu den Arbeits-WGs, deren Kapazitäten ausgeschöpft seien. »NESTING kostet keinen Cent und nutzt den Raum, der sowieso da ist.«

Kuhn konnte das überhaupt nicht verstehen. Mit NESTING schienen die SUHOS eindeutig eine Grenze zu überschreiten. Das war Hausfriedensbruch, Einbruch, Belästigung, unethisch, illegal. Diese Pop-up-WGs, in denen für die Bereitstellung des Schlafplatzes ein Gegenwert in Arbeit geleistet wurde, das konnte er noch verstehen. Niemand kam zu Schaden. Doch welcher Gegenwert wurde geleistet, wenn man sich im Wohnraum einer dementen Alten einnistete?

»Sinn der App ist«, sagte Johannes, »dass wir unser Wissen über NESTING-Schlafplätze in der Stadt teilen. Dazu gehört eine Bewertung, wie ihr sie von den Hotelbuchungsplattformen kennt.« Er wischte auf dem Display herum. »Hier, die Bewertung für Frau Trost.« Für sie gab es 4,6 von 5 möglichen Punkten. »Eine ziemlich gute Bewertung«, sagte Johannes. Abzüge gab's für die Lage (»ziemlich weit draußen«). Unter »Besonderheiten« stand: *Es empfiehlt sich, den Schlafplatz erst nach der Dämmerung aufzusuchen. Tagesaufenthalt nicht empfohlen.*

»In der Kategorie *Status* vermerken wir den aktuellen Gesundheitszustand der Person, in den *Details* wird erklärt, wo genau sich das Bett befindet, welchen Komfort es bietet, dann hier der Punkt *Zugang* – das ist natürlich wichtig. Wie kommt man rein? Da gibt's keine allgemeine Lösung, das variiert je nach Unterkunft. Jedenfalls sollen hier die Hindernisse beschrieben werden: Höhe des Zauns, Eingangs-, Veranda- und Gartentüren, Schloss-Systeme, Alarmanlagen, neugierige Nachbarn.«

»Apropos Nachbarn«, meldete sich Marius. »Ist das nicht auffällig, wenn da immer dieselben Typen um das Haus herumschleichen?«

»Deswegen wird es, was die Belegung betrifft, auch eine gewisse Fluktuation geben«, sagte Johannes. »Nach spätestens zwei bis drei Wochen soll getauscht werden. Jede NESTING-Vorstellung endet mit einer Empfehlung: *Wer hier schlief, schlief auch bei Herrn x oder Frau y.*«

Konfuzius schaute in die Runde. »Fragen?«

Keiner sagte was.

»Das ist nicht euer Ernst«, sagte Kuhn. »Das macht ihr nicht wirklich, oder?«

Alle sahen ihn überrascht an.

»Revolutionären weht immer ein kalter Wind entgegen. Da müssen wir durch. Ich wette: Was dir jetzt noch verrückt erscheint, wird in wenigen Jahren Normalität sein«, erklärte Konfuzius.

»Nichts für mich«, sagte jetzt auch Irmi. »Ich fühle mich nicht wohl bei dem Gedanken, dass ich die Schwäche eines anderen ausnutze, nur damit ich ein Dach über dem Kopf habe.«

»Das siehst du falsch, meine Liebe«, sagte Konfuzius.

»Ich bin nicht deine Liebe«, sagte Irmi.

»Reg dich ab«, sagte Marius. »Johannes schädigt niemanden. Oder? Johannes, machst du was kaputt? Nimmst du der Frau Trost etwas weg?«

Später sprach Kuhn mit Tamara über die App.

»Sag mir nicht, dass du da mitmachen wirst«, sagte er.

Tamara zuckte mit den Schultern. »Ich bleibe im Renovierungsteam. Die App ist vor allem für jene gedacht, die frisch dazukommen und keinen Platz zum Schlafen haben.«

»Das ist menschenverachtend«, sagte Kuhn.

»Alternative?«, fragte Tamara und hob die Augenbrauen. »Ich höre.«

8

Die SUHO, von der sie sich das Kind ausborgen sollten, hieß Pamina. Sie trafen sie auf dem Platz vor dem Kindermuseum. Es hatte geschneit, überall im Hof lagen Schneehäufchen, groß wie Maulwurfshügel. Konfuzius hatte Kuhn einen Wintermantel überlassen samt Mütze und Handschuhen. Alles ein wenig groß, aber es war nun endgültig Winter geworden, und auf Eitelkeiten durfte er in seiner Situation keine Rücksicht nehmen.

Pamina hatte Dreadlocks und wirkte, als verberge sie unter ihrer Daunenjacke eine Menge Tattoos. Ihre zusammengezurrten Haare zogen an der Stirnhaut, sodass sie über ein grotesk glattes Gesicht verfügte. Sie hielt ein Baby in den Armen, das maximal ein paar Monate alt war.

»Wo ist Grit?«, fragte Tamara.

»Grit ist krank«, sagte Pamina. »Ihr müsst Carlo nehmen. Ist aber kein Problem, er war den ganzen Vormittag wach, er schläft jetzt bestimmt zwei Stunden durch.«

Carlo, das klang in Kuhns Ohren nach einem Mafiaboss aus Neapel mit viel Gel im schwarzen Haar, nicht nach einem zahnlosen Baby mit viel zu schmalem Gesicht. Die Lippen dünn, kaum erkennbar. Wenn er auch nichts wusste über Babys, so wusste er doch, dass sie prall und dick sein mussten, mit Fett an Wangen, Hals, an den Handgelenken und speckigen Oberschenkeln. Dieses Baby hier sah aus wie ein zu lang gegarter Hühnerschenkel.

»Also gut«, sagte Tamara. »Dann eben Carlo.«

Kindsübergabe. Das Baby schlief tief und fest. Tamara schien ihn aber auch richtig zu schaukeln, immer hin und her, hinauf und herunter, in einem ganz speziellen Rhythmus. Sie flüsterte *Carlito, Carlito, Carlito.*

Kuhn war unsicher. »Meinst du, wir kommen da mit einem Baby rein? Es ist ja offensichtlich, dass er sich für die Ausstellung nicht interessieren kann. Außerdem schläft er.«

»Klar«, sagte Tamara. »Museum ist schon für die Kleinsten gut. Das geht direkt ins Unterbewusste, dafür muss er nicht wach sein, weißt du.«

»Und wenn er – ich meine, wenn er schreit?«

»Pamina bleibt in der Nähe, ist ja logisch.«

Doch Pamina winkte ihnen beiläufig zu, war offenbar schon auf dem Sprung. Sorgen schien sie sich jedenfalls keine zu machen.

Sie gingen hinein. Eine kleine falsche Familie. Das Thema der Ausstellung waren *Mozarts frühe Jahre.*

Drinnen bekam jeder Erwachsene eine silberne Perücke ausgehändigt. Die musste man aufsetzen. Ohne Perücke kein Einlass. Für die Kinder gab's Mini-Perücken in Gelb, Grün und Blau. Vor der Kiste mit Perücken entbrannte lautes Geschrei. Kuhn zog sich die Perücke über die Ohren.

Mit den fremden Haaren wirkte Tamara vollkommen verändert. Ihm blieb beinahe der Atem weg. Sie sah weiblicher aus, mit dem Kind im Arm sowieso. Er zückte sein Handy.

»Bleib stehen«, sagte er.

Tamara posierte. Er machte ein Foto.

Die Ouvertüre der Zauberflöte düdelte vom Band. Wer dem Dresscode entsprach, durfte in den ersten Raum, wo ein nachmodellierter kleiner Wolfang Amadeus vor einem Miniatur-Cembalo saß. Es war brüllend heiß, die Luft feucht wie in einem Schwimmbad. Die Kinder rannten herum, bis ein junger Mann in dunkelroter, samtener Kniebundhose, weißem Rüschenhemd und einer roten langen Jacke mit goldenen Knöpfen ein Mikrofon zur Hand nahm. »Wenn es unter der Perücke juckt, dürft ihr euch nicht wundern«, sagte der junge Mann. »Zu Mozarts Zeiten hat man die nicht gewaschen, sondern parfümiert und gepudert. Deshalb fühlten sich kleine Tiere da ganz besonders wohl, Flöhe, Wanzen und Läuse.«

Kuhn riss sich die Perücke vom Kopf.

»Bei unseren Perücken braucht ihr euch freilich keine Sorgen zu machen, die sind noch nie getragen worden, haha«.

Die Erwachsenen im Saal atmeten erleichtert auf, den Kindern war es egal, sie hatten ohnehin nicht zugehört. Die meisten hatten sich bereits aus der Umlaufbahn der Eltern gelöst und wälzten sich auf dem Boden herum unter liebevoller antiautoritärer Beobachtung.

»Setz das Ding wieder auf«, zischte Tamara, »wir fliegen noch raus!«

Widerwillig stülpte er sich die Perücke auf den Schädel. Sofort begann seine Kopfhaut zu jucken. Runter damit, kratzen, dann wieder rauf.

»Du bildest dir das ein«, zischte Tamara.

»Dass es juckt? Wie kann man sich das einbilden?«

»Das ist psychisch, hör auf damit.«

Die Kinder durften nun eine Taste auf dem Cembalo betätigen, woraufhin Mozarts früheste Komposition ertönte. Er hatte sie mit fünf Jahren geschrieben und sie klang bereits unwahrscheinlich mozartesk. Kuhn staunte. Jene Kinder, die ebenfalls fünf waren, bekamen eine Mozartkugel. Nächster Radau, denn plötzlich waren alle fünf.

Wie es schien, wollte auch Carlo seine Mozartkugel, denn plötzlich öffnete er seine Augen und verzog den Mund zu einem kläglichen Wimmern. Und obwohl Tamara ihn fachmännisch wiegte und schaukelte, ließ er sich nicht überzeugen, seinen Schlaf fortzusetzen. Es waren leise, aber dennoch vorwurfsvolle Töne, die da aus seinem Mund drangen. Als habe er Schmerzen.

»Hol Pamina«, trug Tamara ihm auf. »Carlito braucht seine Mama.«

Während die Gruppe in den nächsten Raum weiterspazierte, lief Kuhn zurück zum Eingang. Keine Pamina. Er trat hinaus in den Hof, ohne Mantel und Mütze. Die Kälte fiel über ihn her und nahm ihm den Atem. Keine Pamina. Gegenüber gab's ein Kaffeehaus. Bestimmt saß sie dort, froh über die kurze Atempause.

Kuhn trat ein, drängte sich durch die rauchgeschwängerte Luft an die Bar, drehte dann eine Runde im Lokal. Seine Perücke erregte Aufsehen.

»Schicke Frisur«, sagte die Kellnerin, eine Frau pfiff ihm nach und ein angeheiterter Gast wollte *dem armen Herrn Amadé* ein Bier spendieren.

»Ich suche eine Frau«, sagte Kuhn, der viel lieber mit dem freundlichen Mann ein Bier getrunken hätte.

»Ich auch«, sagte der Mann. »Seit Jahren.«

Er lief hinaus. Es hatte wieder zu schneien begonnen. Die Perücke saß eng am Kopf an und wärmte ihn.

Tamara wartete mit Carlo im ersten Raum. Während aus einem Lautsprecher im Bauch des fünfjährigen Mozart immer noch sein erstes Andante in C drang, schrie Carlo nun deutlich kräftiger, so, als hätte jemand an, seinem Lautstärkeregler gedreht. Tamara umrundete mit ihm das Cembalo.

»Und?«

»Keine Ahnung, wo sie steckt.«

»Was heißt das?«

»Das heißt, dass sie nicht da ist.«

»Nimm ihn bitte, ich rufe sie an.«

»Ich?«

Er wusste doch nicht einmal, wie man so ein Baby halten musste. Sie drückte ihm Carlo einfach in den Arm. Und ihm blieb nichts anderes übrig, als dieses Bündel Mensch anzuschauen. Dieser verzweifelte Blick, die gereckten Ärmchen, dieser weit aufgesperrte Mund. Dunkelrotes, geschwollenes Zahnfleisch. Hatte er vielleicht Hunger?

»Tami, er ist hungrig!«

Doch Tamara hörte nicht, sie presste bereits das Telefon ans Ohr.

»Mist«, sagte sie. »Geht nicht ran. Das darf doch nicht wahr sein. Sie hat gesagt, er wird schlafen. Zwei Stunden sicher.«

»Was sollen wir tun?«

Tamara warf einen Blick in die Eingangshalle. »Planänderung. Das Buffet ist schon aufgebaut. Wir können nicht das Ende der Führung abwarten.«

»Aber es ist doch noch nicht eröffnet.«

»Offiziell nicht. Warte mal.«

Sie ging hinaus, ließ ihn mit dem brüllenden Zwerg zurück.

»Carlito, Carlito«, flüsterte Kuhn und versuchte, sich an ein Kinderlied zu erinnern. *Weißt du wieviel Sternlein stehen*. Tatsächlich unterbrach Carlo sein Geschrei und sah ihn mit tränennassen Augen an. Kuhn wusste, dass er nicht singen konnte, in der Schule war ihm Chorverbot erteilt worden, doch nun, da er diesen erstaunten Blick auf sich fühlte, sang er weiter. Carlos Mund stand offen, ob vor Bewunderung oder aus Bestürzung war nicht auszumachen. Als Kuhn nicht mehr weiterwusste im Text, summte er einfach das Lied zu Ende.

Hmmhmmmhmm-hmm-hmhm-hmmhmhmm.

Tamara winkte ihn in die Halle. Er setzte sich in Bewegung, und sofort begann Carlo wieder zu schreien.

»Irgendwas machst du falsch«, sagte Tamara.

»Ich?«

»Wer sonst?«

»Bei dir hat er auch geweint!«

So lief das also, wenn man als junges oder auch nicht mehr so junges Paar ein Kind bekam: Beide wurden zu bockigen Teenagern.

»Hör mal zu, ich hab denen eine Geschichte übers Stillen erzählt, dass ich unbedingt etwas essen muss, weil die Milch sonst nicht fließt, mein Baby aber bereits Hunger leidet und so weiter. Ich darf mich bedienen.«

Sie grinste. Ihm war es nur recht, ihm war alles recht, wenn sie nur ihre Sache rasch erledigen und hier wieder rauskommen würden.

In der Halle war es mucksmäuschenstill, die Ruhe vor dem Ansturm. Alles, was man hörte, war Carlos wütendes Wimmern.

»Du lenkst sie ab«, sagte Tamara und deutete auf die beiden drallen Coocoo-Mitarbeiterinnen, die in einer lächerlichen Phantasie-Uniform steckten. »Die beiden Mädchen werden Carlo lieben, darauf verwette ich alles.«

Kuhn schlendert mit Carlo im Arm zu den beiden Museumsmitarbeiterinnen. Das Baby schien mittlerweile in seinen Armen festgewachsen, so sicher hielt er es.

»Na, du?«, sagte eines der Mädchen und berührte Carlos Wange mit ihrem Zeigefinger. Er schnappte mit seinen Händchen danach und hielt sich mit dem Ausdruck höchster Konzentration daran fest. Die Mädchen lachten. Carlo blickte ganz ernst.

»Ich glaube, der ist in mich verliebt«, sagte Mädchen eins.

Mädchen zwei lachte auf. »Du hast ja keine Ahnung. Der ist nicht verliebt, der hat nur Bauchweh. Er strengt sich an, gleich stinkt's!«

Die beiden lachten.

Aus dem Augenwinkel konnte Kuhn sehen, wie Tamara eine Stofftasche entrollte, an den Tischen des Buffets vorüberschlenderte, als studiere sie Anordnung und Zusammensetzung der Speisen, dabei aber ganz dezent immer ein wenig Futter von den Tabletts in den Sack fallen ließ. Brote, Würstchen, Pizzastücke, Chips, alles bunt durcheinander.

»Wie alt ist er?«, fragte Mädchen eins.

»Zwei«, sagte Kuhn. Das konnten sie sich jetzt aussuchen: zwei Tage, zwei Wochen, zwei Monate, zwei Jahre. Für ihn waren alle Optionen im Rahmen des Vorstellbaren.

»Was, zwei Monate erst?«, rief Mädchen zwei aus. »Und da muss er schon ins Museum?«

»Er muss nicht, er darf«, sagte Kuhn und sofort beschlich ihn das Gefühl, etwas sehr Dummes gesagt zu haben. Die Mädchen störte das offenbar nicht, sie schienen selbst nicht besonders hell im Kopf zu sein.

In diesem Moment öffnete Carlo den Mund, als wollte er sich einmischen, doch statt eines Schreis spritzte eine weiße Fontäne aus seinem Mund. Die Mädchen sprangen zurück – eine blitzschnelle Reaktion, die Kuhn ihnen gar nicht zugetraut hatte. Beinahe hätte er das Baby vor Schreck fallengelassen. Im letzten Moment realisierte er, dass er damit sein Problem mit Sicherheit nur vergrößert hätte. Außerdem: Was sollte die weiße Flüssigkeit schon sein? Halb verdaute Milch, nur Milch, sonst nichts. Der Ärmel seines Pullovers war nass geworden und weiter unten hatte er ebenfalls etwas abgekriegt.

»Macht ja nichts, Carlito«, sagte er, und Carlo schien selbst überrascht von diesem Quell, der da seinem Körper entsprungen war.

»Er hat zu gierig getrunken«, sagte Mädchen eins.

»Mein Bruder war auch so«, sagte Mädchen zwei. »Der war nicht sattzukriegen und ist regelmäßig übergegangen.«

Übergegangen. Wie ein Topf auf dem Herd.

Kuhn kitzelte Carlo am Kinn, bis der den Mund zu einem Lächeln verzog. Ein erstes Lächeln. Kuhns Knie wurden weich.

Tamara gesellte sich zu ihnen. Ihr Beutezug war offenkundig vollendet, ihr Stoffsack prall gefüllt.

»Ich glaube, wir sollten langsam«, sagte sie.

»Och, schade«, sagte Mädchen eins.

Mädchen zwei winkte Carlo zu. »Vergiss mich nicht!« Sie legte die Hand an ihr Herz und tat so, als fiele sie in Ohnmacht. Das war das Schicksal kleiner Männer: Sie brachen die Herzen aller Frauen, zumindest am Anfang. Irgendwann im Leben drehte es sich um, dachte Kuhn, weil alles, was gut war im Leben, irgendwann faulen musste.

Sie warteten unter dem Vordach neben einem Riesenpapagei aus Ton.

»Wir sollten Pamina anrufen.«

Tamara zog das Handy aus der Tasche. Kuhn wärmte Carlo unterdessen mit seinem Mantel. Der Wind wirbelte die Schneeflocken herum.

Nun durfte auch die Führung durch die Ausstellung an ihr natürliches Ende gekommen sein. Er hörte die Schreie im Inneren des Museums, das Getrampel kleiner Füße.

Endlich schälte sich eine Silhouette aus dem Schneegestöber. Das war sie, eindeutig war sie es, auch wenn sie es nicht eilig hatte. Pamina. Als sie sich ihnen näherte, erkannte Kuhn, dass sie sich verändert hatte. Es hatte was mit ihrem Gesicht zu tun, genauer: mit ihren Augen. Ihre Pupillen waren groß wie Untertassen. Sie lächelte glückselig.

»Da ist er ja, mein Carlito«, sagte sie und streckte die Hände aus. »Wie seht ihr denn aus, hahaha, diese Perücken! So eine muss ich auch haben.«

Kuhn wich zurück. Die war doch breit, high oder wie man sagte. Vollkommen jenseits. Sie hatte Drogen genommen, Ecstasy, Kokain, Crystal Meth, was auch immer, er kannte sich damit nicht aus. Was er wusste, war, dass jemand in diesem Zustand nicht zurechnungsfähig war. Dass man so jemandem kein Kind anvertrauen konnte. Er trat noch einen weiteren Schritt zurück.

Tamara begrüßte Pamina mit Küsschen. »Wo ist mein Babylein?«

»Philipp!« Tamara winkte ihn herbei.

»Gleich«, sagte er und zog sich noch weiter unter das Vordach zurück. »Er ist gerade eingeschlafen.«

»Carlo war nämlich wach«, sagte Tamara. »Von wegen: Der schläft jetzt zwei Stunden.«

Pamina grinste. Die Nachricht schien sie nicht zu beunruhigen. »Carlito ist immer für eine Überraschung gut.«

»So, du findest das also lustig? Wir haben dich überall gesucht.«

»Ich musste was erledigen.«

So nennt man das also jetzt. *Was erledigen.*

»Was machst du da hinten? Philipp!« Tamara wurde ungeduldig. »Was ist los, komm her!«

Nein, dachte er. Nein. Keinesfalls. Das durfte nicht sein. Es war nicht richtig, dieser Frau ein Kind anzuvertrauen. Weshalb wurde sie überhaupt schwanger, wenn sie ohnehin nur an sich selbst dachte? Sein erster Impuls: weglaufen. Das Baby unter dem Mantel verstecken und ab durch die Mitte. Oder zum Jugendamt damit. Alles war besser, als Carlo an diese Frau auszuliefern.

Tamara war jetzt bei ihm. »Sag mal, spinnst du? Wir warten die ganz Zeit, dass sie wiederkommt, und du läufst davon?«

»Siehst du nicht, dass die was genommen hat?«, zischte er.

Tamara atmete tief ein und aus. »Hör mal gut zu: Was auch immer sie in der Zwischenzeit gemacht hat: Das ist nicht unser Problem. Wir haben uns ihr Kind ausgeborgt und jetzt geben wir es wieder zurück. Aus, Schluss, Basta. Sei vernünftig.«

Carlo fixierte ihn mit seinen wasserblauen Äuglein. Eigentlich war er nicht hässlich, dachte er. Er war eben Carlo, und das war vollkommen in Ordnung. Wer weiß, was Carlo über ihn dachte. Wahrscheinlich dasselbe.

»Was ist?«, maulte Pamina. »Wir müssen zurück.«

Wirklich dringend schien es aber nicht zu sein. Es wirkte nicht, als bräuchte sie zu ihrem High auch noch ein Baby. Sie war mit sich allein glücklich.

»Gib das Baby zurück.« Tamara quetschte die Worte zwischen ihren Zähnen hervor.

Und dann trat Kuhn aus dem Vordach hinaus in den Hof, zehn schicksalsschwere Schritte, und überreichte Pamina das Baby. Er versuchte, ihr in die Augen zu sehen, doch sie ließ sich darauf nicht ein und sah bewusst weg. Mit routinierten Handgriffen schnallte sie Carlo in ein Umhängetuch auf den Bauch.

»Adios, Compañeros«, sagte sie und stapfte davon.

Er war außer sich. »Hast du das nicht gesehen?«, rief er. »Wir haben einer Süchtigen ein Baby in die Hand gedrückt!«

»Es ist *ihr* Baby.«

»Ja und? Was ist das für eine Mutter?«

Tamara hatte die Arme vor der Brust verschränkt. Niemand kümmerte sich mehr um den Sack mit Essen, der an der Hausmauer lehnte.

»Witzig«, sagte sie. »So viel Familiensinn hätte ich dir gar nicht zugetraut.«

»Familiensinn? Alles, was man braucht, ist gesunden Menschenverstand.«

»Dieses Kind ist nicht allein auf der Welt. Es hat eine Mutter und einen Vater. Es braucht dich nicht, kapierst du?«

Klar. Er hatte es kapiert. Vielleicht war ihm das Schicksal des Babys auch egal und er genoss es, einmal auf der richtigen Seite zu stehen.

»Ihr seid lächerlich. Suddenly Homeless – dass ich nicht lache. Suddenly Hopeless, das seid ihr. Und dabei geht ihr über Leichen! Hast du dieses Kind überhaupt *angesehen*, das du dir ausgeborgt hast für deinen Beutezug? Ist es dir egal, wenn ein Alter im Zimmer neben dir krepiert – Hauptsache, es wird kein Wohnraum verschwendet? Verdammt nochmal.«

»Ich muss mir das nicht anhören.«

»Dann geh doch.« Er schrie, stampfte mit dem Fuß auf einen der weißen Maulwurfshügel ein. Der Schnee stob hoch. Das tat gut, oh, wie das gut tat.

»Geh, geh!«

Tamara kam zurück. Stellte sich vor ihm auf. Ganz nah, er konnte ihren Atem spüren. Sie zitterte vor Wut. »Übrigens. Wir haben deine schwarzen Säcke weggeworfen. Entsorgt. Wir können keine Penner gebrauchen. Wir haben noch eine Ehre im Leib.« Sie flüsterte. Das machte es umso schmerzhafter.

»Gut so«, sagte Kuhn. »Sehr gut.«

Tamara drehte sich um und ging. Ging einfach.

Die Fensterfront dieses idiotischen Museums provozierte ihn mit ihren frisch geputzten Glasscheiben, der Ton-Papagei hockte eitel auf seiner Stange, der Kindermozart auf dem Plakat lachte ihn aus. Alles Fassade, alles Lüge, alles nur gespielt. Er hasste diese Zeit und die vergangene ebenso. Er griff in den Schnee, formte eine Kugel und donnerte sie auf den Papagei. Hinter ihm hatte sich ein Halbkreis aus bestürzten Eltern gebildet, die ihre Kinder dicht an ihren Körper pressten. Schau nicht hin, der Onkel rastet aus. Tut man sowas? Nein, das tut man nicht.

Sogar die beiden Coocoo-Mitarbeiterinnen waren herausgekommen, um zu sehen, was da vor sich ging. Eine telefonierte aufgeregt, die Augen schreckensweit.

Er musste hier weg. Begann zu traben, vorbei am Café, hinaus aus dem Museumskomplex. Er lief quer über die Einkaufsstraße und in eine Seitengasse, und er lief immer noch, jetzt hatte er einen Rhythmus gefunden, er atmete gleichmäßig, atmete kalte Luft durch die Nase ein und durch den Mund wieder aus, wie gut das tat, wie gut, wie gut, wie gut.

Autos hupten, Passanten deuteten mit dem Finger auf ihn – was denn, was denn, noch nie einen laufenden Mann gesehen? Bis ihm klar wurde, dass er immer noch die silberne Perücke trug, die Mozart-Perücke mit den Läusen und Wanzen, doch jetzt würde er sie sich nicht herunterreißen, ganz bestimmt nicht, er spürte, dass er darunter bereits schwitzte. Sein Körper bewegte sich leicht und dynamisch, wie von allein, er war gesund, gesund, gesund, sein Körper gehorchte ihm, es war alles in Ordnung, in bester Ordnung. Er musste wieder anfangen zu laufen, früher war er gern gelaufen, hatte das Gefühl, das sich nach einer gewissen Strecke einstellte, immer sehr genossen, weshalb hatte er nur damit aufgehört?

Er öffnete die Knöpfe des Mantels, lockerte den Schal. Ihm wurde warm, wie gut es sich anfühlte, wenn der Körper durchblutet wurde, er ging ganz auf in dieser Bewegung, rechter Fuß, linker Fuß, einatmen, ausatmen in eins-zwei-drei-vier, jetzt die Straße überqueren, nur nicht aus dem Rhythmus kommen, ein-zwei-drei-vier, Bordstein, Achtung: glatt, frischer Schnee auf hartem Eis, eine tückische Kombination. Im nächsten Moment schnellte sein rechter Fuß hoch, er fiel hintüber, versuchte noch, sich an der Motorhaube eines geparkten Autos festzuhalten, doch er rutschte ab und glitt über den Boden, da vorn war die Fahrbahn, oh nein, nicht die Fahrbahn, schon schlug er mit dem Hinterkopf auf dem Bordstein auf, Bremsen quietschten, ein Reifen schlitterte auf ihn zu, blieb dicht vor seinem Gesicht stehen.

9

Er war nicht tot, denn wenn man tot war, fror man nicht. Jemand öffnete ihm mit Gewalt das Augenlid, leuchtete hinein. Ein explodierender Blitz. Er sah nichts mehr, war blind, schlug um sich.

Jemand drehte ihn auf die Seite, nahm ihm die Perücke ab. Kälte an seinem Kopf, er musste doch aufpassen, durfte nicht wieder krank werden.

»N-nnnn«, sagte er.

»Schon gut.« Eine Hand auf seiner Schulter, eine andere auf seinem Bein.

»Alles wird gut.«

Er blinzelte. Beine in Winterstiefeln. Weiße Stiefel mit Plüschbommeln, eine Frau. Ein grünes Auto. So nah. Wiener Kennzeichen. Es stand immer noch hier, vor ihm. Er lag darunter, aber nicht ganz. Sein Kopf unter der Stoßstange. Das deutete auf einen Unfall hin. Er war in das Auto hineingeschlittert oder das Auto in ihn, letztlich machte das keinen Unterschied.

Er versuchte, seine Arme zu bewegen, seine Beine.

»Gleich ist die Rettung da«, sagte die Frau in den weißen Stiefeln, die sich zu ihm herunterbeugte. Ein freundliches Gesicht. Besorgt. Er mochte keine besorgten Gesichter. Sie war etwa so alt wie er, Stirnfransen, tiefe Falten neben der Nase, Lippenstift über die Konturen der Lippen hinausgemalt.

Er musste hier weg. Die Rettung würde ihn der Polizei ausliefern. Er hatte etwas Schlimmes getan, auch wenn er nicht mehr wusste, was es war.

»N-nnnn«, stammelte er.

Irgendwer hielt ihm einen Becher vor die Nase. Kaffee. Er versuchte, sich aufzusetzen. Die Frau mit dem schiefen Mund packte ihn bei den Schultern. »Sind Sie verletzt? Bewegen Sie mal die Beine. Geht das? Tut das weh?«

»Glaube nicht.«

»Sie *glauben* nicht?«

Er trank in kleinen Schlucken.

Eine andere Stimme mischte sich ein. »Jetzt lassen Sie doch den Mann in Ruhe! Er hat einen Schock.«

Neben dem Wagen stand der Fahrzeuglenker, ein kleiner, älterer Mann mit ausladendem Bauch, der sich an der offenen Autotür festhielt und einem Passanten erklärte, was passiert war. »Und dann ist er vors Auto geflogen ... richtig so, Beine voraus ... ja, rutschig, aber dann erst ... hätte tot sein ... schon die Polizei ...«

Interessant, dachte Kuhn. Bis ihm klar wurde, dass der Mann über ihn sprach. Er konnte die Beine bewegen. Seine Hüfte schmerzte. Er musste aufstehen. Abhauen, bevor die Einsatzfahrzeuge kamen.

»Ihr Name?« Der Fahrer des Wagens hielt Stift und Block gezückt.

»Stefan Behrens.« Der Name eines Schulfreundes.

»Mit H?«

»Mit H.«

»Helfen Sie mir?« Er versuchte, sich aufzurichten.

»Bleiben Sie liegen, um Gottes Willen!«

»Aber ich muss dringend auf die Toilette.«

Die Neuigkeit verbreitete sich wie ein Lauffeuer. »Er muss auf die Toilette«, rief einer. »Dringend!« Jetzt wussten es alle in der Straße.

Zwei Frauen halfen ihm auf. Er griff nach der Mozart-Perücke, stopfte sie in die Manteltasche. Dann stand er. Ein kleiner Schritt. Noch einer. Nichts gebrochen. Die Maschine ließ sich noch bewegen, ein Rädchen griff ins andere. Was für ein Glück. Die Schaulustigen hatten einen Halbkreis um ihn gebildet und verfolgten jede seiner Bewegungen mit einem ehrfurchtsvollen Staunen.

Die Frau mit den Bommelstiefeln nahm ihn am Arm und begleitete ihn auf den Gehsteig. Da vorne war ein Café. Er ging wie der erste Mensch. Schwankend, konzentriert, tastend. Sie betraten das Lokal. Die Frau führte ihn durch ein Spalier rauchender und glotzender Männer. Vor der Männertoilette ließ sie ihn los. Er ging in eine der Kabinen, barg das Gesicht in den Händen. Er atmete tief durch. Es stank entsetzlich. Nachdenken. Ihm blieb nicht viel Zeit. Er musste abhauen, so schnell wie möglich die Frau mit den Bommelstiefeln loswerden. Er zog die Hose mit zitternden Händen hinunter. An der linken Hüfte war die Haut aufgeschürft, und darunter schien sich ein Polster mit Flüssigkeit gebildet zu haben. Er ließ sich vorsichtig auf die Klobrille nieder. In der Bernauer-Villa war er zum Sitzpinkler geworden. Er betätigte die Spülung. Schlich hinaus.

Die Frau, die ihm geholfen hatte, stand jetzt an der Bar. Wollte etwas bezahlen. Kramte in ihrer Geldbörse.

Kuhn versuchte, sich einen Überblick zu verschaffen. Er stand zwischen Herren- und Damentoilette. Hinter ihm eine dritte Tür. Eine verheißungsvolle Aufschrift: *Gastgarten*. Wenn er Glück hatte, war sie nicht versperrt. Tatsächlich. Die Frau hatte ihn noch nicht gesehen. Rasch schlüpfte er hinaus und stand in einem kleinen Innenhof. Abfallcontainer. Auf den Holztischen lag Schnee, die Stühle waren mit schweren Eisenketten an den Tischen befestigt. Im Sommer musste es schön hier sein, wilder Wein, der sich die Mauern emporrankte, und ganz still, kein Verkehrslärm. Das Café musste er sich merken, dachte er, und versuchte, sich an den Namen zu erinnern, doch der war ausgelöscht, unauffindbar, irgendwas mit Boze, Kroze, Noze.

So schnell es ihm möglich war, humpelte er durch den Gastgarten zur Straße. Die Hüfte schmerzte. Seine Aufgabe lautete: In möglichst kurzer Zeit möglichst weit weg vom Unfallort zu gelangen. Er stand auf dem Gehsteig, suchte das Straßenschild, hatte die Orientierung verloren. *Rudolfinerstraße*. Dann hörte er die Polizeisirene. Ganz nah. Schlüpfte rasch in einen Hauseingang. Als hätte er etwas verbrochen. Der Polizeiwagen raste an ihm vorbei. Sein Herz trommelte gegen den Brustkorb. Er wartete, dann bog er in eine wenig belebte Gasse ein, humpelte am *Amt für Sekundärprävention* vorbei. Die Tür stand offen, drinnen lungerten traurige Gestalten herum.

Er dachte an die Frau mit den Bommelstiefeln. Vielleicht hatte sie bereits einen Gast gebeten, auf der Männertoilette nachzuschauen, in Sorge, er sei möglicherweise zusammengeklappt. Vielleicht suchten sie ihn bereits überall, vielleicht aber waren sie auch gegangen, in ihren Alltag zurückgekehrt, wütend, weil es so wenig Dankbarkeit gab in Tagen wie diesen.

Ein Kiosk, ein Schuster, ein Supermarkt. In den Nischen der Hauseingänge lagen Obdachlose. Menschenbündel, in Fetzen gehüllt. Als hätte sie jemand weggeworfen. Einer wärmte etwas über einem Gaskocher. Dieses Stadtviertel hatte er immer bewusst gemieden.

Weil er in den Matsch gefallen war, war sein Mantel jetzt nass und verdreckt. Er sah sein Spiegelbild in den Schaufenstern und erkannte sich nicht wieder.

Er horchte in sich hinein. Ein unbekanntes Rumoren in den Knochen. Die Hüfte hatte etwas abbekommen, zweifellos, sie schmerzte, wenn er mit dem linken Fuß auftrat. Er hörte Veras Stimme, ihr höhnisches Lachen. *Du solltest eben nicht laufen, wenn du's nicht kannst.*

Er wusste nicht, wo er sich befand. Weit genug weg vom Unfallort – das war das Einzige, das zählte. Er war erschöpft, so entsetzlich müde, und in der Hüfte stach es. Er musste rasten, nur einen Moment. Er setzte sich auf die Stufe vor einem Hauseingang. Fror. Stülpte sich die Mozart-Perücke über den Kopf. Lehnte sich an die Hausmauer, die aus geheimnisvollen Gründen Wärme abstrahlte. Beinahe schlief er ein.

Er öffnete die Augen, als er ein helles Lachen hörte. Ein kleines Mädchen in Daunenjacke stand vor ihm, vielleicht fünf oder sechs Jahre alt. Erschreckend hübsch. Zwei Schritte hinter ihr stand ihre schöne Mutter. Wie ausgeschnitten aus einer Modezeitschrift.

»Hallo«, sagte das Mädchen.

»Hallo«, sagte Kuhn.

»Deine Haare«, sagte das Mädchen und kicherte.

Er griff sich an den Kopf. Die Mozart-Perücke.

»Ich bin schon alt«, sagte er.

»Los, gib es ihm!«, sagte die Mutter.

Das Mädchen zögerte. Machte einen Schritt auf ihn zu. Streckte die kleine Hand aus. Er lächelte sie an. Sie öffnete ihre Hand. Darin war eine Münze.

Er war so perplex, dass er die Münze entgegennahm und einsteckte. Das Mädchen ging und drehte sich noch einmal um. Er ächzte, als er sich erhob. In der Manteltasche fühlte er einen Schlüssel. Zog ihn heraus. Es war Solaks Schlüssel. Er würde in die Wohnung fahren, duschen, schlafen. Er brauchte Ruhe. Nichts sehen, nichts hören.

Mit dem Euro kaufte er einen Kaffee in einem Schnellimbiss. Er nahm zwei Digestopax. Sein Vorrat ging zur Neige. Er musste zu einem Arzt.

Neben ihm saß ein älteres Ehepaar.

Die Frau sagte: »Ich kann die Weihnachtsbeleuchtung nicht finden.«

Der Mann sagte: »Sie ist dort, wo sie immer ist. Auf dem Dachboden.«

»Wir haben doch beschlossen, sie in den Keller zu tragen. Zum Osterschmuck.«

»Dann ist sie im Keller.«

»Dort ist sie aber nicht.«

»Sie ist dort, wo du sie hingelegt hast. Oder möchtest du andeuten, dass ich sie versteckt habe?«

»Ich möchte nur andeuten, dass wir heuer wahrscheinlich keine Weihnachtsbeleuchtung haben werden.«

»Das ist keine Katastrophe. Wir sparen Strom.«

Die Frau, leise: »Ich hab's gewusst. Du hast sie weggeworfen.«

Kuhn stand auf und warf den leeren Becher in den Müll.

10

Mein junger Freund, wie hatten Sie es genannt? Möbelpost. Danke für dieses Wort. Sie haben nun meine gefunden, so wie ich damals die Ihre. Ich würde mich freuen, wenn Sie sich um meine Wohnung kümmern, solange ich im Krankenhaus liege. Für mich ist es tröstlich zu wissen, dass es jemanden gibt, der hin und wieder nach dem Rechten sieht. Übrigens habe ich eine Flasche mit dem Zaubertrank für Sie versteckt, im Bücherregal, hinter dem Kierkegaard (der war mir ohnehin immer zu melancholisch). Wenn ich aus dem Spital komme, werden wir gemeinsam im Milchozean fischen.

Mit den besten Wünschen,

Ihr Friedrich Solak

Kuhn hatte schon einige Tage in Solaks Wohnung verbracht, als er den Zettel entdeckte. In der Falte zwischen Lehne und Sitzpolster des Fauteuils hatte sich das Papier verfangen.

Jetzt saß er da, das Elixier in der Hand, und heulte. Heute war sein Geburtstag.

Vor dem Fenster gingen Leute vorbei. Er sah Winterstiefel, Schuhe, Unterschenkel in Hosen. Füße, die traten und sprangen, Kinderwagen, die gemächlich vorwärts rollten, Fußbälle, die im Tor landeten oder daneben, Fäustlinge, die auf den Boden fielen, Matsch, schmutziger Schnee, vom Hausmeister zu weißen Pyramiden zusammengeschoben.

Er nippte am Elixier. Langsam beruhigte er sich. Die Pendeluhr tickte. Er versuchte, sich auf die Stille zwischen den Sekundenschlägen zu konzentrieren. Auf den kurzen Moment des Friedens zwischen *tack* und *tack*. Es war zehn Minuten vor vier, und dann war es neuneinhalb Minuten vor vier und die halbe Minute bereits auf dem Komposthaufen der Ewigkeit.

Er würde in dieser Wohnung bleiben. Solange es ging, würde er hierbleiben.

Andrea rief an.

»Happy Birthday. Was wünschst du dir, Phil?«

»Erzähl mir was.«

»Dann pass gut auf: Jill hat drei Millionen gewonnen. Drei Millionen! *Amazing.* Sie hat so laut geschrien. Seither hab ich dieses Klingeln im Ohr, wie heißt das?«

»Tinnitus«, sagte er.

Andrea war nach Las Vegas in ihren alten Job zurückgekehrt. Er war froh, das zu hören.

»Soll ich so schreien wie sie? Willst du's hören?«

»Nicht notwendig.«

»Ehrlich. Am Anfang dachte ich, es ist was passiert. Im Casino passiert immer wieder was. Überfall, Herzinfarkt, Unfall oder so. Letzte Woche ist ein Prinz, ein saudischer Prinz, beim Roulette zusammengebrochen. Embolie. Zack. Kopf unterm Tisch. Aber diesmal war es Jill, sie hat gewonnen. Drei Millionen, kannst du dir das vorstellen? Normalerweise ist sie die Ruhe in Person. Verkauft Tupperware in Ohio, aber keine Partyqueen, die ist weit oben in der Hierarche, eine der *Leading Ladies* mit Firmenwagen, dauernd auf irgendeiner Convention. Gibt tausend YouTube-Videos mit ihr. Toupierte Haare, dicke Hamsterbacken, als hätte sie Bulimie. Hat sie wahrscheinlich auch. Aber sowas kann man ja schwer fragen.«

Andrea war völlig aufgedreht. »Du wirst es nicht glauben: tausend Dollar Trinkgeld! Tausend Dollar. Dafür, dass ich sie begleitet habe. Als Maskottchen.«

»Wow«, sagte Kuhn.

»Und du?«, fragte sie. »Wohnst du noch im Hotel?«

»Ich habe eine Wohnung gefunden«, sagte er. »Günstig. In der Kandelgasse.«

Es war eine halbe Lüge, die sich hundertprozentig richtig anfühlte.

»Schön«, sagte sie, und nach einer Pause: »Ich habe den Eindruck, dass du mir nicht mehr alles erzählst, Phil. Das ist so ein Gefühl.«

»Ach was«, sagte er.

»Viktor ist ausgezogen, er wohnt nicht mehr bei Mama. Sie hat ihn rausgeworfen. Siehst du: Ich erzähle dir alles, was ich weiß.«

»Warum?«

»Weil wir das *ausgemacht* haben, Phil.«

»Nein – warum hat sie ihn rausgeworfen?«

»Er hat in seinem Zimmer Pilze gezüchtet. Magic mushrooms.«

»Wirklich?«

»Natürlich nicht. Keine Ahnung, frag sie doch selbst.«

»Wann kommst du nach Europa?«

Andrea hatte tausend Dollar Trinkgeld bekommen, da musste ein Flug locker drin sein.

»Ich habe gerade erst jemanden kennengelernt. Es ist noch ganz – *fresh*.«

»Nimm ihn mit, mein Gott. Wie heißt er?«

»Paul«, sagte sie. »Er mag den europäischen Winter nicht.«

»Ich mag den Winter auch nicht.«

»Aber du hast keine Wahl«, sagte sie. »Feiner Unterschied.«

Am frühen Abend kam Tamara. Sie brachte Kuchen mit, der noch warm war und nach Zimt roch.

»Entschuldige«, sagte sie. Sie umarmte ihn.

»Das wäre mein Text gewesen«, sagte er.

Sie schnitten den Kuchen an und Tamara öffnete die Kerzen-App auf dem Handy. Er schenkte ihr von dem Elixier ein.

»Was ist das?« Sie schnupperte an dem Glas, hielt es dann ans Licht. »Ein Zaubertrank?«

Sie stießen an.

»Wow«, sagte sie, als sie das Glas abstellte. Sie sah sich um.

»Sind das deine Bücher?«

»Nichts von mir«, sagte er.

»Aber es fühlt sich so an, als sei es alles deins.« Sie lächelte. »Ich fahre für einige Zeit weg.«

Er war überrascht. »Wohin?«

»Nach Texas, mit Marius.«

»Schön«, sagte er und sah auf seinen Kuchen.

»Zu dieser Kapelle. Rothko, weißt du. Er liebt Rothko. Und er zahlt mir den Flug. Hat wohl ein Bild verkauft.«

»Irmi ist auch dabei?«

Tamara schüttelte den Kopf. »Die haben sich getrennt. Er ist ziemlich down. Wir werden drüben bei SUHOS wohnen.«

»NESTING?«

Sie lachte. »Ich werde da nicht mitmachen. Ich überlege mir in Amerika, wie's weitergeht.« Sie nahm seine Hand. »Bist du mir böse? Wegen Amerika?«

Er sah auf ihre Hand, den schmalen silbernen Ring, die kurzen Nägel, das Handgelenk. »Aber nein«, sagte er, »ich freu mich.«

»Halt, warte mal«. Sie kramte in ihrer Tasche. »Ich soll dir was geben. Von Marius. Hier, schau mal.« Sie zog einen zerknitterten Flyer hervor, den sie glatt strich. *Fremde Welten. Die Phantastischen Realisten im Kunstraum Macelplatz.*

»Heute ist Finissage. Du sollst da unbedingt hingehen, hat Marius gesagt. Dein Adam ist dort auch zu sehen. Das Original.«

Er starrte auf den Flyer. Tatsächlich. »Mit meinem Bild stimmt etwas nicht«, sagte er. »Oder mit mir. Das ist noch nicht ganz klar.«

»Gefällt es dir nicht mehr?«

»Das ist es nicht. Wahrscheinlich irre ich mich. Aber da ist was mit seinen Augen. Ich hoffe, du hältst mich nicht für verrückt. Aber manchmal habe ich das Gefühl, Adam schließt die Augen. Oder er schaut woanders hin.«

»Du bist verrückt«, sagte sie. »Aber das hat nichts mit dem Bild zu tun.«

Er wusste nicht, ob er sie küssen durfte.

Er holte sein Handy heraus.

»Abschiedsfoto?«, fragte sie.

Er aktivierte die Lautsprecher-Funktion seines Smartphones. »Sprich da was rein.«

»Was denn?«

»Egal.«

Wenn du ein Foto hast, aber keine Stimme, dann bleibt dir nichts. Das hatte Sibylle Eckstein gesagt. *Wenn du die Stimme nicht aufbewahrt hast, dann hast du nichts aufbewahrt von einem Menschen.*

»Eins, zwei, drei, Test«, sagte Tamara. »Du setzt mich unter Druck.«

»Komm schon. Irgendwas.«

Und dann sang sie mit gehauchter Stimme, beinahe flüsternd, *No Alarms And No Surprises*. Sie konnte den ganzen Text auswendig. Er sah sie an, und als sie damit fertig war, vergaß er, die Aufnahme zu stoppen.

»Komm mit«, sagte er.

Er führte sie ins Schlafzimmer. Adam lag auf dem Bett, als ruhte er sich aus.

Sie blieb vor dem Erinnerungstheater stehen. »Himmel, was ist das für ein Ding?«

Er legte ihr die Hand auf die Schulter. Sie setzte sich. Er deutete auf das Guckloch. »Schau da hinein.«

»Ist das ein Zaubertrick?« Sie lachte.

Er knipste das Lämpchen im Quader an.

»Bleib hier«, sagte sie.

Er nahm ihre Hand, die zunächst schlaff war. Ganz still saß sie da. Nach kurzer Zeit zuckte ihre Hand, danach verstärkte sich der Druck. Bis zuletzt drückte sie seine Hand, ließ ihn nicht mehr los. Nachdem sie sich wieder aufgesetzt hatte, sah sie sich verwundert im Raum um.

»Komisch«, sagte sie.

»Was?«

»Das Bett ist immer noch ein Bett, das Fenster ein Fenster, der Schrank ein Schrank und er steht immer noch auf dem Boden.«

Er fragte sie nicht, was sie gesehen hatte.

Seine Mutter rief an, als er aus der Dusche stieg und die Verletzung inspizierte. Die Stelle rund um den Hüftknochen war blauviolett verfärbt. Das Stechen war noch da, aber es ließ ihn nicht mehr zusammenzucken. Als er sich angezogen hatte, rief er zurück.

»Dein Vater wird operiert«, sagte sie.

»Oh.«

»Bypass.«

»Hmm.«

»Er wird auch das überleben.« Seufzen.

»Was ist mit deinem Untermieter passiert?«

»Mit Ali?«

»Ali?«

»Das hab ich dir doch erzählt. Ein anständiger Kerl. Ein Ingenieur. Er hat den Wecker repariert.«

Von einem Ali hörte er zum ersten Mal.

»Warum tust du das? Warum lässt du diese – *Typen* bei dir wohnen?«

»Kein Wort mehr«, sagte die Mutter. »Er arbeitet im Krankenhaus. Ein entzückender Mensch.«

Er wartete, ob sie ihm noch gratulieren würde. Bestimmt hatte sie es vorgehabt und dann vergessen.

»Danke«, sagte er.

»Wofür?«

Er legte auf.

Kuhn setzte einen Fuß vor den anderen. Den Kandelweg entlang bis zur großen Kreuzung, vorbei an der Shopping-Passage WUNDT. Rechterhand lag der Macelplatz. Er trug einen Mantel, den er in Solaks Schrank gefunden hatte, und halbhohe Winterschuhe, ebenfalls aus Solaks Besitz. In der Hand hielt er Adam, in der Manteltasche steckte das, was vom Elixier übrig geblieben war. Heute würde er feiern.

Der Kunstraum war ein dunkler Kubus und winzig angesichts der Gründerzeithäuser, die ihn einrahmten. Ein halber Mond beleuchtete den Vorplatz. Vor dem Eingang standen zwei und rauchten. Er war absichtlich spät aufgebrochen, er hatte keine Lust, SUHOS beim Abräumen des Buffets zu beobachten. Außerdem interessierte ihn die Ausstellung nur am Rande. Er hatte ein einziges Ziel.

Er betrat das Foyer. In der Garderobe hingen noch ein paar Jacken und Schals. Halbvolle Sektgläser auf der Theke. Versprengte Brotkrümel auf Silbertabletts. Aufeinandergestapelte Pappteller. Kuchengabeln, an denen Schokolade klebte.

Kuhn betrat den ersten Raum. In der Ecke saß ein Mädchen in schwarzer Uniform auf einem Stuhl. Er ging auf sie zu.

»Ich suche den hier«, sagte er und zeigte ihr seinen Adam.

Sie sah nur für einen Moment von ihrem Handy auf. »Mantel an der Garderobe abgeben«, sagte sie. »Hausner ist im ersten Stock.«

Er ging zurück ins Foyer, legte den Mantel ab. Auf der Treppe kamen ihm zwei Frauen entgegen. Er war schon fast an ihnen vorbei, als die eine stehen blieb, sich umdrehte.

»Phil?«

Es war Nina von *Daphne Alpha*. Die Frau, die den Hausflohmarkt veranstaltet hatte. »Du hast Marius und Konfuzius verpasst. Wieso kommst du so spät?«

»Stress«, sagte er.

»Wunderbare Ausstellung«, sagte sie. Er hoffte, sie würde es dabei belassen. Als sie das Bild sah, sagte sie: »Oh, sollen die beiden sich hier treffen? Das Original und die Kopie?«

Ninas Begleitung lachte.

»Ach, übrigens: Der Fauteuil wartet immer noch auf dich.«

Jetzt konnte er ihn tatsächlich brauchen, nun hatte er Platz. »Ich melde mich«, sagte er.

»Sicher?«

»Sicher.«

Er betrat den Raum und sah das Bild sofort. Blieb davor stehen. Erstaunt, dass es so groß war und Adam darin so klein. Sein nackter Oberkörper ragte aus dem Zentrum eines Heckenlabyrinths. Dicht vor dem Mann mit Turban eine Frauengestalt mit langem rotem Haar, daneben eine Figur mit Narrenkappe. Zwei Jungs. Einer zeigte auf den Eingang des Labyrinths, der andere hatte das Zentrum bereits gefunden, die Arme vor Freude weit geöffnet. Das Bild hieß *Labyrinth*.

Alle Gestalten, Kuhn ahnte es, waren Facetten dieser einen Figur: Adam. Und all das hatte er auf dem kleinen Ausschnitt nicht sehen können, den er besaß. All das war verborgen gewesen. Er verglich seinen Adam mit dem Original. Exakt derselbe Blick. Der weiße Turban, die Gesichtsfarbe, alles wie beim Original.

Kuhn war beruhigt. Er lehnte sein Bild an die Wand. Adam war im Zentrum des Labyrinths angekommen, er konnte hierbleiben.

Jetzt erst betrachtete er die anderen Bilder im Raum. Großformatige Tierbilder, ein surreales Bestiarium. Eisbären im Smoking, Adler in Polizeimontur, Flamingos in Spitzenschuhen, die auf einer Bühne Pirouetten tanzten.

Um Mitternacht schlug eine Turmuhr.

»Wir schließen«, sagte die Mitarbeiterin, die ihm den Weg gewiesen hatte. »Ich darf Sie bitten zu gehen.«

Sie ging nach ihm die Treppe hinunter. Im Foyer glomm die Notbeleuchtung. Ein junges Mädchen stapelte Gläser in eine Kiste. Kuhn zog seinen Mantel an.

»Ich muss noch mal rauf«, sagte er, während er die Taschen des Mantels abklopfte. »Hab mein Handy vergessen.«

Das Mädchen in Uniform seufzte.

»Kannst ruhig gehen«, sagte die andere, die mit den Gläsern beschäftigt war, zum Mädchen in Uniform. »Ich muss hier sowieso noch fertig machen.«

Er öffnete die Tür zu den Toiletten. Die letzte Kabine war das Lager für die Putzutensilien. Er ging hinein, schloss die Tür, lehnte sich an die Trennwand. Wartete.

Irgendwann wurde eine Tür geöffnet, jemand machte Licht, kontrollierte die Toiletten. Schritte, die näherkamen und sich wieder entfernten. Dann wurde es ruhig. Er wartete noch einige Minuten, schlich dann auf Zehenspitzen aus der Kabine. Alles war dunkel. Er tastete sich voran.

Er war allein mit dem Bild.

Er sah es kaum, aber er konnte es fühlen. Griff in den Mantel. Zog Solaks Elixier aus der Innentasche. Setzte sich vor das *Labyrinth*.

»Zum Wohl«, sagte er.

Er trank die Flasche in einem Zug leer. Legte sich auf den Boden. Er hörte Tamara singen. Und seine Lippen formten die Worte nach. *No alarms and no surprises.* Wärme breitete sich von seinem Magen in seinen Körper aus, drang langsam vor bis in die Fuß- und Fingerspitzen. Die Schmerzen in seiner Hüfte ließen nach, der Druck in seiner Stirn und an den Schläfen wich einem sachten Pulsieren, sein Gedankenstrom riss ab. Er wurde ganz leicht, sein Körper löste sich vom Boden, wog nichts mehr, schwebte jetzt, das fühlte er ganz klar und es überraschte ihn nicht.

Als ein milchiger Himmel das Ende der Nacht ankündigte, schlief er ein.

Danksagung

Mein Dank gilt Felix Kucher, Silke Cecilia Schultz und ganz besonders Tom Müller. Danke dem Deutschen Literaturfonds e. V. für die Förderung der Arbeit an diesem Roman.

Ich danke dem großen österreichischen Künstler Rudolf Hausner (1914–1995) für seinen Adam und für die Inspiration. Das Bild, auf das ich mich beziehe, heißt »Labyrinth« (1991).

Außerdem nehme ich Bezug auf Arbeiten des japanischen Konzeptkünstlers On Kawara (1933–2014).

Die Arbeit an diesem Buch wurde
vom Deutschen Literaturfonds e. V. gefördert.

MIX
Papier aus verantwortungsvollen Quellen
FSC® C083411

ISBN 978-3-351-05042-9

Blumenbar ist eine Marke der Aufbau Verlag GmbH & Co. KG

1. Auflage 2017

Innentypografie: Luisa Nowakowski, Leipzig
Gesetzt aus der Quadraat und der Halis GR Book
durch Greiner & Reichel, Köln
Druck und Binden CPI books GmbH, Leck, Germany
Printed in Germany

www.aufbau-verlag.de
www.blumenbar.de